# Qui de nous deux ?

ANGELA

# BEHELLE

LA SOCIÉTÉ – TOME 1

# Qui de nous deux ?

J'AI LU

Enfant, j'étais triste lorsque la rentrée scolaire se faisait sous un soleil estival. Je préférais que le temps donne une excuse à ma mauvaise humeur. Celle qui s'annonce n'a pas de raison de me rendre maussade. Je reprends le travail pour rester fidèle à la promesse que j'ai faite à mon mari et aussi, par envie, parce que j'aime être prof. Henri le savait.

Je jette un coup d'œil dans le miroir. Je n'ai fait aucun effort pour être mieux que présentable. Je relève mes cheveux et m'applique à dissimuler les marques sous mes yeux avec un maquillage léger. La couleur noire me rend blafarde, mais je ne peux me résoudre à porter autre chose. En passant devant la chambre d'Henri, fermée depuis deux mois, un nœud se forme dans ma gorge. « *Ne t'attarde pas à des souvenirs, tu as la vie devant toi* », m'aurait-il dit.

La pluie bat le pavé. Je gagne en courant la Porsche qu'Henri a tenu à m'offrir pour mon vingt-septième anniversaire, le dernier en sa compagnie. Mon arrivée au lycée ne passera pas inaperçue, mais au point où en sont probablement les ragots, je ne suis pas à celui-là près.

Personne n'ignore plus qui était mon mari. Si j'ai, jusque-là, été épargnée des piques directes, je suppose que le décès d'Henri va délier les langues et je ne serai plus protégée des commentaires assassins. En chemin, je rumine d'éventuelles réponses, j'affûte les reparties dont je suis devenue spécialiste par le côtoiement d'un être aussi exceptionnel. J'ai presque oublié que le trajet était si court. Je gare ma voiture sur le parking des enseignants et je m'apprête à descendre quand une main secourable m'ouvre la portière. Samuel Forgeat m'adresse un sourire aimable.

— Temps de rentrée, n'est-ce pas ? lance-t-il.

— On ne pouvait rêver mieux.

— Tu prends ça avec philosophie, ricane-t-il, fier de sa blague potache.

— Mieux vaut avec philosophie qu'avec résignation.

Le professeur de mathématiques se rembrunit devant ma faible réaction.

— Je n'ai pas eu l'occasion de t'adresser mes condoléances personnelles, Mickaella. Je suis désolé pour ton mari. Comment te sens-tu ?

— C'est gentil, Sam. Je vais bien.

— Prête à affronter une nouvelle année scolaire ?

— Oui, prête, qui sait ce qu'elle nous réserve ! Comment va ton épouse ? je lui demande, n'ignorant pas que Mme Forgeat en est à sa troisième grossesse.

— Elle enfle, grimace-t-il.

— Ça me paraît inévitable.

Je le précède dans le hall du lycée dont il m'ouvre galamment la porte. Le directeur,

Michel Morel, est le premier à venir me saluer et à me renouveler au nom de mes collègues ses plus sincères condoléances. Je les en remercie collectivement tout en sachant que je devrais immanquablement me soumettre individuellement à la même pénible séance de remerciements tant qu'ils n'auront pas tous assouvi leur curiosité.

La réunion de pré-rentrée me paraît importante. Peut-être du fait que celle-ci n'est que la deuxième à laquelle j'assiste. Le directeur savoure ce moment où il entre pleinement dans son rôle. Il se redresse de toute sa stature pour nous inviter à écouter son discours de chef. Je refrène un sourire qui n'échappe pas à Samuel qui m'adresse un clin d'œil complice. M. Morel nous rappelle la tradition d'excellence de son établissement et insiste pour que nous soyons à la hauteur de notre tâche. Il réclame le silence au milieu du brouhaha qui suit la distribution des documents et s'adresse à moi en premier.

— Madame Valmur, eu égard à vos qualités indéniables que j'ai eu l'occasion d'apprécier l'année dernière, j'ai décidé de faire de vous le professeur principal de la terminale L1.

Un silence accueille son annonce. Je n'ignore pas que je bénéficie outrageusement d'une gratification que certains estiment indue compte tenu de mon manque d'expérience. Le regard hostile que me lance Mme Frécaut, professeur émérite d'histoire-géographie, me confirme mon impression.

*« Tu es en dehors des stéréotypes, tu n'échapperas jamais aux critiques. Ignore-les ! »* Les sereines paroles d'Henri volent dans ma

mémoire et j'adresse un remerciement dénué d'émotion à notre directeur.

— Par ailleurs, je reçois, tout à l'heure, la visite des parents d'un nouvel élève. J'aimerais que vous participiez à ce rendez-vous, ajoute-t-il.

Je prends le parti d'assouvir la curiosité haineuse de Mme Frécaut en posant à voix haute la question qui doit la torturer.

— En quoi suis-je concernée ?

— Le garçon dont il s'agit est un cas particulier, il sera dans votre classe.

— Très bien, je viendrai.

La réunion dure encore deux heures durant lesquelles M. Morel s'éclipse. À l'exception notable de la prof d'histoire-géo, tout le monde est satisfait. La secrétaire du directeur vient m'arracher, un peu plus tard, à la bruyante assemblée. Je la suis dans le dédale des couloirs de la partie du lycée réservée à l'administratif. Elle marche en prenant garde de ne pas faire résonner ses talons sur le parquet ancien. Je me moque intérieurement de cette inutile précaution, le piétinement d'une souris ferait réagir l'oreille la moins affûtée. Elle s'arrête derrière la porte du bureau directorial, frappe deux petits coups discrets, puis me fait entrer comme si elle me jetait dans la fosse aux lions. M. Morel tend la main vers moi pour m'inviter à approcher de son bureau.

— Madame Valmur, laissez-moi vous présenter Mme et M. Jacques Duivel.

L'homme est grand, d'une carrure athlétique. Son regard noir trahit sa profonde détermination. La femme est blonde et d'une grande beauté. Le regard gentil qu'elle m'adresse dément sa froideur apparente. Ces personnes sont indéniablement d'un milieu aisé et je comprends mieux que M. Morel, pourtant intraitable au sujet des dates d'inscription, ait consenti à cette entorse au calendrier. Il me prie de m'asseoir avant de reprendre.

— Mme Valmur a mon entière confiance. Elle saura tenir compte du caractère de votre fils, elle est habituée à l'élite.

Je n'entends rien à son curieux discours tandis que M. Duivel se tourne vers moi.

— J'ai eu l'occasion de rencontrer votre mari à l'occasion d'une conférence. J'ai été impressionné.

Sa voix est grave et posée. Il se régale de l'effet qu'il sait produire, mais je soutiens sans faiblir son examen. Je vois naître l'ombre d'un sourire au coin de sa bouche avant que le directeur n'interrompe notre duel silencieux.

— Madame Valmur, je compte sur vous pour encadrer le jeune Alexis, car il est, disons...

— Surdoué ?

— Pas au sens où vous l'entendez, intervient M. Duivel. Alexis n'a jamais voulu entendre parler de tests psychologiques. Nous lui avons fait confiance et nous lui avons donc épargné une enfance difficile.

— C'est-à-dire ?

— Il n'a jamais été scolarisé de manière classique. Il a reçu chez nous une éducation adaptée par le biais de précepteurs.

— Pourquoi changer ce mode d'éducation ?

— Notre travail nous contraint, sa mère et moi, à partir vivre à New York quelque temps. Il refuse de nous suivre.

— Quel âge a-t-il ?

— Il aura dix-huit ans en janvier prochain. Nous avons toujours traité notre fils avec le plus grand respect, nous n'avons pas cherché à le convaincre. Il veut rester ici, il y restera. Nous avons cependant émis l'exigence qu'il soit scolarisé dans ce lycée. Alexis a besoin de se frotter à un environnement plus « normal ».

— Que pense-t-il de cette exigence ?

M. Duivel réprime un sourire avant de me répondre.

— Alexis est contre cette idée. Il n'en voit pas l'utilité.

— Pour quelle raison ?

— Je ne tiens pas à dévoiler ses secrets. S'il le souhaite, il vous en fera part. Ce que nous attendons de cet établissement, c'est qu'il normalise ses rapports avec les autres personnes, tant avec votre directeur qui incarne une discipline qu'il n'a jamais connue, qu'avec des camarades de classe de son âge auxquels il n'est pas habitué.

— En quoi dois-je intervenir ? je m'enquiers, sceptique.

— Alexis va continuer d'habiter notre hôtel particulier. Il sera entouré par notre majordome auquel il voue une grande affection. Quant au lycée, il va faire tourner en bourrique ses professeurs. Si Alexis s'ennuie, il refusera de revenir. S'il trouve dans votre enseignement un intérêt minime, il reviendra. Mais ne vous y trompez pas, il prend cela comme un défi. Madame Valmur, je connais votre réputation, je ne doute pas que vous saurez résister à mon turbulent fils.

— Dois-je comprendre que vous m'offrez en pâture ?

— Je suis un homme bien renseigné. Ce genre de défi ne doit pas vous déplaire.

— Et si j'échoue ?

— Ça n'y changera pas grand-chose, je vous l'accorde. Nous espérons seulement qu'Alexis trouvera un supplément d'âme et qu'il cessera de considérer tout comme acquis.

Je rencontre les yeux de son épouse à ses côtés. Une étincelle anime ses prunelles grises.

— Je vous en prie ! dit-elle. Je serai rassurée de savoir qu'Alexis pourra compter sur vous.

— Je ne vois pas comment il me serait possible de refuser cela.

— Nous avons conscience que ce que nous vous demandons dépasse le cadre du simple enseignement. Nous saurons nous montrer reconnaissants, ajoute alors son mari.

— Puisque vous êtes un homme bien renseigné, monsieur Duivel, vous n'ignorez pas que je n'ai nul besoin de ce travail, je réplique, vexée par ses insinuations bassement matérielles.

— J'apprécie votre honnêteté, mais vous vous méprenez sur le sens de mes paroles. Nous en reparlerons plus tard, quand vous aurez fait la connaissance d'Alexis, conclut-il en soutenant mon regard dubitatif avant de se lever et de tendre au directeur une main franche et entendue. Je compte sur vous, monsieur Morel. Vous savez où nous joindre. Je vous remercie pour votre aide, mon épouse et moi-même partons rassurés.

— Tout l'honneur est pour moi. Soyez certains qu'Alexis sera entre de bonnes mains.

M. Duivel s'abstient de commenter cette affirmation et se tourne vers moi.

— Nous essaierons d'intervenir auprès d'Alexis, mais je ne vous promets rien.

— Tout comme je ne vous promets rien.

Un éclair traverse le regard dont il me fixe.

— Au revoir, madame Valmur, dit-il en prenant congé.

Son épouse effleure discrètement mon bras avant de lui emboîter le pas. Un soupir accueille leur départ de l'autre côté du bureau. M. Morel réajuste sa cravate d'un geste mécanique.

— Vous l'aurez compris, le jeune Alexis va nous mener la vie dure, dit-il.

— Va *me* mener la vie dure ! je rectifie.

— À en croire ses parents, il risque d'envoyer tous ses professeurs en asile psychiatrique.

— Pourquoi avez-vous accepté ?

— Je ne pouvais pas cracher sur un demi-million d'euros.

Je me mords la lèvre et j'assure ma voix avant de poser la question qui me tenaille.

— Combien avez-vous reçu de mon mari pour m'accueillir ?

— Comment savez-vous cela ? réagit-il en rougissant.

— Mes collègues sont tous des enseignants chevronnés, choisis sur casting, avec de nombreuses années d'expérience et un dossier exemplaire. Je ne suis pas dupe, Michel. Je sortais à peine de ma formation, j'étais bonne pour un lycée de banlieue difficile, je n'avais aucune chance d'intégrer votre établissement.

— Mickaella, votre compétence ne fait aucun doute.

— Combien, Michel ?

— Près d'un million.

Je le regarde, bouche bée, et je me rassois.

— Sans ce genre de financement, nous ne pourrions pas proposer une telle qualité d'enseignement à nos futures élites, comprenez bien ma position ! se justifie-t-il.

— Et comprenez la mienne ! À moi seule, je viens de vous rapporter une véritable fortune, je constate froidement.

— Je ne saurai jamais vous remercier assez Mickaella.

— Expliquez-moi !

— Les Duivel ont pris contact avec moi à la fin de l'été. Ils m'ont confié la difficulté que représente leur fils et leur volonté que *vous* soyez sa tutrice. M. Duivel y attache une grande importance. Ils m'ont glissé un chèque sous le nez. Je n'ai exercé aucune pression sur eux, au contraire.

Son air embarrassé plaide en sa faveur, j'abandonne.

— Je vous crois. Est-ce que mes petits camarades sont au courant ?

— Tout ce qui vous concerne est absolument secret. Je conserve votre dossier dans mon coffre comme je l'ai promis à votre mari. Il en sera de même pour Alexis. Seul le décès d'Henri a révélé votre union. Je suis désolé.

— Ce n'est pas grave. Je devais m'y attendre.

— Vous avez carte blanche avec ce garçon. N'hésitez pas à me parler franchement si vous avez des problèmes.

— Je ne sais pas si je dois vous remercier, Michel.

— Qui sait ? lance-t-il, rassuré.

Je digère difficilement le sentiment d'avoir été utilisée. De la part d'Henri, j'en avais pris l'habitude. Mon mari se servait de ce qu'il appelait « mon charme » comme arme de guerre et il était toujours sorti vainqueur, sauf d'un seul combat, son dernier, son crabe. Contre le cancer, je n'ai pas su lutter.

*

* *

Je me réveille avec une énergie surprenante. Alexis Duivel est un défi qu'on me lance personnellement. Mon reflet dans le miroir est conforme à ce que j'attendais, cheveux relevés, maquillage discret, chemisier noir et pantalon de même. J'ajoute une note de gaieté en bouclant autour de mes reins une ceinture dorée. Mon âge ne me permet pas de sombrer dans le deuil absolu. En ce jour de rentrée scolaire, je préfère utiliser l'Alpha Roméo dont se servait Henri, elle craint moins que la Porsche. Au seuil de son lycée, M. Morel regarde la foule d'un air inquiet.

— J'ai beau gérer les inscriptions au compte-gouttes, ils sont plus nombreux chaque année, constate-t-il quand je le rejoins.

— S'ils vous amènent tous un petit chèque, ça ne devrait pas vous déplaire, j'ironise.

— Détrompez-vous, Mickaella ! Nous devons rester une exception. Si nous nous ouvrons au grand public, nous perdrons notre réputation.

— Augmentez les droits d'inscription.

— Nous nous priverions de jeunes certes moins riches, mais plus brillants.

— Faites passer un test d'entrée.

— Nous nous ferions démolir par le ministère.

— Alors c'est sans espoir, cessez de vous plaindre !

— Vous avez la philosophie dans la peau, finit-il par rire.

Je hausse les épaules et gagne la salle des profs. Mes collègues m'accueillent avec sympathie. Samuel est évidemment le plus empressé. La sonnerie stridente met fin aux conversations. Ma classe se situe au troisième étage, sous les combles. Elle est mansardée sur un côté et de taille modeste. Elle compte deux petites fenêtres qui rendent l'atmosphère plus intimiste que les immenses salles du bas où le soleil entre, éblouissant et trop chaud aux beaux jours. Le parquet rend les déplacements sonores, les élèves apprennent la discrétion en même temps que la philosophie, ce qui n'est pas pour me déplaire. D'ailleurs, le vacarme des pas m'informe de l'arrivée de mes étudiants. Je quitte mon bureau et je vais leur ouvrir. La plupart d'entre eux me connaissent de vue et m'adressent quelques sourires en passant.

Pas de trace du nouveau !

L'appel que je fais confirme mes soupçons. Alexis Duivel sèche déjà le lycée. Dès la fin de l'heure, je fonce chez le directeur.

— Alexis Duivel n'était pas en cours, j'annonce à un M. Morel effondré.

— Ça commence fort. Je vais devoir alerter ses parents, grommelle-t-il.

— S'ils sont déjà à New York, patientez ! Il doit être 3 heures du matin là-bas.

M. Morel me remercie et je retourne à mes élèves. La journée se déroule bien dans l'ensemble. Au moment de partir, vers 16 heures, je passe la tête dans le bureau directorial.

— Des nouvelles du génie ?

— Les Duivel sont consternés. Ils cherchent à joindre leur fils.

— Drôle de famille !

— C'est vous qui dites ça, Mickaella ?

— Oui, c'est pour dire, n'est-ce pas ?

*

* *

La première semaine se déroule sans histoire. Je reprends facilement le rythme qui me permet de penser à autre chose qu'à Henri dans cette grande maison vide où je vis seule, à l'exception d'une femme de ménage trois fois par semaine. D'Alexis Duivel, aucune nouvelle jusqu'à ce que, la semaine suivante, M. Morel frappe à ma porte quelques minutes après le début de mon cours.

— Madame Valmur, désolé de vous interrompre, mais je tiens à vous présenter votre nouvel élève, M. Alexis Duivel.

Il s'écarte devant un jeune homme qui entre d'un pas lent, mais assuré. Il dépasse le directeur d'une bonne tête. Je reconnais sur son visage les traits volontaires de son père. Il a la même stature aussi, en moins massive, de même que les cheveux bruns, en plus désordonnés. Mon opinion est définitivement arrêtée lorsqu'il plante son regard noir dans le mien. Je m'y attendais.

Je soutiens son examen comme j'ai soutenu celui de son père. Il fronce les sourcils et je vois sa mâchoire se contracter.

Alexis Duivel est superbe. Sa divine apparition ne laisse pas les filles indifférentes. Elles manifestent leur émoi trop bruyamment à mon goût. Je rappelle tout le monde à l'ordre et prie mon nouvel élève de se trouver une place qui aurait l'heur de lui plaire. Il tique devant mon ironie et gagne la place la plus éloignée de mon bureau. Je remercie M. Morel qui s'éclipse, non sans avoir esquissé un petit geste d'encouragement à mon égard.

Le sujet de mon cours porte sur la différence entre le désir, le besoin et la volonté. De toute évidence, mes élèves n'ont plus du tout la tête à discuter philo. Je parle dans le vide alors je me tais. Quelques-uns se sont rendu compte de mon silence et semblent embarrassés. D'autres, au contraire, continuent de chuchoter en lançant des œillades vers le fond de la classe. J'en profite pour cataloguer mes petits sujets. Des raclements de gorge gênés finissent par avoir raison des plus récalcitrants. Lorsqu'ils me font tous face, affichant pour certains un air innocent comique à défaut d'être crédible, je porte mon regard vers le nouveau venu.

— Il semblerait que votre arrivée sème le trouble dans mon auditoire, j'observe d'une voix très calme.

— Il semblerait !

Sa voix grave et chaude fait frissonner de nouveau l'assemblée.

— Quel moyen aurais-je de ramener ces jeunes gens au sujet qui nous préoccupe ?

— Tout dépend de vous. Avez-vous le désir ou la volonté d'être écoutée ? me répond-il sur le même ton joueur.

Alexis est à la hauteur de sa réputation. Aucun de mes autres élèves n'aurait été capable d'une telle repartie.

— Quelle est la différence ?

— Le désir correspond à notre inclination première, alors que la volonté désigne le résultat d'une élaboration par la raison. Vous vous situez dans la première catégorie, celle du désir, conclut-il, sûr de lui.

— Qu'est-ce qui vous permet de dire ça ?

— Votre indignation devant le comportement de vos élèves. Seule une grande maîtrise de vos nerfs vous a permis de ne pas vous emporter. Votre raison l'emporte, mais ne peut dissimuler votre désir sincère d'être écoutée.

Je le regarde en tentant de cacher mon trouble et mon admiration. Il ne me lâche pas pour autant.

— Vous nous épargnez des vocalises stériles et un spectacle affligeant d'impuissance, c'est appréciable, d'autant que vous avez réussi à captiver de nouveau votre auditoire, dit-il d'un air narquois.

Sa provocation me laisse de marbre tandis que la consternation se peint sur les visages des autres élèves.

— Et pourrait-on savoir quel est votre désir en ce moment ?

— Je préfère garder ça pour moi, vous en seriez choquée, répond-il en souriant.

J'ai atteint la limite, je dois revenir sur un terrain purement professionnel. Aussi je pirouette sur le sujet.

— La question est simple, que désire-t-on ? Un portable, boire, manger, dormir, aimer, mourir. Cette liste peut être allongée indéfiniment. On remarque qu'à travers toutes ces choses, nous désirons et obtenons un plaisir. Les hommes, comme tous les animaux, cherchent le plaisir à travers leurs actions. Dès lors, la question est de savoir ce qui donnera du plaisir.

La voix d'Alexis s'élève, tranchante.

— Schopenhauer a élaboré une philosophie selon laquelle les affinités amoureuses s'expliqueraient par la nécessité de la survie de l'espèce. La femme qui attire le plus ne donnera pas un plaisir maximal, mais la descendance la plus viable. Nos désirs ne sont pas au service de notre bonheur individuel, mais au service des intérêts de l'espèce.

— La survie de l'espèce humaine est assurée, pourtant l'homme ne cesse pas moins de désirer, je lui fais remarquer.

— Perversion ! L'homme éprouve sa puissance.

La sonnerie coupe court à notre joute intéressante. Il ne bouge pas de sa table tandis que ses camarades gagnent la sortie. Je reste impassible, calée au fond de ma chaise. Nous nous regardons d'égal à égal puisque je devine chez lui le désir de me le prouver. Il vaut mieux que je ne le prenne pas de haut.

— Avez-vous toujours les idées aussi tranchées ? je lui demande quand nous sommes seuls.

— Je le crains.

— Le craignez-vous pour vous-même ou pour les autres ?

— Je fais rarement preuve de générosité. Je le crains pour moi.

— Qu'est-ce qui vous a décidé à venir nous rejoindre ?

— Mon père m'a parlé de vous. Je vais lui devoir des excuses, il avait raison.

Une lueur étrange passe dans son regard, il attend la perche que je me refuse à lui tendre. Je ne lui pose aucune question.

— À demain donc ! j'affirme posément quand il se lève pour gagner la sortie.

Il se retourne vers moi avec un air sérieux.

— Je n'y vois que mon propre intérêt, madame Valmur. Sachez-le !

Je le regarde sortir avec soulagement. Ce premier duel m'a vidée de mon énergie. Je pousse un soupir avant de me décider à aller faire mon rapport auprès du directeur sur cette curieuse rencontre. M. Morel ne se montre pas surpris des capacités hors normes du garçon.

— M. Merlier est désespéré, Alexis s'amuse à enseigner l'argot à ses camarades. Deux heures de cours et il sème la pagaille.

— Il n'a pas semé la pagaille dans mon cours, je rectifie. Disons qu'il a élevé le niveau un peu trop haut. Il me revient de réajuster les choses. J'ai tendance à considérer ça comme bénéfique. S'il agit ainsi dans toutes les matières, il créera peut-être une émulation.

— Je vois qu'il a trouvé en vous une excellente avocate. Je reste néanmoins inquiet pour les autres enseignants qui n'auront pas tous votre compassion.

— Vous tenez fermement les rênes de votre équipe Michel, vous saurez maintenir l'ordre.

— Mickaella, vous êtes définitivement quelqu'un de surprenant.

— Ma classe m'attend, j'élude en virevoltant vers la sortie.

J'aime l'affrontement, les joutes d'esprit auxquels mon mari m'a initiée. Et j'ai enfin un adversaire à ma taille. Alexis Duivel n'aurait pas, en effet, meilleure avocate que moi. Une petite question me taraude cependant, *qu'a pu dire son père à mon sujet pour motiver son fils ?* Je ne désespère pas de le découvrir sans m'abaisser à poser la question.

*
* *

Le jeune homme est présent le lendemain, au fond de la salle. Il reste muet, ne prenant aucune note, contrairement à ses camarades qui noircissent des pages alors que je doute qu'ils comprennent la moitié de ce qu'ils écrivent mécaniquement. Il m'observe sans relâchement. À quelques reprises, je soutiens son regard, mais mon attention est systématiquement détournée par une question à laquelle je ne peux me soustraire. À l'issue de mon cours, il reste en place.

— Ai-je été suffisamment généreux ? demande-t-il de sa belle voix grave.

— À quel point de vue ?

— J'ai accordé à mes camarades l'occasion d'écouter votre cours sans l'interrompre.

J'acquiesce en grimaçant et il éclate d'un rire qui me perturbe.

— Vous êtes exigeante, madame Valmur. Reconnaissons, vous et moi, que la philosophie est affaire d'initiés. Vos élèves n'en ont rien à foutre. Ils ne pensent qu'à leurs préoccupations, leur portable, leur copine ou leur petit ami, la paire de chaussures du voisin. Du banal, de l'affligeant.

— Et pas vous ?

— J'ai été préservé de ce genre d'élevage en batterie. J'ai d'autres désirs que ceux qui les animent et je suis certain que vous ne les comprenez pas plus que moi.

— Je dois avouer que non.

— Nous avons eu tous les deux beaucoup de chance, un vrai luxe !

— Je ne suis pas issue d'un milieu aisé, je me défends presque malgré moi.

Il sourit, satisfait. Il est parvenu à m'extirper une confidence personnelle. J'admets ma défaite en bonne joueuse.

— À demain, madame Valmur, ricane-t-il en m'abandonnant sur le ring.

Le jour suivant, il retrouve la parole, sur un ton plus modéré cependant. En dehors de mes cours, je le surprends à de nombreuses reprises en grande conversation avec d'autres lycéens. M. Morel me fait part de sa satisfaction, mais aussi du désarroi des autres professeurs qu'Alexis prend plaisir à torturer. Le bougre parle couramment l'anglais, l'espagnol, pratique la musique depuis son plus jeune âge, connaît l'histoire et la géographie sur le bout des doigts. Il sèche les cours de sciences, estimant le prof incompétent et soporifique, ce dont il n'a pas manqué de faire part au directeur lui-même. Au final, je suis la seule à mériter sa clémence selon

M. Morel, qui me demande d'intercéder en faveur de mes collègues auprès de mon protégé.

Au bout de la quatrième semaine, Alexis vient systématiquement à l'issue du cours discuter quelques minutes avec moi comme s'il en éprouvait le besoin. Le jeudi, mon cours clôture la journée à 18 h 30. Il reste alors un peu plus longtemps et nos conversations prennent un tour plus intime.

— Je suis surpris des rumeurs qui courent à votre sujet et je préférerais savoir à quoi m'en tenir de votre bouche, attaque-t-il franchement.

Je le regarde, dubitative. J'espère au moins que ces rumeurs ne me rendent pas coupable d'un assassinat. Il sourit en constatant l'effet qu'il produit.

— En êtes-vous vraiment étonnée ?

— Non ! je finis par admettre.

— De quoi est mort votre mari ?

— D'un cancer de la prostate.

— Quand est-ce arrivé ?

— En juin, juste avant les vacances d'été.

— Ça a été un choc ?

— Oui et non. Henri se savait malade depuis longtemps.

— Il s'agit d'Henri Valmur, l'écrivain et philosophe de renom, n'est-ce pas ?

— Oui.

— Mon père semble l'avoir connu. Notre bibliothèque comporte quelques-uns de ses ouvrages, dont un dédicacé.

— Ton père a évoqué une rencontre, en effet.

— Quel âge avait-il ?

— Soixante-quatre ans.

— Quel âge avez-vous ?

Je vois bien où conduit sa question, mais j'y réponds avec franchise.

— Vingt-sept ans.

— Pourquoi avez-vous épousé un homme qui aurait pu être votre père ?

— Quand il m'a demandé de l'épouser, il m'a expliqué toutes les bonnes raisons que j'avais d'accepter et je ne pouvais que me rendre à l'évidence qu'il disait vrai.

— Vous n'avez jamais eu peur du regard des autres ?

— Au début si, mais Henri m'a appris à ne plus m'en soucier.

— J'aimerais que vous me racontiez votre histoire.

— Tu y tiens vraiment ?

— Vraiment, insiste-t-il en venant s'asseoir à la table devant mon bureau.

Je remarque qu'il inhale profondément en fermant les yeux puis il m'invite à commencer. Son regard pétille de curiosité sincère. Je ne vois pas pourquoi le lui refuser. J'espère qu'en retour, il me fera suffisamment confiance pour se livrer à son tour. Je prends donc une brève inspiration avant de me lancer.

— Mes parents sont des gens modestes, mon père était ouvrier dans une industrie métallurgique du Nord avant de prendre sa retraite. La famille comptait quatre enfants à élever, nourrir et éduquer. Ils aspiraient à ce que je me marie rapidement. Ils avaient d'ailleurs une idée précise de l'homme auquel j'étais censée unir mes jours, un ouvrier métallo comme Papa, un certain Didier, un QI d'huître. Malheureusement pour eux, j'étais bonne élève et j'ai refusé. Je suis allée à la fac à Lille. Leurs revenus n'étaient pas cependant suffisants pour subvenir à mon logement, alors je suis devenue serveuse dans un bar du centre-ville. Mon travail a pris rapidement le pas sur mes études et j'ai fini par accepter le temps plein que me proposait le patron. C'en était fini de mes illusions de carrière brillante, mais je gagnais ma vie. C'est là que j'ai rencontré Henri, il était de passage à Lille pour une conférence. Il est venu un soir, au bar. Nous avons discuté pendant des heures, il était passionnant. Il est revenu plusieurs jours de suite alors qu'il devait être rentré à Paris depuis longtemps. Au dernier soir, il m'a proposé de l'épouser. Il m'a expliqué sans gêne qu'il appréciait ma compagnie, qu'il me trouvait belle et intéressante, qu'il n'avait pas eu d'enfant et qu'il ne se voyait pas m'adopter, préférant de loin l'idée de me coucher dans son lit plutôt que de border le mien. Il m'a dit que je pourrais bénéficier de sa fortune, de sa notoriété et que je pourrais reprendre alors toutes les études que je voulais.

— Vous vous êtes donnée en échange de sa fortune ?

— Vu de l'extérieur, ça doit ressembler à cela en effet, mais j'aimais sincèrement Henri. Mon mari n'a pas eu à se plaindre de moi, il m'a faite femme.

— Vous étiez vierge ?

— Dans mon milieu, la virginité des filles est un bien précieux et je n'ai jamais eu la tentation de la brader. Henri en a été émerveillé.

— Vous avez eu des enfants ?

— Non, c'était la seule exigence de mon mari. Il m'a demandé de veiller à ne jamais tomber enceinte.

Alexis goûte ces informations avec un drôle de sourire puis reprend sa litanie de questions.

— Comment vos parents ont-ils réagi ?

— Ils étaient furieux. Ils ont tenté de s'opposer à notre mariage, mais j'étais déterminée. Ils ont décidé de ne pas répondre à mon invitation et je n'ai plus jamais eu de leurs nouvelles.

— Et votre vie quotidienne, à quoi ressemblait-elle ?

— Henri m'a laissé profiter un temps de mon bonheur enthousiaste, puis il m'a remise sérieusement aux études en s'érigeant lui-même en professeur. Il m'a forcée à m'inscrire à l'institut de formation des profs. Lorsque j'ai eu mon diplôme, il a décroché son téléphone et m'a dégoté un rendez-vous avec le directeur de ce lycée. La réputation d'Henri m'a été très utile.

— Vous êtes donc la seule héritière de sa fortune. Pourquoi continuez-vous à enseigner ?

— Pour ne pas mourir d'ennui d'une part et pour rester fidèle à la promesse que je lui ai faite d'autre part.

— Quelle promesse ?

— Henri est tombé malade trois ans après notre mariage, à partir de ce jour, il a programmé pour que je sois à l'abri de tout. Il m'a fait jurer que son œuvre ne resterait pas inutile, que je perpétuerais sa passion, que je témoignerais de son amour. Je ne pouvais pas faire autrement.

— Vous n'avez pas profité longtemps de votre mariage.

— Henri a décrété que nous devions faire chambre à part. Il ne souhaitait pas que j'assiste à sa déchéance. Il m'a assurée que si j'en éprouvais le besoin ou l'envie, j'étais libre de me laisser aimer par un autre.

— Vous l'avez trompé ?

— Non, rien que l'idée m'était insupportable.

Alexis s'interrompt un moment avant de me poser une dernière question.

— Votre mari vous donnait-il un surnom, Mickaella ?

Mon prénom résonne bizarrement dans sa bouche, je crains soudain que la rougeur de mes joues ne trahisse mon émotion.

— Micky.

— Me permettriez-vous d'user de ce surnom et de vous tutoyer en privé ?

— Je te le permets.

Il acquiesce en se levant.

— Merci, Micky ! lance-t-il avant de partir.

Je suffoque derrière mon bureau. Ma confession m'a ébranlée plus que je ne le pensais. J'ignore encore pourquoi j'ai tout déballé de cette façon à ce gamin trop perspicace. J'espère seulement que cela le décidera à se montrer lui aussi plus ouvert à mon égard.

*

* *

Le lendemain, j'attends avec appréhension l'heure de cours avec les terminale L1. Alexis entre bon dernier dans la salle en bavardant avec Benjamin, dont le sourire béat me distrait régulièrement depuis la table située devant mon bureau. Une heure durant, je tâche de capter l'attention de gosses pressés d'en finir avec la journée. Quand la sonnerie les libère, Alexis vient prendre, comme c'est désormais son habitude, la place vacante de son ami.

— Le noir est une couleur qui te va bien, constate-t-il.

Je rougis sous ce compliment auquel je ne m'attendais pas. Lui reste sérieux.

— Tu pourrais cependant mettre plus en valeur les atouts qui feraient de toi une femme parfaite.

— Je n'ai pas cette prétention, je me défends avec vigueur, interloquée par sa drôle de remarque.

— Quelle femme résisterait au plaisir de lire le désir dans le regard des autres, Micky ?

— Je n'en vois pas l'utilité pour ce qui me concerne.

— L'as-tu seulement éprouvé une seule fois ?

— Je ne sais pas, j'avoue timidement après avoir hésité un instant.

Sans crier gare, il vient se planter devant mon bureau.

— Lève-toi, veux-tu ?

Une lueur éclaire son regard sombre que je soutiens sans pour autant recevoir de réponse aux questions qui me taraudent. Intriguée, je cède et j'obtempère sans protester.

— Enlève les deux premiers boutons de ton chemisier !

— Quoi ? je m'offusque sèchement.

— Je croyais que tu suivais toujours les bons conseils ? insinue-t-il sournoisement.

— Alexis... je...

— Ôte deux boutons, Micky ! insiste-t-il d'une voix redoutablement calme.

Ma main monte presque malgré moi jusqu'à mon col et je dégrafe les boutons qu'il réclame. Ma poitrine se soulève plus rapidement sous le coup de l'émotion.

— Tu ne devrais pas négliger ta lingerie, commente-t-il en se détournant. Suis mes conseils ! ajoute-t-il avant de filer vers la sortie et de disparaître.

Je reste pantelante derrière mon bureau. Ma respiration met quelques minutes à retrouver un rythme normal. Mes doigts traquent les boutons de mon chemisier pour les refermer, mais j'arrête mon geste. *Et si ce diable de garçon avait raison ?*

J'ai pris très jeune l'habitude de cacher ma poitrine, vieux complexe d'adolescente timide, mal à l'aise avec son corps. Peut-être devrais-je incriminer aussi ma mère qui, voyant s'épanouir mes seins, s'est fait un devoir de me terroriser en m'assurant que les hommes ne voyaient que ça chez moi.

Je quitte ma salle de classe et traverse le hall. Personne ne lorgne particulièrement mon décolleté. J'en suis à la fois soulagée et bizarrement déçue. En rentrant chez moi, j'entame aussitôt un tri sévère de ma commode. Je suis obligée de reconnaître que ma lingerie fait pitié. Tout est dépareillé, mes soutiens-gorge n'ont pas tous la même taille et la plupart ont vécu les affres de nombreux lavages en machine. Radicale, j'enfourne les trois quarts de mes sous-vêtements dans un sac-poubelle et je procède à l'essayage des survivants. Le résultat m'anéantit. Seule me reste de bien la parure que j'avais achetée pour mon mariage. Je ne l'ai plus portée, craignant stupidement de l'abîmer. Je caresse fébrilement sa fine dentelle, les souvenirs me remontent à la gorge. Je réprime un sanglot, j'ai promis à Henri de ne pas pleurer. J'enfile la lingerie la plus belle que j'ai jamais possédée, puis je remets mon chemisier en laissant les deux premiers boutons libres. Je prends le temps de m'admirer et, lorsque je suis habituée à mon image, je relâche un bouton supplémentaire.

Je ressasse sans arrêt les propos d'Alexis. *À dix-sept ans, que sait-il de la vie pour jouer aussi bien au jeu de la séduction ?* J'en reste stupide au milieu des rayons de l'hypermarché où je suis venue remplir mes tiroirs. Je prends au hasard quelques sous-vêtements sans les essayer. L'idée de me déshabiller au son des annonces publicitaires pour la lessive ou les croquettes pour chiens m'insupporte. Le résultat s'avère assez décevant, mais au moins, c'est du neuf.

Le lundi matin, j'opte finalement pour ma lingerie nuptiale en redoutant un peu la réaction de mon curieux élève. Lorsque je pénètre sur le parking, je le vois en compagnie de lycéens avec lesquels il discute joyeusement. Je gare ma voiture et vérifie ma mise dans le rétroviseur avant de descendre. Lorsque j'arrive dans le hall de l'établissement, la sonnerie retentit et les élèves s'éparpillent. C'est à ce moment-là que je m'aperçois que la main d'Alexis tient celle d'une des jeunes filles du groupe. Il s'agit de Julia Simon, élève en terminale ES. Elle est jolie, mais ne brille guère plus dans ce domaine que dans ses études très moyennes. *Quel attrait un garçon aussi séduisant qu'Alexis peut-il bien lui trouver ?* Il ne manque pas de candidates au titre de petite amie bien plus belles qu'elle. Ma réflexion est interrompue par le directeur en personne.

— Eh bien, madame Valmur, on dirait que vous êtes fâchée.

*Fâchée ? Moi ?*

Je nie catégoriquement et je gagne ma classe.

Le hasard veut que j'aie la terminale ES en deuxième heure de cours. Je me surprends à lorgner Julia en me demandant ce qu'Alexis a bien pu lui conseiller, à elle qui ne doit pas dépasser le bonnet B. Je m'en sens honteuse et l'envie de mordre m'envahit. J'accueille la pause déjeuner avec soulagement. Il ne me faut pas bien longtemps avant de surprendre Samuel, en salle des profs, en train de couler un œil vers ma gorge inhabituellement découverte. Je ne saurais dire si cela me flatte ou m'irrite davantage. Toujours est-il que je referme soigneusement mon col et que j'appréhende plus fébrilement encore le cours de 15 heures.

Mes élèves de L1 attendent dans le couloir que j'aille leur ouvrir, cela fait partie des règles que j'ai imposées dès la rentrée. Au moment de poser la main sur la poignée, mon orgueil a un sursaut stupide. Alexis va voir qu'il ferait bien mieux de conseiller sa petite amie plutôt que sa prof de philo. Je fais sauter trois boutons et j'ouvre grand la porte. Il entre le dernier, comme toujours. Il réprime un sourire et j'en suis quitte pour une surprise. Alexis a troqué sa place au fond de la salle avec celle de Benjamin, au premier rang. Je marque un temps d'hésitation, puis je vais m'asseoir. Ses yeux caressent mon décolleté avec une telle intensité que je dois faire appel à tout mon sang-froid pour demeurer impassible. Je trouve le moyen de me soustraire à son examen en arpentant les travées de ma classe. Benjamin m'adresse un sourire confus quand je passe près de lui. Je soupçonne d'avoir été l'objet de négociations entre ces deux garçons. Le comportement d'Alexis m'égare complètement. Je le vois attentif à chacun de mes gestes, mais il ne décroche pas un mot, inspirant profondément avec un air satisfait. Lorsque la sonnerie libère mes élèves, je sais qu'il restera là. Je vais fermer la porte, lui attend sans bouger que je sois assise.

— Pourquoi as-tu échangé ta place avec Benjamin ? j'interroge aussitôt.

— Tu es allée au-delà de mes espérances, Micky ! As-tu apprécié le regard des hommes sur toi ?

— Je t'ai posé une question, Alexis ! j'insiste sèchement.

— Moi aussi, réponds-y d'abord !

— Tout dépend de ce que tu appelles « des hommes ».

Alexis éclate d'un petit rire. Je ne peux rester en colère contre lui, j'accorde un sourire.

— Je crains de ne pas y avoir été attentive.

— Menteuse ! Je t'ai surprise en train de rougir.

— D'accord, ce n'est pas désagréable, mais ça ne répond pas à ma question.

— Benjamin est complètement sous ton charme. Il en devient bête. Alors, je lui ai expliqué tous les avantages de cette place au dernier rang. Il a pu s'en rendre compte aujourd'hui, mais il n'est pas arrivé au résultat souhaité. Tu as trop bougé. Ce n'était pas charitable de ta part, me gronde-t-il.

— Pardonne-moi, Alexis, mais je ne comprends pas.

Il plante son regard malicieux dans le mien, désorienté.

— Je savais que tu suivrais mon conseil, je l'ai prévenu que le cours allait être dur à vivre pour ses petits nerfs. Je lui ai également dit qu'à ma place, il aurait tout loisir de se masturber sans se faire remarquer. Je n'avais juste pas prévu que tu gesticulerais autant.

— Se... masturber ? je bredouille, incrédule.

— Tu n'as pas remarqué que Benjamin bande à chaque cours de philo ?

— Mais enfin... je... ce n'est pas ce que je regarde en premier chez mes élèves ! je m'exclame, choquée.

— Ce que tu peux être innocente, grommelle-t-il en secouant la tête.

— Tu as manigancé tout ça, je l'accuse.

— Oui, et tu as tout foutu en l'air. Alors, explique-moi pourquoi tu as tant bougé.

— C'est de ta faute, tu n'as pas cessé de m'hypnotiser.

— Je ne faisais que profiter d'un spectacle agréable et j'appréciais d'en être le metteur en scène.

J'ai envie de répliquer, mais je m'en abstiens.

— Ce pauvre Benjamin doit être déçu, rigole Alexis de nouveau.

— Comment sais-tu qu'il... n'a pas... ?

— Je l'aurais senti.

— Pardon ? je hoquette, ahurie.

— Le sperme a une odeur un peu acre très reconnaissable, affirme-t-il, très sûr de lui, tandis que je le dévisage avec des yeux ronds. Mes parents ne t'ont rien dit à mon sujet, n'est-ce pas ?

— À quel propos ?

— Sais-tu quelle est la profession de ma mère ?

— Non.

— Éléonore Duivel est un nez. Elle est reconnue comme l'une des toutes meilleures dans son domaine. Elle travaille pour une très grande marque de la parfumerie de luxe. Mon père en est l'un des dirigeants. Elle s'est aperçue très tôt que je disposais des mêmes aptitudes qu'elle et durant l'été dernier, elle m'a fait passer des tests. Il s'avère que je suis encore plus doué qu'elle. Si j'en crois les spécialistes, je suis le meilleur. J'ai reçu une magnifique proposition d'embauche, un véritable pont d'or. Malheureusement, la loi s'oppose à ce que je signe ce contrat avant janvier prochain. Mes parents ont insisté pour que je profite de ce délai pour intégrer ce lycée. Je te l'ai dit, je n'y voyais, moi, aucune utilité.

— Pourquoi as-tu accepté, finalement ?

— Pour toi, lâche-t-il. Ce que m'a dit mon père à ton sujet a excité ma curiosité et je n'ai pas été déçu. Tu es fascinante.

— Parce que je fais jouir tes petits copains ? je grogne.

— Tu as fait capoter la mission. Je suis le seul à avoir profité de la situation.

— Ne me dis pas que toi aussi tu... !

— Ne sois pas vulgaire, Micky ! Non, j'aime beaucoup ton odeur.

Je me rapetisse sur mon siège. Je porte le même parfum depuis mon mariage, c'était un des premiers cadeaux d'Henri, Eau Fraîche.

— Je ne parle pas de ton parfum, je parle de ton odeur, celle que dégage ton corps. De ma place, je n'en avais qu'une vague impression olfactive, d'ici, elle est beaucoup plus frappante et les boutons que tu as enlevés me permettent de mieux l'apprécier.

Instinctivement, je porte ma main à mon décolleté.

— Laisse donc ces boutons tranquilles, ordonne-t-il en fronçant des sourcils.

— Tu comprendras que je trouve tout cela... inconvenant.

— Vraiment ? Je croyais que tu étais la seule personne avec qui je peux me permettre de parler aussi librement. J'étais persuadé que tu n'avais pas peur des mots. Me serais-je trompé ?

— Non. Mais... je bafouille confuse de sa colère.

— Mais quoi ?

— Rien !

— C'est une occasion que tu ne retrouveras pas. Laisse-toi aller, pour une fois !

— D'accord, je t'écoute, je cède, vaincue.

— Que dirais-tu d'aider ce pauvre Benjamin ? Tu ne peux décemment pas jouer indéfiniment avec ses nerfs. Il a besoin de s'exprimer, sinon tu vas en faire un refoulé de première, se moque-t-il.

— Que suggères-tu ? ne puis-je m'empêcher de rire.

— Nous devons te rendre un devoir demain. Je vais conseiller à Benjamin de prétexter un oubli. Tu le convoqueras à la fin du cours. Quand vous serez seuls, tu déploieras tout ton charme, tu le rendras absolument idiot.

— Tu me fais jouer un drôle de jeu, Alexis, je marmonne, inquiète.

— Ce n'est qu'un jeu, Micky. Pourrais-tu me donner ton numéro de portable ?

— Pour quelle raison ?

— Je te tiendrai informée de la suite des événements. Tu laisseras ton téléphone allumé sur ton bureau, je t'enverrai un SMS.

Je griffonne mon numéro sur un bout de papier et je lui tends. Il le fait disparaître dans la poche de son jean et se lève.

— À demain, Micky.

Je me contente d'un signe de tête quand il sollicite mon regard avant de refermer la porte. Durant toute la nuit, je pense à lui. Je comprends mieux son comportement bizarre, sa façon de humer l'air avec application, les yeux fermés. *Quelle odeur puis-je donc avoir ?* Je suis d'une maniaquerie au niveau de l'hygiène... je doute sentir à ce point. *Mais après tout, ne m'a-t-il pas assuré pouvoir sentir si Benjamin... ?* Le jeu auquel j'ai accepté de me soumettre me donne des scrupules et je me résous à en faire le moins possible.

*
* *

Les terminale L s'installent dans ma classe à 10 heures. Alexis m'adresse un sourire narquois.

Ma tenue semble le ravir. J'ai troqué mon chemisier noir contre un autre bleu clair plus cintré dont le décolleté plonge plus profondément. C'est la première fois depuis le mois de juin que j'ai abandonné la couleur noire. J'ai eu du mal à m'en convaincre ce matin, mais la curiosité l'a emporté.

Dès le début du cours, je réclame le devoir et passe dans les rangs pour le ramasser. Je m'applique à marcher lentement en évitant de croiser le regard de Benjamin avant d'être arrivée à sa table. Lorsque je porte les yeux vers lui, il hésite et jette un bref coup d'œil en direction d'Alexis avant de marmonner en rougissant qu'il a oublié sa copie.

— Je n'apprécie pas ce genre de plaisanterie, Benjamin, je le gronde sévèrement. Tu viendras me voir à la fin du cours.

Il secoue la tête, incapable d'articuler un son, et je reprends mon chemin. Durant toute l'heure, Alexis me fait subir son examen minutieux, mais cette fois, je décide de le défier et je ne bouge pas de ma place. Quand vient le moment crucial, les élèves quittent précipitamment la salle pour rejoindre le cours suivant. Benjamin reste assis à sa place et Alexis hoche la tête en partant.

— Benjamin, approche ! j'ordonne. Qu'est-ce que c'est que cette histoire de devoir non fait ?

Il s'exécute timidement et vient poser sur moi des yeux aussi étonnés que soucieux.

— Je l'ai fait... je l'ai juste oublié chez moi, rectifie-t-il.

— Benjamin, pourrais-tu me dire pourquoi tu as changé de place avec Alexis ? je demande en serrant les bras sur ma poitrine, ce qui a pour effet de faire ressortir davantage mes seins sous son nez.

Il devient pivoine tant par l'embarras que lui cause ma question que par la vue directe sur ma gorge.

— C'est Alexis qui a voulu changer, se défend-il.

— Pour quelle raison ?

— Je ne sais pas.

— Je te trouve plus distrait en ce moment. On dirait que tu as du mal à rester concentré.

— Ah, c'est que je... non, j'vous assure.

Je pose ma main sur son bras. Mon chemisier s'ouvre et les yeux de Benjamin s'illuminent d'un éclat de panique.

— Rapporte-moi ton devoir jeudi sans faute.

— D'accord, vous l'aurez, souffle-t-il.

Je rédige une note pour mon collègue d'anglais en le priant d'excuser le retard de son élève et je la lui remets.

— Ne traîne pas dans les couloirs, je lui conseille innocemment.

— Non, madame !

— Benjamin, essaie de ne pas te laisser distraire, je le retiens encore une seconde.

Il approuve de la tête et s'enfuit tandis que je réajuste ma tenue avant de faire entrer mes autres élèves. Je commence mon cours lorsque mon portable vibre sur mon bureau. Tout en poursuivant mon exposé, je clique rapidement sur le message qui s'affiche en provenance d'un numéro masqué.

« *Beau travail, Ben a joui en moins de trois minutes.* »

Je supprime le message. Alexis a empoisonné mon esprit. La morale, à défaut de la déontologie, aurait dû m'interdire ce jeu stupide, mais curieusement, je n'éprouve aucun remords. Après tout, Benjamin n'est pas vraiment victime et a connu grâce à moi un petit moment de bonheur.

Le jeudi, comme convenu, il frappe discrètement à ma porte et rougit lorsque je lui ouvre. Je le précède jusqu'à mon bureau où il dépose son devoir. Je parcours sa copie sans émettre de commentaire. Il attend, statufié devant moi. Je dirige malgré moi le regard vers le renflement de son pantalon. Il bande. Je le renvoie à sa place tandis que les autres élèves arrivent. Alexis incarne l'innocence même. Je profite d'avoir à noter quelque chose au tableau pour lorgner du côté de Benjamin, je surprends le geste de sa main dans sa ceinture. Je retourne un peu troublée à mon bureau. Alexis lève un sourcil moqueur et hoche discrètement la tête. Benjamin, lui, file comme une flèche aux premières notes de la sonnerie.

— Je crois que Ben a pris son rythme de croisière, affirme mon turbulent élève sur un ton très sérieux.

— Je devrais m'en scandaliser, je rumine.

— Avoue que ça t'amuse !

— Tu es un démon.

— Tu ne penses pas si bien-dire, Duivel signifie diable.

Je n'ai rien à lui répliquer.

— Micky, n'as-tu donc aucune jupe dans ta penderie ? Je suis certain que tu as de très belles jambes, c'est dommage de les dissimuler ainsi. J'aurais une autre vue agréable depuis ma place.

— On ne voit que le bas derrière ce bureau, je le sais, j'ai vérifié.

— Je te conseille celles qui arrivent aux genoux, c'est extrêmement sexy avec des talons hauts, continue-t-il, indifférent à ma remarque.

— Tu as décidé de me relooker ?

— Il le faut bien puisque tu ne le fais pas spontanément.

— Je verrai ce que je peux faire, je soupire complaisamment.

— Il faut que j'y aille, Julia m'attend, dit-il en abrégeant d'un bon quart d'heure notre rendez-vous informel habituel.

Je m'en sens comme trahie. Il me délaisse au profit d'une gamine banale à pleurer. Il observe mon changement d'humeur avec trop de perspicacité. Je suis absolument certaine qu'il sait à quoi s'en tenir et qu'il a fait exprès de mentionner son rendez-vous. Je me ressaisis aussitôt.

— À demain, je réponds tranquillement.

Il fait une moue craquante et s'éloigne vite.

*

* *

Ma penderie n'offre pas plus de perspectives intéressantes que ma commode. J'y trouve néanmoins une petite jupe droite noire que j'ai achetée suite au décès d'Henri. Le bord flirte avec mon genou, exactement comme l'a recommandé Alexis. J'y associe une blouse noire échancrée et relève le tout d'une ceinture argentée. Pour les talons hauts, j'ai une collection intéressante de chaussures, celles-ci ayant toujours été mon péché mignon. Tandis que je traverse le parking pour rejoindre le hall, Alexis m'observe de loin. Comme par défi, il pose son bras sur les épaules de Julia. Je l'ignore en poursuivant mon chemin.

— Je suis heureux que vous ayez réussi à reprendre goût à la vie, Mickaella, m'accueille M. Morel. Vous êtes ravissante.

— Votre amabilité me touche, Michel.

— Est-ce que tout se passe bien avec votre protégé ?

— Je le crois. En tout cas, je ne m'en plains pas.

— Savez-vous qu'il fréquente la petite Simon ?

— Je les ai aperçus, en effet.

— Les Duivel seront soulagés de savoir que leur fils n'est pas si « anormal », plaisante le directeur en se frottant les mains.

— Je ne pense pas que ces jeunes gens en soient là.

— Je ne suis pas de votre avis, je les ai surpris en train de s'embrasser hier soir à la sortie des cours.

— Dans ce cas...

— Mais je cause, je ne voudrais pas vous retarder, Mickaella.

Je grimpe les trois étages jusqu'à mon havre de paix et me laisse tomber sur la chaise. À n'en pas douter, je suis très très très stupidement jalouse sans en avoir le droit, sans même y comprendre quelque chose. Le bruit des pas dans le couloir me secoue. Je réajuste ma tenue et reprends meilleure contenance. Ce vendredi m'offre la chance de prouver à cet avorton qu'il a trop certainement raison. À l'heure de le retrouver en cours, j'ai retouché mon maquillage et ouvert ma blouse jusqu'à la naissance de mes seins. Rien que pour l'agacer, je pulvérise dans mon cou une dose supplémentaire d'« Eau Fraîche ». Les regards perplexes de mes élèves glissent sur moi, les murmures se prolongent tandis qu'ils s'installent. Benjamin, un peu trop en confiance après deux essais réussis, plonge aussitôt la main dans son pantalon. Je l'assassine d'un regard où il lit sans équivoque que je sais. Il en devient violet et réclame de pouvoir sortir, ce que je lui accorde généreusement.

Alexis, que j'ignore, émet un raclement de gorge. Ses traits sont fermés, il cherche à comprendre. Je le laisse à ses pensées et j'entame mon cours. Je suis plusieurs fois amenée à me déplacer au tableau, chaque fois le regard d'Alexis se fait plus brûlant. *Est-ce que ma stupide jalousie a aiguillonné mon désir de plaire ?* Je n'en sais rien, mais je prends plaisir à le torturer en ne lui accordant pas pleinement ce qu'il veut. À la fin de l'heure, il attend d'être le dernier à partir avant de se retourner vers moi.

— Tu me sous-estimes, Micky, fait-il sévèrement.

— À quel point de vue ?

— Tous, je crois. Je sais très exactement ce que je veux, contrairement à toi. Ton parfum n'a pas réussi à masquer ton odeur, je ne suis pas dupe de ce que tu ressens.

Mes joues deviennent écarlates.

— Je ne veux plus jamais te voir en pantalon, ajoute-t-il d'une voix sourde.

Je veux riposter en lui affirmant que ce n'est pas à lui d'en décider, mais il lève la main pour m'imposer le silence.

— Écoute mon conseil. Tu n'es pas idiote au point de ne pas t'en rendre compte.

Ce garnement est plus fort que moi. *Que puis-je faire contre son talent extraordinaire qui lui a permis de savoir que ma petite culotte est humide d'émotion ?* Je n'ai encore jamais eu à lutter contre moi-même de cette façon. Je peux verrouiller mon esprit, maîtriser mes nerfs, museler mes sentiments, mais mon corps m'échappe. Le regard d'Alexis a allumé un feu que je n'ai pas su éteindre. Je dois y remédier avant qu'il soit trop tard.

Je passe le week-end à me poser des questions plus stupides les unes que les autres. Heureusement pour moi, la correction des copies m'occupe plusieurs heures. Celle d'Alexis retient, bien sûr, toute mon attention. Ses références bibliographiques dépassent de très loin le cadre de mes cours. Je rechigne cependant à lui mettre la note maximale et souligne le 19 d'un trait rouge.

Le dimanche, je me prélasse au lit. Mes pensées reviennent inlassablement à Alexis. Le souvenir de son regard rallume le feu de mon ventre. Inconsciemment, ma main descend sur mon sexe humide et chaud. Je la retire bien vite. Je ne me suis jamais abandonnée à ce genre de plaisirs, je ne vais pas commencer parce que je fantasme sur un gamin. Henri a été le seul homme de ma vie et notre mariage a été plutôt sage. En outre, je suis veuve depuis cinq mois, je suis indéfendable. Je quitte prestement mon lit et fonce faire un petit jogging dans le parc situé près de chez moi ; histoire de me remettre les idées en place.

*

* *

Dernière semaine de cours avant les vacances de la Toussaint, je déteste l'idée de cette fête des Morts. Henri m'a défendu de lui rendre visite au cimetière, sauf à une seule occasion, pour lui annoncer mon remariage. Je me souviens d'avoir ri, cette idée m'avait paru saugrenue. Ce que j'ai vécu avec lui a été si exceptionnel que je ne vois pas comment le remplacer.

Mes idées noires s'envolent à mon arrivée dans ma classe. Ma nouvelle apparence ne laisse personne indifférent, aussi bien les filles que les garçons. Pour les seconds, je sais à quoi m'en tenir. Pour les premières, je suis étonnée de voir que je suis devenue une sorte de modèle. Il n'y a qu'à constater la façon dont la jupe a fait sa réapparition. À moins que ce ne soit que le fruit du hasard ou de mon imagination.

Alexis semble apprécier mes efforts. Il ne daigne pas m'en faire part cependant et son mutisme observateur dure jusqu'au jeudi. Durant toute l'heure, il me met à rude épreuve, humant l'air avec extase. Ses yeux noirs dévorent les miens comme s'il y cherchait la réponse à une question qui hante mon esprit.

*Ai-je envie de lui ?*

Je repousse autant que possible cette idée, car elle déclenche aussitôt les réactions de mon corps que j'appréhende. J'espère qu'il se montrera aussi prompt à partir que les jours précédents. Les autres élèves s'en vont, lui, ne bouge pas me tenant en joue de son regard de lave.

— Tu n'as pas l'air pressé de partir, ce soir, je lui fais remarquer quand nous sommes seuls.

Il se cale contre le dossier de sa chaise en souriant.

— J'ai tout mon temps.

— Je vais être obligée de t'abandonner, je mens, peu désireuse de m'exposer davantage.

— Il est 18 h 30, tes cours sont terminés. Nous sommes les derniers à cet étage. Pourquoi te défiles-tu ?

Sa voix résonne comme une menace, un frisson électrise ma colonne vertébrale.

— Tu as été occupé cette semaine, je pensais que tu n'aurais pas envie de t'attarder.

— Tu es jalouse ? s'enquiert-il avec amusement.

— Alexis, reste sérieux ! J'ai dix ans de plus que toi, je bougonne.

— Qui cherches-tu à convaincre avec une telle réponse ?

Je le toise, il hausse un sourcil d'un air évocateur. *Ai-je si peu de mystère pour lui ?*

— J'apprécie que tu sois jalouse. La colère rend ton odeur encore plus agréable.

Je me trouble tandis qu'il respire profondément avant d'esquisser un sourire en coin.

— Ton corps réagit avec plus de sincérité que ton esprit, Micky. Il ne peut pas me mentir.

Je me renfrogne, impuissante à le combattre sur ce terrain.

— Accorde-moi une faveur, veux-tu ? ajoute-t-il d'une voix sensuelle à souhait.

— Laquelle ? je demande crânement.

— Écarte les jambes sous ton bureau.

Je me raidis sur mon siège. Il darde son regard incandescent sur moi.

— Micky, écarte les jambes ! ordonne-t-il une seconde fois. J'ai besoin de savoir.

— Savoir quoi ?

— Ce que tu ressens.

— Et si je n'avais pas envie que tu le saches ?

— Aurais-tu quelque chose à me cacher ?

Il se redresse en s'accoudant sur sa table. Mon orgueil est fouetté. Timidement, je dénoue mes jambes croisées sous mon bureau.

— Tu peux faire mieux que ça, murmure-t-il, attentif.

Je prends une grande inspiration et j'écarte mes cuisses l'une de l'autre de quelques centimètres. Alexis ferme les yeux et hume l'air. Il reste ainsi quelques minutes embarrassantes, puis un sourire étire ses lèvres. Il rouvre des yeux qui me consument en une fois.

— Ton odeur est absolument irrésistible. J'ai rarement eu l'occasion de rencontrer des effluves aussi envoûtants.

— Qu'est-ce que tu cherches à prouver ? je grogne en me refermant sur mon siège.

— Ne perdez pas le contrôle de vous-même, madame Valmur ! me dit-il sur un ton glacial.

Ce garçon sait parfaitement tirer les ficelles, je ne suis qu'une marionnette entre ses mains. Je ne me rebelle pas alors que tout m'y pousse.

— Tant que je n'aurai pas déchiffré entièrement les différentes fragrances qui te composent, j'aurai besoin de savoir. Tu excites ma curiosité, tu me fascines.

— Et quand tu auras trouvé ?

— Il va me falloir encore du temps et ta coopération.

— Qu'est que tu attends de moi ?

— Que tu me laisses te respirer quand j'en aurai besoin.

Je le regarde, abasourdie.

— Ça ne te coûte pas grand-chose, Micky. Personne ne peut deviner ta position derrière ce bureau. Je serai le seul à savoir.

— Tu veux dire... pendant les cours ? je m'offusque.

— Occupée à autre chose, tu ne pourras pas m'opposer de résistance.

— Et en plus, tu me préviens !

— Disons que cette information ajoute encore un peu de piment à l'affaire.

— Et si je refuse ?

— Tu ne refuseras pas, affirme-t-il, serein.

Il se lève et me tend la main.

— Nous y allons ? Si ça continue, nous allons nous faire enfermer dans le lycée.

J'embarque mon manteau et nous descendons ensemble vers le hall désert. Il m'escorte jusqu'à ma voiture dont il m'ouvre courtoisement la portière.

— Pourquoi ne prends-tu pas ta Porsche ?

— Comment sais-tu que j'ai une Porsche ?

— Je sais beaucoup de choses sur toi, fait-il en s'appuyant contre la carrosserie tandis que je mets le contact.

— Elle est trop voyante pour le lycée.

— Foutaises ! Tu te moques pas mal des cancans, tu devrais la prendre. Elle te correspond mieux.

— Tu fais très cliché, Alexis.

— Comment peux-tu rejeter quelque chose que tu n'as jamais éprouvé ? Laisse parler ton plaisir et tu verras que ces clichés ont une part de vrai.

Je ferme rageusement ma portière et enclenche la marche arrière. Alexis s'écarte à temps et me regarde partir. J'aperçois sa longue silhouette immobile dans mon rétro. Un picotement entre mes cuisses me rappelle que ma culotte est mouillée. Pourtant, je n'ai pas honte. Je sais que je lui obéirai encore parce que je suis curieuse et parce qu'il me fait découvrir une facette inconnue de ma personnalité. En conduisant, j'écarte plus largement les jambes. *Que sent-il donc qui m'échappe ?* Je n'en sais vraiment rien.

*

* *

À la veille des premières vacances de l'année, les lycéens sont intenables. Au lieu d'un cours magistral, j'initie une conversation où chacun peut intervenir sur tous les sujets à partir du moment où ils concernent le programme que nous avons déjà évoqué. Je suis ravie de constater que mes élèves apprécient. Ils me posent de nombreuses questions qui me surprennent par leur pertinence. J'en oublie Alexis dont le regard au premier rang se fait insistant jusqu'à ce que mon portable sur mon bureau vibre discrètement. Je clique sur le message.

« *Sésame, ouvre-toi !* »

Je lève des yeux affolés vers la première table où il me fixe avec attention. Je déglutis tandis que d'autres questions, auxquelles je ne fais pas très attention, fusent. Alexis me prend de court et répond à ma place. Il me poignarde en passant d'un œil noir. Vaincue, je décroise mes jambes. Alexis ferme les yeux durant de longues minutes, ses narines palpitent et ses lèvres s'entrouvrent. Il est absolument renversant. Une chaleur humide inonde mon entrecuisse. Mon corps me trahit et lui livre, brute, l'information que je tente vainement d'étouffer. J'ai envie de lui comme je n'ai jamais eu envie de personne auparavant. Il ouvre subitement les yeux et pianote rapidement sur son portable par-dessous sa table. Je suis aussitôt destinataire d'un autre message.

« *Benjamin vient de jouir.* »

Comme lui, je réprime un sourire. L'atmosphère est d'un coup plus détendue. À l'issue du cours, il vient prendre place sur mon bureau.

— L'expérience a-t-elle été suffisante ? je demande sournoisement.

— Tu sais très bien que non.

Sa voix est sévère et son air sérieux.

— Restes-tu chez toi durant ces vacances ? s'enquiert-il.

— Oui. Et toi ?

— Peut-être.

Je fais une moue désapprobatrice devant le mystère dont il continue obstinément de s'entourer.

— Garde ton portable près de toi, je t'appellerai dans quelques jours, me dit-il.

— En quel honneur ?

— La lingerie que tu as choisie ne me plaît pas. Il va falloir remédier à ça.

— Alexis, je...

— Cesse donc de tout discuter, Micky, aboie-t-il, agacé.

Je me renfrogne et je me tais.

— Merci, me gratifie-t-il, satisfait de ma docilité à lui obéir avant de se lever et de se diriger vers la porte. À dans deux semaines, madame Valmur, ajoute-t-il avant de disparaître.

Alexis donne à ma vie un rythme que je n'ai jamais connu. Il occupe tellement mes pensées que tout tourne désormais autour de lui. Tout ce que je fais n'est destiné qu'à lui plaire, de ma façon de m'habiller à ma façon de me maquiller, à ma façon de bouger, de parler, et je vais me retrouver seule durant deux semaines. *Peut-être cette coupure tombe-t-elle à pic avant que je ne sombre totalement dans la folie ? Peut-être me permettra-t-elle de revenir à des sentiments plus normaux d'un professeur envers son élève ?* Je tente de m'en convaincre, en tout cas.

Durant les trois premiers jours de ces vacances, je m'abrutis à faire des rangements. Pour venir à bout de cette tâche, j'ai revêtu un jogging et une paire de baskets éculées. Je mets ce mardi-là une belle énergie à faire le vide quand mon téléphone sonne. Numéro masqué !

— Tu as une heure pour te préparer et te rendre à l'adresse que je viens de t'envoyer par SMS, me dit-il sans même se présenter.

Vexée, je raccroche sans une parole. J'enregistre l'adresse et le contact qu'il m'indique et je file à la salle de bains. Une heure plus tard, je me gare le long du trottoir en face d'une boutique confidentielle. Je vérifie sur le message que je ne me suis pas trompée et je descends de voiture. Dubitative, je pénètre dans le magasin et une femme d'une cinquantaine d'années vient à ma rencontre.

— Bonjour, je souhaiterais voir Mme Jeanne, je commence timidement.

— Je suis Mme Jeanne. Et vous, vous devez être Mme Valmur, dit-elle doucement, comme pour ne pas m'effrayer.

— Comment le savez-vous ?

— Mme Duivel vous a recommandée à moi, ne vous inquiétez pas. Vous êtes ici dans la plus absolue discrétion. Suivez-moi, madame Valmur !

*Mme Duivel ?*

— Vous connaissez Éléonore Duivel ? j'interroge en pénétrant dans une arrière-boutique digne d'un palais oriental.

— Mme Duivel est l'une de mes meilleures clientes. J'ai préparé pour vous quelques effets, mais j'ignorais vos mensurations exactes. Si vous voulez bien vous donnez la peine de vous déshabiller, je vais prendre vos mesures.

Elle ouvre la lourde tenture qui cache une vaste cabine d'essayage.

— Je n'attends pas d'autre cliente, je ne reçois que sur rendez-vous. Je vous invite donc à vous mettre entièrement nue.

Sa voix est douce, mais son ton résolument ferme. Je ne vois pas comment me soustraire à une telle injonction. Je me déshabille sans hâte jusqu'à ce qu'elle me rejoigne, équipée d'un mètre ruban.

— 90 E ! Je pratique une clientèle très exigeante depuis plus de trente ans et je peux vous assurer que beaucoup de mes clientes se damneraient pour avoir une poitrine comme la vôtre, madame Valmur.

Je grimace, sceptique.

— Vous avez un corps de rêve, des seins galbés et volumineux, de quoi rendre n'importe quel homme idiot, à condition de savoir mettre tout cela en valeur. Votre lingerie ne vous va absolument pas. Vos seins ne sont pas assez maintenus, le tour est trop serré, le bonnet mal coupé. Essayez plutôt ceci, conseille-t-elle en me tendant un soutien-gorge d'un blanc immaculé.

Elle assiste à mon essayage, règle les bretelles et ajuste les bonnets. Elle ne semble pas entièrement satisfaite du résultat alors que moi, je me sens plus à l'aise que dans aucun de ceux que j'ai pu avoir jusque-là. Elle quitte la pièce pour reparaître quelques minutes plus tard chargée d'ensembles de lingerie magnifiques.

Mme Jeanne est d'une patience exemplaire et d'une douceur maternelle. Les effets qu'elle me confie sont somptueux et j'en quitte certains à regret. Elle met systématiquement de côté ceux qu'elle ne trouve pas adaptés. Elle garde pour la fin un ensemble hallucinant. Le soutien-gorge à balconnets est en dentelle noire d'une extrême finesse. Les bonnets ouvragés redressent spectaculairement mes seins en flirtant avec les tétons, provoquant de fait leur érection troublante. Mme Jeanne hoche la tête d'un air approbateur. Dans cette tenue, je me trouve choquante, je la lui rends bien vite. Elle tente de me convaincre une dernière fois puis abdique devant mon obstination à refuser.

Au bout de presque trois heures, je suis parfaitement détendue. Je ne rechigne plus à suivre ses conseils et à enfiler des tenues de plus en plus osées. Je vois le tas s'étoffer. La question du financement me taraude, non pas que je n'aie pas les moyens de m'offrir ces merveilles, mais mes scrupules à dépenser autant d'argent pour des frivolités me titillent.

— Ne vous inquiétez pas, madame Valmur, nous avons reçu ce matin le moyen de paiement, assure-t-elle.

— Pardon ? je hoquette, ahurie.

— Il me paraît indélicat de faire passer mes clientes à la caisse après avoir vécu un moment si agréable, explique-t-elle sans se soucier de mon effarement. Notre maison ouvre donc un crédit à nos plus fidèles clientes et nous régularisons les éventuels achats un peu plus tard. Dans votre cas, votre compte a été crédité d'avance.

— Mais qui a financé ce compte ?

— Je vous l'ai dit, la famille Duivel fait partie de nos clients privilégiés.

Voyant que je n'en tirerai rien de plus, j'abandonne. Je soupçonne bien évidemment Alexis d'être derrière tout ça.

— Combien, la ligne de crédit ?

— Vous avez encore largement de quoi vous faire plaisir si vous le souhaitez, sourit-elle.

— Non, je crois que je vais m'en tenir à ce que je vois là.

Elle caresse avec regret l'ensemble que j'ai écarté.

— Êtes-vous vraiment sûre de ne pas vouloir l'emporter ?

— J'en suis sûre, merci.

Elle emballe mes pseudo-achats tandis que je me rhabille. Je la rejoins dans la boutique et elle me tend mon paquet.

— Désormais, je connais vos mesures, je pourrai vous réserver quelques pièces qui vous iront à merveille.

— Merci, madame Jeanne. Je crois bien que je n'ai jamais pris autant de plaisir à faire ce genre d'achats.

— Le plaisir est l'unique but de mon travail, me répond-elle en me raccompagnant au seuil de sa singulière boutique.

Lorsque je rentre chez moi, je déballe le tout en vrac sur mon lit. Au final, j'ai dix ensembles de lingerie, une guêpière, des bas ainsi que des nuisettes. J'ai un peu de mal à réaliser encore cette rencontre étonnante avec Mme Jeanne. Je dois être entrée dans la quatrième dimension. Certes, le métier d'Éléonore Duivel lui ouvre les portes d'un certain raffinement, mais de là à m'en faire bénéficier si largement...

Je ne résiste pas à l'envie de porter mes nouveaux soutiens-gorge dès le lendemain. À la fin de la semaine, je suis parfaitement à l'aise avec ma nouvelle image et mon corps prend une dimension différente dans mon esprit. Je me sens plus sûre de moi. Et cela, je le dois à un garçon de dix-sept ans. *Qui le croirait ?* Je suis sans doute la mieux placée pour ça. *N'est-ce pas un homme de quarante ans mon aîné qui a éveillé mon esprit ? Alors pourquoi un homme de dix ans de moins n'éveillerait-il pas mon corps ?* S'il est dit que je suis destinée à de tels extrêmes, je ne peux pas lutter.

*
* *

— Pourquoi n'as-tu pas pris l'ensemble que te recommandait Mme Jeanne ? gronde Alexis quand il rappelle quelques jours plus tard.

— Il était trop provocant.

— Tu as eu tort. Tu as un autre rendez-vous à 10 heures. L'adresse est sur le message qui suit.

Il raccroche sans me laisser la moindre chance de l'interroger. En suivant les instructions de son message, c'est devant la vitrine traditionnelle d'un coiffeur que je me présente à l'heure dite. J'en déduis donc que mon perpétuel chignon déplaît à mon jeune élève. Un homme charmant vient à ma rencontre. Si je ne sais pas qui il est, lui a l'air de très bien savoir qui je suis.

— Madame Valmur, je suis Bertrand. J'étais impatient de vous rencontrer, assure-t-il en dénouant ma tignasse. Mais regardez-moi ce volume ! Pourquoi donc vous acharnez-vous à les malmener ainsi ?

— Je ne sais pas, je me coiffe comme ça depuis longtemps.

— Bien, je crois que nous allons prendre un petit café et commander des sandwichs pour ce midi. Il va falloir des heures pour rattraper ces dégâts.

Je crois d'abord qu'il plaisante, mais je dois me rendre à l'évidence en voyant les aiguilles de l'horloge avancer, il est plus que sérieux. Il commence par raviver les reflets dorés de ma chevelure et, pendant qu'il s'active sur mon crâne, il ne cesse de papoter. J'apprends ainsi que Mme Duivel est aussi sa cliente privilégiée.

— La première fois qu'elle est venue, elle était comme vous, toute timide. Quand je la vois aujourd'hui, si belle, si élégante et sûre d'elle. Quelle révélation ! dit-il, admiratif.

— Connaissez-vous Alexis ?

— Bien sûr, c'est un jeune homme charmant, mais qui sait très exactement ce qu'il veut, fait-il en se concentrant sur son sèche-cheveux.

Je me mords la lèvre et le laisse finir son travail en constatant qu'il n'en dira pas davantage.

— Et voilààà ! chantonne-t-il, satisfait.

Je relève les yeux vers le miroir que j'évite depuis un moment. Je suis éblouie de ma nouvelle apparence. Des cheveux longs et soyeux encadrent mon visage avec douceur. Leur couleur est éclatante et des boucles souples dégringolent sur mes épaules jusque sous mes omoplates. Je me reconnais à peine.

— Ne bougez pas, Anaïs va venir dans quelques minutes, me conseille-t-il.

Bertrand s'éclipse et une jeune femme blonde entre avec une petite valise. Elle me tend une main amicale en souriant largement.

— Bonjour, je m'appelle Anaïs. Je suis chargée de vous donner un cours de maquillage.

J'ouvre des yeux comme des boules de loto.

— Vous avez l'air surpris, constate-t-elle. Bien souvent, mes clientes pensent faire ce qu'il faut en termes de maquillage, mais la mise en beauté passe aussi par quelques techniques incontournables si vous voulez être parfaite.

Le souvenir que j'ai de Mme Duivel est bien évidemment celui d'une femme fardée avec beaucoup d'élégance. Je tais ma curiosité et laisse Anaïs œuvrer. La jeune femme corrige certaines de mes erreurs et me donne un cours d'esthétique. Elle me remet enfin une trousse des produits qu'elle juge les plus adaptés à ma carnation et à la couleur verte de mes yeux.

Lorsque je mets le nez dehors, quatre heures se sont écoulées. Je me sens légère et séduisante. Mon impression est rapidement confirmée par les regards qui glissent sur moi. Cette sensation me plaît tant que je profite de mon nouveau charme dans les rues de Paris plutôt que de rentrer m'enfermer dans ma grande maison vide. Je ne reviens chez moi que sur le coup de 18 heures. Je suis à peine arrivée qu'une camionnette s'arrête devant ma grille et qu'un homme en descend.

— Madame Valmur ? J'ai un colis express pour vous. Voulez-vous bien signer ici ? dit-il en me présentant une boîte plate ainsi que sa tablette où je gribouille mes initiales.

Il me salue et grimpe dans sa camionnette tandis que j'inspecte mon colis sous toutes les coutures. Aucune indication, pas d'adresse, pas le moindre indice. Le livreur ne démarre qu'après avoir passé un coup de téléphone rapide. Je rentre chez moi, perplexe, et je gagne le séjour, la boîte en main. À ce moment-là, mon téléphone sonne. Mes soupçons deviennent une évidence quand je vois le numéro masqué.

— Ta nouvelle coupe de cheveux te plaît-elle ? demande Alexis d'un ton joueur.

— La prochaine fois, demande des poupées au père Noël !

— Tu es plus amusante.

— Cette petite plaisanterie a dû te coûter une fortune.

— L'argent n'est pas un problème, tu le sais bien. Et d'ailleurs, j'ai été très déçu que tu n'en dépenses pas davantage. Tu as reçu mon colis, l'as-tu ouvert ?

— Non, pas encore.

— Ouvre-le !

Je déchire l'emballage avec précaution. Je reconnais, bien en évidence sur le dessus, l'ensemble de lingerie noir que j'ai refusé. Je pousse un grognement qui n'échappe pas à l'ouïe fine de mon interlocuteur.

— Je tiens à ce que tu le portes jeudi, dit-il gravement. Tu mettras aussi la tenue qui l'accompagne.

Je déplie avec soin une magnifique robe portefeuille noire ainsi qu'un porte-jarretelles en dentelle fine. Une paire de bas complète l'ensemble.

— Alexis, c'est au lycée que je vais, pas à un défilé de mode, je me lamente.

— Je m'en moque. Tu me dois bien ça, Micky. J'ai gagné le droit de voir à quel résultat je suis parvenu.

— Ça ressemble à du chantage.

— C'en est ! À lundi, Micky !

— Alexis...

Il ne m'écoute pas, une fois de plus, et raccroche. Son comportement a tendance à m'agacer, mais chaque fois, je finis par le trouver fascinant. J'ai mis le doigt sur le mot juste, Alexis me fascine et, en regardant le contenu de la boîte sur la table, je sais déjà que je me plierai à sa volonté. Je remets l'essayage au lendemain, pensant pouvoir m'épargner une nuit agitée, mais rien n'y fait. Incapable de fermer l'œil, je me relève et j'enfile un par un les éléments de ma tenue. Dans le miroir de ma chambre, je ne suis plus moi, je suis une créature étonnante, indéniablement belle et sexy. Ma poitrine, galbée par le soutien-gorge, bénéficie d'un décolleté outrageusement profond. La caresse du tissu soyeux sur mes fesses nues me fait frissonner de plaisir. Je me demande si Alexis se doute de l'effet que produit cette tenue. Si ce garçon est capable de prévoir une telle chose, alors j'ai en face de moi un véritable artisan du plaisir. Après m'être admirée quelques minutes, j'ôte le tout et le range soigneusement sur le valet en attendant le jeudi matin.

En ce jour de rentrée, je mets un autre de ses conseils à exécution ; l'arrivée de la Porsche rutilante sur le parking fait tourner les têtes sur mon passage. Je le vois non loin de là, le bras enroulé autour de la taille de Julia Simon. Avant de descendre, je vérifie ma coiffure dans le rétro et rajoute un peu de rouge sur mes lèvres. Juchée sur dix bons centimètres de talons fins et les cheveux longs, mon apparition dans la cour fait l'effet d'une bombe. Alexis ne sourit plus et son bras a quitté Julia. M. Morel écarquille les yeux et se racle la gorge avant de me saluer. J'accueille ses compliments avec sympathie. Il est cependant loin de se douter de ce que je dissimule sous mon manteau et sous le petit foulard de soie qui couvre pudiquement ma gorge. Je peux en mesurer l'effet sur mes premiers élèves, quelques minutes plus tard. Leurs mines oscillent entre l'ahurissement et l'admiration. Je prends plaisir à les bluffer de cette façon. Jamais ils n'ont été si actifs en cours, les garçons surtout.

Je profite d'un intercours pour rectifier mon maquillage. Je tiens à être à la hauteur des espérances d'Alexis. C'est sans doute puéril, mais j'assume. Il marque une seconde d'hésitation au seuil de la classe, ses yeux se plissent tandis qu'il respire lentement. Mon cœur palpite dans ma poitrine, il doit s'en apercevoir forcément. Au bout d'un quart d'heure, il fait un petit signe, écartant ses mains l'une de l'autre et je comprends ce qu'il demande. Je me redresse sur ma chaise et je dénoue mes jambes. Il abandonne son stylo sur sa table et se renverse contre son dossier, absorbé tout entier par ses sensations. Son attitude curieuse est remarquée de certains de ses camarades et mon trouble en augmente si bien que je croise les jambes de nouveau. Il me fusille d'un regard, mais je ne lui cède pas, cette fois. Il ne se prive pas de me faire connaître son mécontentement en interrompant mon cours de remarques qui, à défaut d'être aimables, sont néanmoins justes. Je fais quelques pas dans la salle pour me détendre, en évitant toutefois la travée où Benjamin affiche une drôle de tête et, lorsque je reviens m'installer derrière mon bureau, je laisse mes jambes légèrement ouvertes. Alexis esquisse un sourire, sa participation devient alors extrêmement complaisante. Sa manière de souffler le chaud et le froid ne semble pas choquer les autres élèves. Pour moi, elle est limpide.

Je vois approcher la fin de l'heure avec nervosité. Lorsque la sonnerie retentit, les battements de mon cœur redoublent d'intensité. Je m'emploie à respirer calmement pour rester impassible. Il me murmure de rester assise et accompagne le dernier lycéen jusqu'à la porte avant de remonter la travée d'un pas mesuré sans me quitter des yeux. Il avance jusqu'à mon bureau et me tend la main.

— Lève-toi, Micky !

Sa voix est chaude comme une caresse. J'obéis sans protester. Il me contemple d'un air sérieux puis il fait un pas en arrière.

— Ouvre ta robe ! ordonne-t-il doucement.

Je manque de m'étrangler. Je veux protester, mais il lève la main.

— Tu savais que je te le demanderais, ouvre ta robe, je veux voir.

Je me sens soudain brûlante de fièvre. Mes doigts défont néanmoins les boutons de mon vêtement.

— Moins vite, nous avons le temps ! affirme-t-il sournoisement. J'aime profiter de chaque seconde, c'est une autre forme de plaisir. Fais les choses avec conscience, apprends à gérer tes sensations.

Chaque bouton me conduit vers une échéance que je redoute autant que je l'attends. Ma respiration se fait chaotique, je m'efforce de ne pas songer à ce que je suis en train de faire alors qu'il exige que j'en prenne pleinement la mesure. Il s'aperçoit de mon hésitation. Il ne bouge pas de sa place, il veut que j'accomplisse seule ce qu'il attend. Je fais glisser ma robe de mes épaules et il se passe quelques secondes silencieuses avant que je me décide à lever les yeux vers lui. Il est immobile, les bras croisés et l'air grave. Il caresse mon corps du regard, s'attarde sur ma poitrine où mes tétons, excités par la bordure du soutien-gorge, pointent douloureusement. Je n'en peux plus, mon esprit est en train de sombrer. La caresse de son regard ne me suffit plus, je veux ses mains. Il ne semble pas enclin à m'accorder ce droit, cependant. Incapable de résister, je ferme les yeux.

— Regarde-moi, réclame-t-il.

Ses prunelles sont d'un onyx liquide insondable.

— Tu es plus belle encore que ce que j'avais imaginé. Tu es un être surprenant.

— En quoi est-ce que je te surprends ?

— Tu dépasses chaque fois mes attentes. J'avoue que je ne sais plus où placer mes propres limites.

— Nous devrions cesser ce petit jeu qui ne nous mènera nulle part, je propose presque malgré moi, guidée par la raison qui ne cesse de vouloir me convaincre que j'ai tort de m'aventurer si loin avec l'un de mes élèves, si séduisant soit-il.

— Tu as peut-être raison, admet-il sans ciller. Je ne te demanderai pas d'aller plus loin, mais accorde-moi une ultime faveur.

Mon cœur a un raté. Je ne m'attendais pas à ce qu'il abandonne si facilement. Il me faut une seconde pour réaliser tout à fait et reprendre mes esprits.

— Je t'écoute.

— Donne-moi ta petite culotte.

— Mais...

Il pose son index sur ma bouche. Ses yeux poignardent les miens. Je suis au bord d'un précipice et la seule façon de m'en échapper est de me soumettre à cette dernière réclamation. Je fais glisser en tremblant le string noir en dentelle le long de mes jambes et je le lui tends. Il le fourre contre son nez et respire profondément. Il ne fait aucun commentaire, mais un éclat surprenant illumine son regard. Il fait disparaître mon string dans sa poche de jean. Il se baisse à son tour et remonte ma robe pour me la présenter. Je reboutonne rapidement et me réajuste. Il me rend tout aussi galamment mon manteau et m'escorte comme la fois d'avant jusqu'à ma voiture.

— Accepterais-tu de me raccompagner ? demande-t-il.

— Si tu veux.

Tandis que je conduis, j'ai la conscience très nette d'être nue sous ma robe. Alexis m'indique le chemin jusqu'à un hôtel particulier majestueux d'une grande avenue parisienne. L'édifice est impressionnant de l'extérieur, je ne doute pas que l'intérieur le soit également.

— Tu es arrivé ! je lance crânement en serrant le frein à main.

— J'aime beaucoup ta voiture, me dit-il comme n'importe quel autre garçon de son âge l'aurait fait.

J'approuve de la tête.

— J'aime aussi beaucoup ton odeur, Micky, il me sera extrêmement difficile de m'en passer.

— Je t'ai laissé un souvenir, je lui rappelle en désignant sa poche.

— Tu vas très vite regretter ta décision. Tu es déjà allée beaucoup trop loin, tes sens se sont réveillés, tu as besoin de te sentir vivante et moi seul sais comment y parvenir. Tu as juste besoin d'en être persuadée, je t'en laisse le temps.

— Tu as raison, je suis allée trop loin. Raison de plus pour arrêter maintenant.

— Tu n'y arriveras pas.

— J'essaierai.

— Je ne compte pas t'aider.

— Respecte ta parole, c'est tout ce que je te demande.

— Je tiendrai ma parole mais, chaque jour, ce sera plus difficile pour toi, chaque jour, ton corps exigera que tu lui cèdes. Tu reviendras vers moi.

— Bonne nuit, Alexis, je coupe sévèrement.

Il descend de voiture et je démarre comme une furie. Ses paroles empoisonnent mon esprit, ma nuit est peuplée de cauchemars incessants et mon réveil pénible. J'ai, malgré tout, eu le temps d'affirmer ma décision. Je ne souhaite pas lui donner raison, mais je ne compte pas non plus perdre le bénéfice de ce qu'il m'a apporté. J'enfile donc un autre ensemble de lingerie ainsi qu'une petite jupe. Un pull col V souligne joliment ma gorge. Je suis parfaitement à l'aise ainsi. Je ne vois pas non plus ce qui m'empêche de prendre la Porsche. Je n'ai aucun scrupule à aller me garer sur le parking à côté de la Mercedes du directeur. Samuel Forgeat émet un sifflement admiratif en m'ouvrant la portière.

— La chenille est devenue papillon. Tu as rencontré quelqu'un, Mickaella ?

— Pourquoi devrais-je avoir besoin de quelqu'un pour améliorer ce qui peut l'être ?

— C'est plus qu'une amélioration, c'est une métamorphose. Félicitations !

— Et toi, quand aurons-nous le plaisir de te féliciter en tant que jeune papa ?

— Pas avant deux mois, se rembrunit mon collègue que le sujet semble décidément embarrasser.

Notre conversation nous a amenés dans le hall du lycée. J'aperçois de loin Alexis et Julia tendrement enlacés. Le garçon me jette un coup d'œil furtif et fourre son nez dans le cou de la jeune fille qui tressaille. La brûlure de mon ventre se réveille. L'image d'Alexis picorant Julia ravive le sentiment de frustration que j'éprouve inlassablement. L'heure de cours avec ma classe est encore plus pénible. Alexis a décidé de regagner sa place au fond de la salle et, devant moi, j'ai de nouveau le sourire béat de Benjamin. Cet idiot oublie l'espace d'un instant où il se trouve et sa main traque son sexe dans son pantalon à la vue de tous. Je dois le mettre à la porte sous les rires hystériques de ses camarades. Seul Alexis ne bronche pas. Il m'observe avec obstination. Je réussis toutefois à surmonter cette première épreuve sans trop de difficultés. Il quitte la salle en même temps que les autres élèves, je n'en suis pas surprise.

Quand j'arrive au lycée le lundi matin, ma robe courte et mes talons hauts font tourner les têtes. Le seul à qui je ne semble pas faire le moindre effet est Alexis, qui joue les amoureux éperdus avec sa belle. En cours, il se montre tout aussi indifférent, il pianote des SMS sur son portable. Aucun de mes efforts vestimentaires ne retient son attention durant cette semaine. Seule Julia le tire de son indifférence. Si ses résultats sont indéniablement excellents, il énerve tout le monde. Ses autres professeurs se plaignent de son attitude auprès de M. Morel. Aussi le directeur me prie-t-il de parler à mon indiscipliné élève. Je redoute sa réaction, je crains qu'il se méprenne sur le sens de la convocation que je lui fais le lendemain en début de cours. Pour préserver les apparences, je ne vais pas fermer la porte après la classe. Je commence à lui détailler la liste des reproches que M. Morel souhaite que je lui fasse. Il m'écoute sans mot dire, sans même me regarder. Il fixe ses mains posées sur sa table.

— As-tu fini ? demande-t-il en relevant très lentement ses yeux noirs quand je me tais.

— J'aimerais que tu me dises pourquoi ce changement de comportement.

— Quelle question !

— Alex, s'il te plaît !

Il se lève et vient en quelques pas rapides jusqu'à mon bureau. Il pose ses poings serrés sur ma table et se penche vers moi, furieux.

— Oserais-tu me redemander ça en me regardant dans les yeux, Micky ?

Je suis troublée plus que je ne le voudrais. Un frisson parcourt mon échine. Il se redresse et s'éloigne vers la sortie en claquant la porte derrière lui d'un geste rageur. Je ne comprends pas sa colère. *Est-il vexé de mon intervention ? Est-il vexé de ma résistance ?* Je suis perdue et triste.

Il me manque déraisonnablement. Tout mon être le réclame et quand il s'est approché, mon corps a brutalement réagi. Son départ crée une absence, un vide physique dont je souffre. Il avait raison, c'est chaque jour plus difficile, mais je résiste encore. Je fais part au directeur de l'échec de mon entrevue avec mon élève. Il ne s'en montre pas surpris, mais soucieux.

— Je crains que sa relation avec la jeune Julia Simon ne le détourne de ses études.

— Depuis qu'il la fréquente, il s'est fermé, il ne vient plus me parler comme il le faisait avant, je confie avec une amertume non feinte.

— Cette fille n'est certes pas aussi brillante que lui, mais sa famille est très riche, elle est un beau parti.

Je lève un sourcil pointilleux. Alexis se moque comme d'une guigne de la fortune de Julia, la sienne lui suffit amplement.

— La trouvez-vous jolie, Michel ?

— À vrai dire, non. Elle est assez commune et ne fait guère d'efforts.

— À votre avis, qu'est-ce qu'un garçon aussi séduisant et intelligent qu'Alexis peut lui trouver ?

— L'amour ne s'explique pas, vous le savez bien, Mickaella, me répond-il.

Je frémis. *L'amour ?* Je regrette d'avoir posé cette question. Elle est un venin pour mon esprit enflammé. Dès lors, je n'ai de cesse de les observer discrètement chaque fois que je les rencontre. Alexis est différent en compagnie de Julia. Il se montre prévenant, d'une grande tendresse. Il lui bécote le cou ou l'embrasse avec effusion en se moquant des autres autour d'eux.

Ils ne se quittent plus d'une semelle, ne se séparant qu'au moment des cours pour mieux se retrouver sitôt que la sonnerie retentit. Julia avait quelques copines avant sa relation avec Alexis. Leur couple a fait voler en éclats le noyau amical. Il a fait le vide autour d'eux.

Ma belle humeur du début s'est envolée. La surveillance que j'exerce sur eux me rend maussade et jalouse. Je me pose souvent la question de savoir s'il se comporte avec elle de la même manière qu'il s'est conduit avec moi. Je ne vois pas chez Julia de changement radical. Ce seul fait me rassure jusqu'au jour où je la vois arriver arborant une jupe. Elle est certes longue, mais tranche singulièrement avec ses habitudes. Dans le hall où je les regarde se retrouver, l'accueil que lui réserve Alexis me fait tressaillir. Il lui donne un baiser qui me rend folle de rage. Je me sens tellement seule. Ma vie a retrouvé un calme trop plat, mes sens sont de nouveau endormis. Je sombre irrémédiablement dans le néant.

Cet événement de la jupe de Julia fouette mon orgueil. Profitant d'un intercours, je sors la carte de Mme Jeanne. Elle me donne rendez-vous le soir même. Devinant sans mal mon humeur, elle n'y va pas par quatre chemins et me propose une lingerie proprement indécente. Je ne rechigne à aucun essayage et je prends tout ce qu'elle me présente. Je pars équipée de guêpières, de corsets et de soutiens-gorge hallucinants, tout cela sur le crédit ouvert à mon nom, qui ne semble pas épuisé pour autant.

Le lendemain, sous ma robe, je porte la plus torride des tenues que j'aie jamais eues. La guêpière noire enserre ma taille d'une telle façon que je parais plus mince. Elle fait également ressortir nettement ma poitrine. Je fais en sorte d'être légèrement en retard. La porte étant ouverte, les élèves se sont installés. Je n'ai pas croisé Alexis de la journée, j'ai évité tous les lieux où je savais le trouver. Je gagne mon bureau, je ne m'assois pas. Alexis a relevé la tête de son téléphone et détaille ma tenue d'un œil critique. Je sais que son flair inouï a détecté quelque chose, ses narines frétillent et ses sourcils se froncent sous la concentration. Je passe dans les rangs distribuer le sujet du contrôle que je leur réserve. Il me suit des yeux jusqu'à ce que je retourne à ma place. Le plaisir de retrouver l'attention d'Alexis sur moi me prouve que c'est là ce que je désire le plus. Ce n'est pas tant la rivalité qu'il m'impose avec une gamine de son âge que le fait de le savoir avec moi. Je ne supporte plus mon quotidien mort, vide, glacial comme une tombe. Je me suis découvert un corps beau, voluptueux, désirable et je suis loin d'avoir comblé tous les besoins de ce dernier, très loin. Je veux ramener Alexis à moi, je veux qu'il m'apprenne encore.

Quelques minutes avant la fin du cours, je me redresse sur ma chaise, j'ouvre mes jambes en feignant la plus parfaite indifférence. Il n'est pas long à réagir, le temps seulement que mon odeur atteigne son nez. Il relève un visage tendu vers moi. Je l'ignore jusqu'à ce qu'à ce que la sonnerie retentisse. Il se lève alors comme un ressort et ramasse les copies de ses camarades pressés de s'enfuir. Il dépose négligemment le tas sur le bureau et me fixe de ses prunelles incandescentes.

— Que dois-je comprendre, Micky ?

Je hausse les épaules.

— Tu n'as jamais senti aussi bon, ajoute-t-il d'une voix sourde.

— Quel effet cela te fait-il ? j'interroge, avide.

— Demanderais-tu à un drogué en manque s'il veut de la came ?

— Serais-tu en train de me dire que tu es en manque ?

— Ne joue pas les innocentes. Montre-moi !

Je ne me fais pas prier deux fois, je me lève et déboutonne lentement ma robe. Il tient le bord de la table où il est assis pour s'empêcher de réagir. Les articulations de ses mains sont blanches à force de tension. Il finit par s'approcher de moi. Sa bouche se penche vers la mienne sans la toucher.

— C'est ce que tu veux ? Vraiment ? souffle-t-il.

— Oui, j'avoue dans un murmure.

Ce n'est pas une défaite. Pour moi, c'est une victoire. Je l'ai ramené à moi. Il glisse les doigts le long de ma joue puis il réajuste ma robe en la boutonnant lui-même. Je suis hagarde. Je ne comprends pas.

— Tu me reconduis ?

Je hoche la tête, incapable d'émettre une parole. À bord de la Porsche, il ne dit rien. Ce n'est que lorsque nous sommes devant chez lui qu'il me demande de couper le contact.

— Nous en étions restés ici, dit-il. Reprenons donc notre conversation.

Tout s'éclaire. Il nous ramène là où j'ai sifflé la fin de la partie.

— J'ai besoin de toi, Alex, je confesse sans honte. Mais je comprendrais si tu... ne voulais plus.

— Pourquoi ne voudrais-je plus ?

— Julia.

Il hausse un sourcil désapprobateur.

— Ce qui se passe entre toi et moi ne regarde pas Julia.

— Ne devais-tu pas la rejoindre ce soir ?

— Je lui ai envoyé un SMS.

— Elle doit être déçue.

— Sans aucun doute.

— Mon odeur est-elle vraiment si puissante que tu l'aies sentie depuis ta place ?

— D'autant plus puissante que tu me désires.

Mon entrejambe humide confirme ses paroles.

— Alors pourquoi m'as-tu rhabillée ce soir ?

— Parce que JE veux décider de tout. Tu dois me faire confiance, Micky, aveuglément. Est-ce que tu crois que tu pourrais le faire ?

— Je ne sais pas. Mon orgueil se rebelle souvent contre tes paroles ou ton attitude.

— C'est ce qui fait ton charme, réplique-t-il doucement.

— Dis-moi ce que tu veux, j'implore.

— Je te propose que nous inversions les rôles. Lorsque nous serons seuls, tu seras mon élève et je serai... ton maître.

Il a insisté bizarrement sur ce dernier mot comme s'il jouissait d'un certain plaisir à le dire.

— Ce qui signifie ?

— Que tu obéiras à tout ce que je te demanderai, sans protester.

— Tu me fais peur, Alex ! je lance, alertée par son ton trop calme et déterminé.

— C'est toi qui es venue me rechercher. C'est toi qui me supplies de rendre vie à ton corps.

Il a raison, je n'ai rien à objecter. Il caresse ma joue, attire ma tête vers la sienne et pose son front contre le mien. Sa voix se fait velours.

— Tu obéiras, n'est-ce pas, Micky ?

— Oui.

— Tu m'as manqué, m'avoue-t-il alors tendrement.

— Pas autant que toi.

— C'est en effet ce que j'ai cru comprendre cet après-midi, rit-il.

— Très drôle !

Il se penche alors vers moi, ses lèvres effleurent les miennes et, vif comme l'éclair, il s'échappe de ma voiture. J'ai gagné, il m'est revenu, mais à quelles conditions ! Je ne sais pas où j'ai mis les pieds et si mon esprit s'en affole, mon corps, lui, exulte. Je suis prête à me soumettre à ses désirs pour le peu qu'il comble les miens. Quant à Julia, les scrupules ne m'étouffent pas plus qu'ils ne semblent ronger son petit ami.

Le lendemain, Alexis est de retour au premier rang. Je me demande comment il peut à ce point disposer de Benjamin. Il manipule ce garçon à sa guise sans que ce dernier en paraisse affecté. J'ai un peu de mal à oublier ma nudité, mon entrejambe est mouillé d'un désir inassouvi et lui se régale des fragrances qu'il est le seul à capter. À la fin du cours, je ne résiste pas à l'envie de lui demander.

— Explique-moi ce que tu sens.

— Ta classe est saturée de ton odeur. Elle plane dans l'air et pénètre tous ceux qui passent ta porte.

— Quoi ? je m'exclame, interloquée.

— Les animaux ne font pas autrement pour marquer leur territoire ou attirer un partenaire.

— Merci de la comparaison !

— Rassure-toi, personne d'autre que moi n'a conscience de cela. Ils subissent ton attrait sans savoir pourquoi. Benjamin est très heureux d'avoir retrouvé le fond de la salle, crois-moi !

— Tu veux dire qu'il se masturbe ?

— Plus que jamais, il ne te faut pas plus de cinq minutes à présent pour lui tirer une salve. Et à en juger par les effluves que j'ai perçus en entrant ici tout à l'heure, il ne doit pas être le seul à se faire plaisir. Je trouve ça plutôt flatteur, se moque-t-il gentiment.

— Parle pour toi !

— Aussi, après tout, ne suis-je pas à l'origine de ça ?

— Si.

Il hume l'air quand je bouge pour me lever.

— Ton fumet humide est encore plus savoureux.

— Arrête, tu vas me faire rougir ! je le gronde.

— Je te fais déjà mouiller, tu n'es plus à ça près.

— HA HA !

— Je dois partir, Micky. Julia m'attend. Je sais que le week-end sera long pour toi.

— Je m'en remettrai, j'assure, déçue qu'il s'en aille si vite.

Je le regarde m'échapper pour aller rejoindre sa petite amie. *Lui tient-il le même discours ?*

Cette pensée me chagrine plus que je ne le voudrais. La jalousie est décidément un sentiment tenace auquel je n'étais pas préparée. Je n'ai jamais eu la moindre raison d'éprouver la jalousie aux côtés d'Henri. S'estimant chanceux de m'avoir pour épouse, il se déclarait toujours plus fier que jaloux lorsqu'il arrivait qu'un homme me remarque. Mon mari ne m'est d'aucun secours, ses leçons ne sont pas allées jusque-là. Je dois apprendre seule.

Le week-end est long. Le temps maussade me décourage de mettre le nez dehors. Je ne cesse de songer à lui et la flamme du désir consume mon corps. J'accueille la nuit du dimanche avec un vrai soulagement. Le lundi matin, je suis à la lettre ses recommandations et mes tétons pointent au travers du tissu de mon chemisier. Pour plus de discrétion, j'enroule une étole noire autour de mon cou. J'arrive au lycée juste à l'heure, la majorité des élèves est déjà rentrée. Je suis interpellée par le directeur qui me remercie de mon intervention auprès d'Alexis. De l'avis unanime, il est revenu à de meilleures dispositions. Je lui promets de continuer à y veiller. Je réprime un petit sourire en grimpant l'escalier, M. Morel est loin d'imaginer jusqu'où porte ma promesse.

Durant la première heure, j'ai l'occasion de tester ma tenue sur la classe de terminale ES, celle de Julia. L'étole suffit à maintenir la décence. Je ne peux m'empêcher de regarder la petite amie d'Alexis. Son visage d'ordinaire dénué de fard est plus lumineux et son regard est souligné d'un voile de mascara discret. L'effort est indéniable. J'ai beau me raisonner, mon amour-propre saigne de cette rivalité inégale.

Quand arrive l'heure de cours avec ma classe, je les fais attendre dans le couloir, histoire de remettre un peu d'ordre dans ma tenue, puis je vais leur ouvrir la porte. Alexis entre en bon dernier. En passant devant moi, il marque un arrêt.

— Enlève ce stupide foulard, chuchote-t-il.

— Après le cours, je réponds pareillement.

Je n'ai pas le temps de réagir qu'il s'empare du bout de mon étole et la fait glisser de mon cou. Sans se soucier de rien, il va à sa place en fourrant le bout de tissu noir dans son sac. Je prends une grande respiration et gagne mon bureau. L'habitude aidant, je me ressaisis bien vite. Son regard ne tarde pas à me brûler. Je sais ce qu'il veut. Il ne se détend que lorsque mes jambes s'écartent suffisamment pour lui offrir mon odeur. Alors, l'atmosphère devient plus légère et l'heure passe fort agréablement. La journée est cependant loin d'être finie et Alexis se lève comme les autres à la sonnerie. Il s'attarde quelques secondes à mon bureau. Du bout de son index, il souligne la forme pointue de mon téton droit sur ma chemise. Son contact me fait l'effet d'une délicieuse torture et ma respiration devient plus courte.

— Je ne supporterai pas une seconde fois que tu me prives d'un aussi beau spectacle, je te préviens ! menace-t-il à voix basse.

— Je croyais que tu réservais ce genre de plaisirs pour nos moments de solitude. Nous étions en cours, je me défends.

— Serais-tu en train de protester ?

— Non.

Ma réponse assurée et mon ton ferme lui arrachent un sourire. Il dépose mon écharpe sur mon bureau.

— Ne prends pas froid en sortant, recommande-t-il avant de s'éloigner tandis que mes élèves se tassent déjà dans le couloir.

*

* *

La dernière semaine s'annonce spéciale, mes impressions sont confirmées dès le lundi soir. Il est près de 20 heures lorsqu'Alexis m'appelle.

— Je voudrais que tu portes le bustier rouge demain, réclame-t-il.

— Comment es-tu au courant de ce que j'ai pris chez Mme Jeanne ? j'interroge, soupçonneuse.

— Elle m'en a adressé le catalogue.

— De quel droit ?

— Je le lui ai réclamé.

— Tu as aussi une préférence pour les vêtements ou je suis libre de choisir ? je le nargue.

— Tu ne choisiras plus rien, Micky, lâche-t-il sur un ton sévère.

— C'est-à-dire ?

— Désormais, je t'appellerai chaque soir pour te dire ce que je veux te voir porter.

Mon cœur a un raté et mon ventre s'enflamme. Je reste muette, j'entends sa respiration calme à l'autre bout du fil.

— Je devine ton odeur d'ici, dis-moi si je me trompe, reprend-il doucement.

— Tu ne te trompes pas, j'admets, incapable de lui mentir.

— Tu obéiras, n'est-ce pas ?

— En cas d'imprévu, pourrais-je t'appeler ? je demande, fébrile.

— Il n'y aura pas de problème et tu ne m'appelleras jamais. Dans tous les cas, je t'appellerai, moi seul !

Je boude, vexée, derrière mon portable.

— Tu as promis de me faire confiance, me fait-il remarquer.

— Je sais.

— Avoue que je te retire une épine du pied, ajoute-t-il, goguenard. N'importe quelle femme rêverait qu'on la délivre de sa cruelle indécision devant la penderie le matin.

— Trop drôle !

— Je suis sérieux.

— Dis-moi ce que tu attends au juste.

— J'ai besoin que tu photographies quelques-uns de tes vêtements. Tu me donneras la carte mémoire demain matin. En attendant que j'en sache un peu plus sur l'état de ta penderie, j'aimerais retrouver la jupe noire de la semaine dernière. Et comme je suis indulgent avec toi et que les températures ont sensiblement chuté, je t'autorise un pull.

— Soit !

— À demain, madame Valmur, murmure-t-il avant de raccrocher.

Si je me plaignais jusque-là du vide de ma vie, Alexis sait parfaitement comment le remplir. Mon emploi du temps pour ce soir est trouvé. Je photographie les vêtements que je préfère. Cette activité m'occupe plus de deux heures. Durant ce temps-là, j'en oublie de penser à ce qu'il vient encore de m'imposer. Ce n'est que lorsque je suis couchée que son audace me frappe. Durant quelques minutes, je me rebelle complètement contre ce diktat. Hélas, comme toujours, mon esprit se soumet avec docilité quand mon corps se réveille. Mon désir combat ma raison avec plus d'acharnement. Tant que je ne serai pas délivrée de ce feu qui me consume de l'intérieur, je ne pourrai plus raisonner librement, je resterai privée de mes facultés d'entendement, de ma lucidité. J'ignore combien de temps Alexis va ainsi me faire languir, mais je ne doute pas d'une chose, il sait très bien ce qu'il fait.

Le mercredi est le seul jour où les terminale L n'ont pas philo. Alexis se pointe à 10 heures quand la sonnerie annonce l'intercours. Il laisse mes élèves quitter la salle et referme la porte derrière lui. Il vient vers moi d'un air détaché, mais ses narines inspectent l'air avec prudence.

— Je sens immédiatement que nous n'avons pas cours ensemble, affirme-t-il gaiement. Sais-tu pourquoi ?

— Mon odeur serait-elle différente ?

— Exactement.

— Ça t'ennuie ?

— Oui. Celle-ci est trop fade. J'aime te sentir mouillée, renifler ton désir.

Mon sang parcourt mes veines à une allure hallucinante. Ce diable joue à la perfection avec moi et il est rapidement satisfait de l'effet que ses paroles provoquent.

— Je te remercie, dit-il en humant l'air, les yeux fixés sur moi. Il va néanmoins falloir que je pense à remédier à ce problème.

— Qu'est-ce que tu veux dire par là ?

— Rien, je me comprends, élude-t-il. As-tu la carte de ton appareil photo ?

Je la sors de mon sac et la lui remets. Il la fourre dans sa poche et approche de moi. Sa main plonge sous mon pull, ses doigts caressent la dentelle du bustier qu'il a réclamé.

— J'aime quand tu es obéissante, Micky.

Je suis tétanisée par son contact inattendu, il me sourit en s'écartant. Je dois faire une drôle de tête, il s'immobilise et fronce les sourcils.

— Je t'appellerai ce soir à 20 heures, murmure-t-il comme une excuse.

Il m'abandonne pour courir vers sa petite amie. Je reste là, pantelante, en attendant que mes cours reprennent. À l'heure dite, je guette déjà son appel. Il est ponctuel, évidemment.

— Ta penderie est un désert de la mode, quand as-tu fait les boutiques pour la dernière fois ? râle-t-il.

— Chez Mme Jeanne, je me défends.

— Je te parle de vêtements, Micky.

— Je ne m'en souviens pas.

— À quelle heure finis-tu tes cours vendredi ?

— 16 heures, pourquoi ?

— Je t'attendrai dans ta voiture, réserve ta soirée !

— Je peux savoir ?

— Tu le sauras bien assez tôt.

— Soit ! je réplique, à la fois vexée et ravie de passer une soirée en sa compagnie.

— Nous sommes jeudi demain, ajoute-t-il.

— On ne peut rien te cacher ! je me moque.

Il éclate d'un petit rire craquant.

— Tu ne sais vraiment pas à quoi tu t'exposes, menace-t-il gaiement. Dans le catalogue de

Mme Jeanne, j'ai remarqué un très joli et très osé bustier noir. Je veux que tu le portes avec le cache-cœur vert de ton armoire.

— Mais il sera apparent, je m'insurge.

— Bien sûr ! ricane-t-il avant de raccrocher.

Je rumine sa provocation toute la nuit et je suis levée bien avant que le réveil ne me l'ordonne. Je fonce à la salle de bains et j'essaie la tenue. Je mets longtemps avant de trouver un réglage du corset qui ne mette pas trop ma poitrine en valeur. Le laçage a été fait par Mme Jeanne et j'ai beaucoup de mal à le régler idéalement moi-même. Il me faut cinq essais avant que je sois un peu rassurée. Comme je l'ai craint, le cache-cœur vert ne dissimule pas grand-chose de ma poitrine et avec un tel élément de lingerie, je frôle l'indécence la plus parfaite. Je risque, sinon mon renvoi, au moins le rappel à l'ordre. Heureusement, le temps frisquet de cette fin décembre m'autorise à enfiler un long manteau que je boutonne soigneusement. J'enroule une grosse écharpe autour de mon cou et ainsi vêtue, je passe inaperçue dans les couloirs du lycée. Durant toute la journée, je garde mon écharpe, prétextant un rhume imminent. Il faut bien que je me décide à la quitter quand vient la dernière heure de cours. Juste avant que les terminale L arrivent, je vérifie ma mise. Jusque-là, tout s'est plutôt bien passé, mais j'appréhende l'accueil que feront mes élèves de ma tenue. Je ne suis pas déçue. Benjamin vire à l'écarlate tandis qu'Alexis s'installe, fermé, devant moi.

— Content ? je marmonne en passant près de lui.

Il me laisse mariner d'un air fâché durant l'heure entière.

— Tu as triché ! m'accuse-t-il sévèrement quand nous sommes enfin seuls.

— Je t'ai obéi en tous points.

— Lève-toi !

Comme je ne m'exécute pas assez rapidement à son goût, il me saisit fermement le bras pour me forcer à me lever.

— Enlève ton gilet ! exige-t-il d'une voix sourde.

Vaguement inquiète, je lui obéis. Il me fait ensuite pivoter brutalement devant lui. D'un geste sûr et déterminé, il défait le nœud du bustier et tire sans ménagement sur les lacets dans mon dos. Ma taille et ma poitrine sont petit à petit comprimées sous les baleines impitoyables. Son regard s'illumine d'un éclair sauvage quand il découvre le résultat de son ajustement. Je ferme les yeux pour reprendre contenance. C'est alors que je sens la caresse subtile de ses doigts sur mes seins débordant du corset. Ma poitrine se soulève sur un rythme chaotique.

— Regarde-moi ! réclame-t-il doucement.

J'ouvre les yeux, les siens sont d'une tendresse absolue. Il reprend son délicat effleurement sur ma peau et mon ventre se tord. Il enlace ma taille et me fait venir tout contre lui. Pour la première fois, je suis dans ses bras, je respire son parfum boisé enivrant. Je me laisse faire, étourdie, sage et obéissante comme il le souhaite.

— Je passerais des heures à te contempler, murmure-t-il.

Je ne dis rien, j'en suis incapable, profitant juste du bonheur d'être contre lui. Ses doigts laissent derrière eux un sillage brûlant sur ma peau. Il m'écarte doucement et me rend mon gilet qu'il m'aide à enfiler. Je comprends que c'est fini et je me rhabille docilement. Il demande à ce que je le ramène chez lui et me donne avant de descendre de voiture les consignes pour ma tenue du lendemain. Il me rappelle notre rendez-vous de 16 heures.

— Tu n'as pas cours à cette heure-là ?

— Tu mérites bien que je sèche une petite heure de géo.

— Alex !

— Non, Micky, ici tu n'es pas mon prof ! À demain, lance-t-il en descendant de voiture. Au fait, as-tu un double de tes clés ?

Je fouille mon sac pour en sortir le jeu de secours que je lui tends. Il les glisse dans sa poche et referme la portière avant de s'éloigner. Aussi, je ne suis pas surprise de le retrouver le lendemain sur le siège passager de la Porsche quand je quitte l'établissement. L'heure de cours que nous avons eue ensemble a été très calme, peut-être un peu trop. Alexis dose subtilement ses effets. Il me regarde m'installer au volant et remonter un peu ma jupe serrée sur mes cuisses pour conduire plus aisément.

— Où allons-nous ? je m'enquiers docilement.

— Prends le boulevard à gauche, je t'indiquerai le chemin.

J'obtempère ainsi jusqu'à ce qu'il me dise de me garer dans une rue d'un quartier chic. Le temps que je coupe le contact, il est descendu de voiture et en a fait le tour pour me proposer courtoisement sa main. Il m'entraîne jusque dans une boutique de luxe dont il pousse la porte en habitué.

— Monsieur Duivel, nous vous attendions, fait aussitôt une jeune vendeuse blonde au chignon impeccable et fort élégamment vêtue.

Alexis reste indifférent à cet accueil enthousiaste. Il passe son bras autour de ma taille et me fait avancer.

— Madame Valmur, si vous voulez bien me suivre, roucoule la vendeuse en nous précédant dans un couloir.

Alexis ne me lâche pas, craignant sans doute que je ne m'enfuie en courant. Parvenus dans une pièce meublée d'un étonnant canapé rouge et de grands miroirs, il me laisse suivre seule la vendeuse tandis qu'il s'installe à son aise. La jeune femme me fait entrer dans une autre pièce où elle me prie gentiment de me déshabiller.

— Je reviens immédiatement avec les tenues que M. Duivel a sélectionnées.

Je n'en crois pas mes oreilles, il me traite comme une poupée, m'habillant et me déshabillant selon ses goûts. Je dois cependant convenir qu'il les a très sûrs. J'adore les vêtements magnifiques qu'il a choisis, tous griffés haute couture et formidablement bien ajustés. Chaque fois, je suis priée d'aller parader devant lui et son jugement est sans appel. Ce qu'il n'aime pas reçoit immédiatement un refus net de sa part. Ce qu'il aime mérite au plus un petit signe approbateur. Je joue le mannequin en affichant dans la mesure du possible une parfaite indifférence. Intérieurement, je jubile. Au bout de dizaines de changements, je commence sérieusement à m'inquiéter de la facture et je prie la vendeuse d'arrêter. Elle me considère d'un air inquiet.

— M. Duivel a sélectionné d'autres tenues, me prévient-elle.

Devant mon refus, elle repart avec ses vêtements sur le bras. Je ne suis pas longue à entendre le bruit de ses talons revenir vers moi. Elle n'est pas seule. Alexis entre dans la pièce, visiblement mécontent.

— Laissez-nous, Mélanie, aboie-t-il à la vendeuse sans lui accorder un regard.

Elle s'éclipse en refermant la porte derrière elle.

— Qu'est-ce qui se passe ? demande-t-il en contenant sa colère.

— Tu ne crois pas que ça suffit comme ça ?

— Tu en es à peine à la moitié de ce que j'ai prévu.

— Alex, je ne peux pas accepter que tu dépenses autant d'argent de cette manière. Que vont dire tes parents ?

— Ça me regarde et je dépenserai autant d'argent qu'il me plaira. Mes parents ne critiquent jamais mes dépenses.

— Alex... je...

— Tais-toi, Micky et reprends les essayages ! ordonne-t-il sèchement.

— Dans ce cas, je les financerai moi-même, je me rebelle.

Il approche de moi à me toucher. Ses yeux noirs lancent des flammes.

— Je ne veux plus jamais t'entendre émettre une telle absurdité.

Je le dévisage anxieuse et muette.

— Mélanie, lance-t-il en haussant le ton. Mme Valmur est prête pour la suite des essayages.

La jeune femme se hâte de rappliquer et je suis quitte pour une nouvelle séance. Je plains sincèrement les mannequins professionnels. J'en ai plus qu'assez de mettre, d'enlever, de remettre. Mes jambes me rentrent dans le corps. Malgré tout, je dois résister encore deux heures avant de parvenir au bout de la collection du styliste Duivel. Quand je remets mes propres vêtements, je pousse un soupir de soulagement. Alexis vient me chercher jusque dans la cabine. Il enlace ma taille et m'entraîne vers la sortie.

— Va m'attendre dans la voiture, suggère-t-il gentiment.

Je fuis la boutique après avoir salué la vendeuse patiente et je m'écroule, éreintée, sur le siège de ma Porsche. Quand Alexis ouvre le coffre, je n'ai pas l'occasion d'apercevoir le nombre de paquets que la vendeuse et lui transportent, mais j'en conçois une crainte. Je consulte l'heure, presque 20 heures.

— Ce n'était pas si terrible finalement, clame-t-il joyeusement en reprenant place à mes côtés.

— Tu sais qu'il m'arrive de te détester, je lui dis calmement en fixant le pare-brise.

— J'espère bien.

Je tourne la tête vers lui, il est sérieux.

— Emmène-moi chez toi, exige-t-il.

Je mets le contact et je prends le chemin de la maison. Il reste silencieux durant tout le trajet, consultant à deux reprises son portable dont la sonnerie le dérange dans ses réflexions. Je gare la Porsche devant l'escalier en pierre qui mène au perron. Alexis me suit dans l'entrée où je me débarrasse. Il regarde autour de lui avec gourmandise. Il ne me demande pas l'autorisation pour parcourir les autres pièces du rez-de-chaussée. Je le laisse faire sans rien dire, sans plus lui proposer de visiter le reste, ni évoquer avec lui l'histoire de cette magnifique demeure dans laquelle Henri m'a installée confortablement après notre mariage.

— J'aimerais voir ta chambre, réclame-t-il en revenant vers moi.

Je le précède dans l'escalier jusqu'au second étage et je pousse la porte de la vaste pièce qui me fait office d'appartement privé. Un petit salon ouvre sur la chambre, d'un côté, et sur ma salle de bains, de l'autre.

— Elle te ressemble, un brin sophistiqué sans vouloir assumer pleinement, commente-t-il sérieusement.

Je hausse les épaules.

— Que comptes-tu faire durant les fêtes ?

— Rien, je confie sur un ton que je ne peux empêcher d'être triste.

— Tu vas passer Noël toute seule ?

— Oui.

— C'est la première fois, n'est-ce pas ? devine-t-il.

Ma gorge est nouée, mais je tiens encore la promesse de ne pas pleurer, il ne me fera pas flancher.

— Oui.

Alexis promène lentement le bout de ses doigts le long de ma mâchoire.

— Je t'appellerai le soir de Noël.

Je le repousse pour mieux me protéger de la douleur.

— Je ne te demande rien de tel, je n'ai pas besoin de compassion.

— Il ne s'agit pas de ça, réplique-t-il sans s'énerver. Ce sera mon cadeau.

— Tu ne crois pas que tu m'en as assez fait comme ça ?

— Celui que je te réserve ne me coûtera rien, mais il te sera bien plus précieux, affirme-t-il d'un air énigmatique.

— Je peux savoir ?

— Espèce de petite curieuse ! Tu devras attendre minuit comme tous les enfants.

— Minuit ? Moi qui comptais me coucher tôt.

— Rien ne t'en empêchera.

Je grimace, sceptique.

— Toi, comment vas-tu passer Noël ? je demande alors.

— Mes parents débarquent demain de New York. Ils repartiront juste après le Nouvel An.

— Tu as l'air bien sûr qu'ils ne critiqueront pas les dépenses astronomiques que tu as faites à mon seul profit.

Dans l'intimité de ma chambre, Alexis semble plus enclin à la confidence. Son ton n'est plus si autoritaire.

— Ce n'est pas à ton seul profit, mais au mien.

— J'ai du mal à te comprendre.

— Rappelle-toi notre premier cours ensemble. Tout ce que je fais ne vise qu'un seul objectif, mon plaisir. Tu n'imagines pas une seconde l'effet que tu produis sur moi lorsque je te vois porter ce que je veux. Tu excites mes sens au-delà de ce que j'ai connu. Je n'ai jamais eu à produire autant d'efforts pour résister à la tentation. C'en est presque inhumain.

— Pourquoi résistes-tu ? je souffle, hagarde, à quelques pas du lit où nous pourrions céder au désir qui nous consume tous deux.

Il me caresse tendrement le visage.

— Je te l'ai dit. J'aime jouir pleinement de chaque seconde. Je ne brûle pas les étapes et tant que le plaisir n'est pas assouvi, je ne passe pas à la suivante. Le désir vite comblé ne mène qu'à un plaisir insipide. Je désire atteindre les limites où le plaisir devient extase, Micky.

— Pourquoi moi ? Pourquoi pas Julia ?

— Parce que tu me ressembles.

Je ne suis pas satisfaite de cette réponse, mon esprit masochiste a envie de savoir, envie qu'il me dise vraiment.

— Est-ce que tu l'aimes ?

— Je ne te répondrai pas, tu le sais.

— Et moi ?

Il lève mon menton du bout de son index. Ses prunelles incendient mon âme.

— Toi, tu m'appartiens, dit-il d'une voix sourde.

Je frissonne. Il approche sa bouche de la mienne. Je suffoque sous son haleine brûlante. Sa langue force mes lèvres, cherche ma langue, m'envahit tout entière. Je l'entends gémir dans son baiser. Il me fait chavirer complètement. Il s'arrache cependant à mon étreinte et me contemple d'un air douloureux. Je devine la lutte qui fait rage dans son esprit, mais il parvient à dominer ses passions. Moi, je ne suis plus qu'un bûcher ardent, je n'ai plus d'âme, je la lui ai donnée. Je le veux... éperdument. Je darde des yeux suppliants vers lui.

— Profite de ce que je viens de te donner, murmure-t-il. Savoures-en le souvenir jusqu'à la douleur.

Je vacille sur mes pieds. Il ne fait pas un geste pour m'aider.

— Reste ici. Je décharge ta voiture dans l'entrée et je rentre chez moi. Si tu n'y vois pas d'inconvénient, je t'emprunte la Porsche. Je te la rendrai à la rentrée, lance-t-il joyeusement.

— Alex, tu n'as pas le permis, je proteste.

— Je ne lui ferai pas la moindre égratignure.

Je pousse un soupir qui lui arrache un rire sonore.

— Tu devrais aller dormir, tu as l'air épuisée, fait-il sur un ton paternaliste qui me rappelle soudainement Henri.

— Va-t'en ! j'aboie avant que les larmes me montent aux yeux.

Il s'éloigne sans rien dire, je l'entends dévaler l'escalier et fermer la porte. Je m'écroule sur mon lit, je ne cède pas, *pas encore !* Je me réveille un peu plus tard, haletante. Je n'en peux plus de faire ce rêve où la langue d'Alexis caresse la mienne avec avidité. Il me semble encore la sentir sur mes lèvres. Je passe un doigt fébrile sur ma bouche. Mon corps est tendu, ma raison en perdition. Il avait raison, *jusqu'à la douleur*, et j'en suis au point de souffrir de son absence, du désir de sa bouche sur la mienne. Il m'a fait goûter à un fruit défendu et sa saveur m'a rendue accro. J'en veux encore et il me manque.

*
* *

Je tâche d'ignorer tout ce qui se rapporte à Noël et ce n'est pas chose facile. Je charge Charlotte, ma femme de ménage, de faire quelques courses à ma place pour ne pas avoir à quitter la maison. Elle croit bien faire en améliorant un peu ma liste. Je me vois donc malgré moi pourvue de foie gras et de champagne. Elle ignore l'état de la cave dont Henri était si fier et dont l'inventaire régulier fait état de grands crus de prestigieuses maisons champenoises. Je ne lui en tiens pas rigueur, elle a pitié de moi... j'inspire de curieux sentiments.

Le vingt-quatre décembre tombe un samedi. La sonnerie de mon portable me tire du sommeil lourd où j'ai sombré. Je tâtonne sur mon chevet pour allumer. 9 heures ! Je me redresse péniblement et récupère mon téléphone. Un message d'Alexis me fait bondir. Il me prie de venir le rejoindre pour déjeuner dans un petit restaurant dont il me donnera l'adresse plus tard. Il précise bien évidemment ce que je dois porter.

Je me sens d'un coup plus heureuse. Je fonce à la salle de bains reprendre en main mon corps que j'ai délaissé depuis plusieurs jours. Je sors de ma penderie le tailleur noir qu'il réclame, de même que la guêpière et les bas. Le simple fait d'enfiler cette tenue m'émoustille. Il vient encore une fois de réveiller mes sens par quelques mots. Je m'inspecte sous toutes les coutures avant de descendre. Ma silhouette me plaît énormément.

Sur mon portable, l'adresse du restaurant tombe quelques minutes avant midi. Je reconnais ma Porsche, garée le long du trottoir. Le regard du serveur qui accueille mon entrée dans l'établissement est évocateur, mais il se trouble lorsque je le soutiens. Alexis, de loin, s'amuse du spectacle, il consent néanmoins à venir me chercher.

— Tu es très belle, Micky, me dit-il.

— Je pourrais te retourner le compliment, je rétorque en constatant son élégance.

— Tu le vaux bien. Ce pauvre serveur ne sait plus comment il s'appelle. Il bande douloureusement, j'en ai mal pour lui.

— Alex ! je me récrie.

— Quoi ? C'est la vérité !

— Dans ce cas, dis-moi ce que nous faisons ici, j'attaque, dubitative.

— Je m'inquiétais pour toi. Tu n'as pas mis le nez dehors depuis vendredi.

— Comment le sais-tu ?

— J'ai des sources bien informées.

— Tu as soudoyé Charlotte ?

— Tu n'espères tout de même pas que je te le dise ? rigole-t-il tandis que le serveur dépose devant nous deux flûtes de champagne avant de s'enfuir sous l'œil moqueur d'Alexis.

— En quoi est-ce que ça t'inquiétait que je reste chez moi ?

— Je veux que tu te sentes toujours désirable. Ce n'est pas en restant enfermée que tu éprouveras le mieux ce sentiment.

— Pauvre serveur ! je minaude, ironique.

— Tu es plus charitable pour lui que pour moi, proteste-t-il.

— Parce que tu as des raisons de te plaindre ?

Il sourit d'un air craquant. Je cherche vainement ce qu'il sous-entend, alors il s'empare de ma main et la pose sur son sexe sans se soucier des gens autour de nous. Au travers de son pantalon, je sens le renflement dur de sa verge. Je respire à petits coups en tentant de rester calme. Il monte ma main jusqu'à sa bouche et en embrasse la paume avant de me libérer. J'avale tout de go la moitié de ma flûte de champagne.

— Ne te noie pas dans l'alcool, me gronde-t-il en me privant de mon verre.

— Je crois pourtant que c'est ce que je vais faire.

— Tu es drôle, Micky. C'est toi la femme, moi l'enfant. Tu acceptes sans broncher que je te parle du serveur en train de bander, mais tu te troubles quand il s'agit de moi.

— Tu n'es plus un enfant, Alex, je lui fais remarquer.

— Ça, je le sais, j'ai des dizaines d'années de plus que toi. En quoi est-ce que savoir que je bande te trouble ainsi ?

— Parce que ! j'élude, rougissante.

— Tu ne t'en tireras pas comme ça. Dis-moi pourquoi, insiste-t-il.

— Ce n'est ni l'endroit ni le moment, je chuchote après avoir vu quelques têtes se tourner vers nous quand Alexis a haussé le ton.

— Au contraire, je veux que tu dises tout haut que tu as envie de moi, que tu rêves de mon sexe, que tu mouilles chaque fois que tu penses à moi.

Je rougis davantage et je cherche une échappatoire. Le serveur amène les entrées et constate la tension qui règne à notre table. Il s'éloigne en nous jetant des coups d'œil inquiets depuis le comptoir.

— Je veux t'entendre prononcer ces mots, Micky !

Je serre les dents. Il me poignarde de ses prunelles sombres.

— J'ai envie de toi, je cède en fuyant ses yeux.

— Ça ne me suffit pas. Regarde-moi et dis-moi que tu es en train de mouiller.

La colère m'emporte et je le fusille du regard.

— Oui, je suis en train de mouiller, oui, j'ai envie de ton sexe, oui, j'en rêve toutes les nuits, oui, ça me fait mal ! je m'écrie. Tu es content ?

Il se penche brusquement sur moi et m'embrasse à perdre haleine. Il se moque des autres, et je dois avouer qu'au point où j'en suis, je m'en moque tout autant. Les conversations qui se sont arrêtées autour de nous reprennent de plus belle. Alexis me relâche, satisfait. Il fouille sa poche et pose sur la table un petit paquet.

— Ton cadeau de Noël, m'annonce-t-il.

— Je croyais que tu ne devais pas dépenser un centime ?

— Tu ne me fais décidément pas assez confiance. Ma mère est une collectionneuse avertie de certains petits objets. Elle a accepté de me céder celui-ci. Je n'ai rien dépensé.

— De quoi s'agit-il ? je réclame, curieuse en prenant le paquet.

Il arrête mon geste d'un air sérieux.

— Tu ne l'ouvriras que lorsque je te le dirai. Range-le dans ton sac.

J'obtempère en refrénant ma curiosité.

— Je ne t'en ai pas fait, je préviens.

— Pas encore, rectifie-t-il. Je te réclamerai mon cadeau ce soir, comme prévu.

Je sourcille.

— Mange, Micky ! s'esclaffe-t-il.

Le reste du repas est plus insouciant. Sa compagnie en dehors du lycée est enrichissante, vivante, passionnante comme l'était celle d'Henri sur un tout autre registre. Non contente de le désirer, je l'admire. Alexis n'a plus dix-sept ans et je n'en ai plus vingt-sept. L'âge n'a plus d'importance, ce gamin est, comme il l'a prétendu, plus vieux que moi de dizaines d'années. J'aimerais seulement savoir comment il en est arrivé là si jeune. Je doute qu'il m'avouerait la vérité. Je profite donc de ce moment privilégié sans le gâcher avec mes questions qu'il jugerait sévèrement. Lorsque vient le moment de quitter le restaurant, il m'escorte jusqu'à mon Alpha Roméo, il ne cherche pas à m'embrasser de nouveau et me laisse repartir sans un geste. Je ressasse ses paroles, le souvenir de son sexe tendu sous ma main enflamme mon esprit. Alexis ne m'a jamais avoué qu'il bandait pour moi, en tout cas jamais de manière aussi directe. Cette idée me fait plaisir.

Le déjeuner m'a suffisamment calée pour que je me passe de réveillon. Je m'affale devant la télé à la recherche d'un programme quelconque. Je décide, vaincue par la nullité de mon écran, de gagner mon lit. Pour le fun, je débouche la bouteille de champagne que Charlotte a achetée et mise au frais. Je m'en sers un verre qui m'accompagne jusque dans ma chambre. Quand je me faufile sous mes draps, il est 22 heures. Je prends une gorgée de champagne et j'entame la lecture d'un roman pioché au hasard sur l'étagère. J'ai tellement de mal à me concentrer que je dois relire plusieurs fois certains passages pour en comprendre seulement le sens. Je ne fais que de surveiller l'heure à mon réveil. L'une après l'autre, les minutes me rapprochent de minuit. Mon cœur se met à battre de plus en plus fort à l'imminence de son appel et quand mon portable résonne enfin, j'en pousse un petit cri. Il est minuit juste.

— Tu es prête ? demande-t-il d'une voix étrangement rauque.

— Oui.

— Où es-tu ?

— Dans mon lit avec un bouquin.

— Tu as ton cadeau près de toi ?

— Oui, je peux l'ouvrir à présent ?

— N'enlève que le papier.

— Je profite de chaque étape ? je me moque.

— En quelque sorte.

De l'emballage, je sors un petit coffret en métal argenté finement ciselé.

— J'ai beaucoup aimé ta vibrante déclaration tout à l'heure.

Je souris de la délicatesse de ses propos alors que les miens ont été plutôt crus.

— Tu m'y as contrainte, je lui fais remarquer.

— Je n'ai fait que t'obliger à exprimer ce que tu caches au plus profond de toi. J'aimerais que tu me dises ce que tu as ressenti en posant ta main sur mon sexe.

Un brutal coup de chaud envahit mes joues.

— S'il te plaît, Micky ! insiste-t-il.

— Je ne m'attendais pas à ce geste de ta part. Il m'a fallu une seconde pour réaliser vraiment ce qui se passait dans ton pantalon.

— Quel effet ça t'a fait ?

— Ton sexe était si dur, j'ai compris ton allusion à la douleur du serveur.

— Il n'était en effet pas le seul à souffrir.

— Je suis désolée.

— C'est une souffrance délicieuse.

— Tu as dit que le serveur était allé y porter remède aux toilettes, je...

— Et moi, c'est ça ? devine-t-il.

— Oui.

— Je n'y ai pas porté remède. Mon désir n'a pas été assouvi et il n'en est que ravivé en t'écoutant parler.

— Combien de temps vas-tu t'infliger cette torture ?

— Tu ne sais pas de quoi tu parles.

— Comment ça ?

— Quand as-tu éprouvé le plaisir pour la dernière fois ?

— Je ne sais pas, j'avoue piteusement.

— Pourquoi luttes-tu contre ton envie d'y remédier toi-même ?

— Question d'éducation sans doute.

— Tu veux savoir quel cadeau j'attends de toi ce soir ? se décide-t-il alors.

— Oui. Dis-moi !

— Je veux t'entendre jouir.

— Quoi ?

— Je veux que tu m'offres ton plaisir. En échange, je te donnerai le mien.

— Tu n'es pas sérieux ?

— Tout ce qu'il y a de plus sérieux. Tu peux ouvrir la boîte.

Je fais jouer le petit mécanisme qui ferme le boîtier d'argent et découvre alors un objet auquel je ne m'attendais pas.

— Sais-tu ce que c'est ? interroge Alexis.

— On dirait des boules de Geisha.

— C'en est. Je veux que tu les mettes.

— Alex… je...

— Ne discute pas ! Installe-toi confortablement et suis ma voix !

J'éteins une des lampes de chevet pour me sentir moins exposée à la lumière et je m'installe comme il le demande.

— Ferme les yeux, écoute ton sexe ! Il réclame, il supplie tout comme ma verge tendue m'ordonne de lui donner le plaisir. J'ai besoin de ton aide Micky, fais-moi jouir !

Je halète sous ses paroles torrides. La brûlure de mon ventre est plus forte que jamais.

— Dis-moi ce que tu ressens quand ta main caresse tes seins, exige-t-il.

J'ose toucher mes seins et j'aime cette sensation.

— Mes tétons sont très sensibles, je confie en couinant.

— Pince-les doucement !

Le gémissement que je pousse en obéissant à son injonction lui arrache un grognement de plaisir. Mon corps ondule sous ma propre caresse, la voix d'Alexis me donne l'illusion qu'il en est l'auteur.

— Ta chatte, Micky, dis-moi !

Je descends ma main jusqu'à mon entrejambe. Mon contact me fait sursauter.

— Elle est mouillée, je lui dis, le souffle court.

— Mets les boules de Geisha et caresse-toi !

Leur fraîcheur me tire un frisson. Je soupire d'aise. Lorsque la première boule pénètre dans mon ventre, je gémis.

— Encore Micky ! supplie-t-il.

La deuxième m'arrache un cri. Quand mes doigts se posent sur mon clitoris, je sombre dans un univers inconnu et délicieux. Alex m'encourage, exige mes gémissements, attend mes cris. Je deviens folle. Mon corps échappe à tout contrôle, je me cambre sous les assauts d'un plaisir fulgurant, une sensation stupéfiante qui me fait hurler.

— Que se passe-t-il ? réclame Alexis au téléphone.

— Je jouis ! je m'écrie, effarée de ma propre réaction.

— Raconte-moi !

— C'est... je ne sais pas... c'est... trempé.

Alexis pousse un soupir à l'autre bout du téléphone.

— Continue ! Parle-moi !

J'évoque la douce sensation de mes doigts caressant mon clitoris soulagé, le drap maculé de ma jouissance, les boules de Geisha qui, à l'intérieur de mon ventre, continuent de provoquer de délicieuses convulsions.

— Recommence, je veux t'entendre jouir encore !

J'obéis, plus rapidement cette fois. J'ai hâte d'éprouver le plaisir de nouveau. Je l'entends gémir faiblement au téléphone. J'imagine sa main sur son sexe, je désirerais que ce soit la mienne. Cette seule pensée m'amène au bord de l'orgasme. Alexis halète soudainement.

— Viens, Micky, viens avec moi !

J'accélère mon geste et bientôt je crie sous l'impulsion fabuleuse d'un plaisir renouvelé. Alexis pousse un grognement plus fort.

— Tu as joui ? je demande.

— Oui, répond-il d'une voix enrouée. Joyeux Noël, Micky !

— Que vas-tu faire à présent ?

— Je vais dormir près de toi. Détends-toi, je reste à tes côtés.

J'obtempère en gardant le portable en main. Je me sens très vite gagnée par une douce torpeur. Mon corps est apaisé, mon esprit est vide. Je m'endors sans m'en rendre compte.

*
* *

La sonnerie de mon portable me tire des bras de Morphée. J'ouvre un œil sur mon téléphone qui n'a pas quitté ma main pendant mon sommeil.

— Bien dormi ? demande Alexis d'humeur joyeuse.

— Comme un bébé, je grommelle en bâillant.

— Tu t'es endormie avant que je raccroche.

— Faut croire que j'étais fatiguée.

— Comblée ?

— Je ne sais pas.

— Explique-toi.

— Le plaisir était intense, mais c'était comme s'il manquait quelque chose, j'avoue sans réaliser complètement.

— Je sais ce qui te manque.

— Quoi ?

— Ma queue, Micky, répond-il d'une voix sourde. La petite séance d'hier n'était destinée qu'à soulager une trop grande tension, mais, en même temps, elle t'a ouvert la porte à d'autres désirs.

— Une nouvelle étape ?

— Oui.

— Combien de temps durera-t-elle ?

— Tu es une élève parfaite, je peux suivre mon calendrier à la lettre, mais rappelle-toi que je suis seul à le connaître et que tout dépend de toi.

— Et que suis-je censée faire maintenant ?

— J'adore quand tu es obéissante.

— Je t'écoute, Alex.

— Je veux que chaque soir, tu te caresses, que tu te fasses jouir en pensant à moi.

Mon sang file à toute allure dans mes veines. Alexis perçoit ma respiration plus courte.

— Tu en as déjà envie ?

— Oui.

— As-tu gardé les boules de Geisha ?

— Je me suis endormie avec, je confie piteusement.

— Enlève-les !

Je glisse ma main jusqu'à mon entrejambe et je traque le cordon. Dans mon ventre, une sensation voluptueuse se déclenche quand la première boule sort. La seconde me tire un hoquet de surprise. Des coups d'électricité agitent mon corps. Je me mets à implorer le ciel, Alexis me rappelle à l'ordre.

— Tu aimes jouir on dirait.

— C'est une impression assez... bouleversante.

— Tu mouilles beaucoup ?

— Autant que si j'avais... oh pitié !

Alexis a un petit rire.

— Tu fais partie de ces femmes capables d'éjaculer.

— Beurk ! je glapis, vraiment confuse.

— Tu ne sais pas de quoi tu parles, tu as beaucoup de chance au contraire, et moi aussi. De savoir ça m'excite encore plus. J'ai hâte de découvrir ton odeur.

— Moi, j'ai plutôt hâte de prendre un bain.

— C'est dommage, mais si tu insistes ! Prends bien soin de ton cadeau parce qu'à compter d'aujourd'hui, tu le porteras tous les jours.

— Ta mère en est collectionneuse, tu m'as dit ?

— Oui entre autres ! rigole-t-il. Celles-ci sont très rares et particulièrement efficaces. Le boîtier en argent a été ciselé par un orfèvre réputé.

— Pourquoi a-t-elle accepté de te les donner ?

— Parce que je lui ai dit à quoi elles étaient destinées.

Je me raidis dans mon lit. Au fur et à mesure de ce que j'apprends se dessine de Mme Duivel un portrait fort différent de l'image de la femme discrète et élégante que j'ai eu l'occasion de rencontrer. Alexis se hâte de compléter.

— Ma mère est heureuse que tu acceptes de donner vie à ce qui n'était qu'une pièce de collection.

— Tu me mets dans une situation fort délicate.

— Ce n'est pas à toi que je vais apprendre à te moquer des préjugés et des rumeurs. Tu es bien au-delà de ça. Rappelle-toi les leçons d'Henri ! ajoute-t-il d'un ton net qui me cloue le bec.

— Je sais, je murmure, sonnée.

— Très bien. Maintenant, je vais te laisser profiter de ton bain. N'oublie pas de remettre les boules.

— Tu me rappelleras ?

— Oui.

Je n'entends bientôt plus que la tonalité du téléphone qu'il a raccroché. Ce jour de Noël est sans doute le plus vide et le plus étrange de ma vie. Je suis troublée par mon propre corps que je découvre capable de drôles de réactions. Je mets à profit ma solitude pour faire quelques recherches sur Internet à ce sujet. Je suis effarée de l'abondance d'informations. Alexis a raison, il semble que je bénéficie d'une capacité assez peu répandue, mais terriblement excitante et convoitée. *Une femme fontaine, moi !*

Mes autres recherches concernent l'utilisation de mon cadeau de Noël. Pour vérifier sur le terrain les assertions des spécialistes, je décide d'aller faire une grande marche salutaire dans le parc près de chez moi. Il ne faut pas longtemps avant que je sois convaincue de l'efficacité des boules de Geisha. Lorsque je rentre, ma culotte est inondée. À chaque instant, mon sexe se rappelle à moi et je dois lutter contre l'envie de me caresser. Je veux attendre, mais la tentation est trop forte et j'y cède finalement bien avant la nuit. L'orgasme est moins violent, mais j'en ressens un soulagement. Un liquide chaud coule le long de mes cuisses. Cette sensation me tire des frissons. Alex appelle à 22 heures. Sa voix est grave, mais détendue.

— Tu n'as pas résisté, dis-moi.

— Comment le sais-tu ?

— Ta promenade n'a pas dû te faciliter la chose.

— Tu me surveilles ?

— Bien sûr !

— Pour quelle raison ?

— Tu m'appartiens, Micky. J'agis comme bon me semble.

— Alex, tu es infernal ! je râle.

— C'est ce que tu aimes chez moi. Alors ? Combien de fois as-tu joui aujourd'hui ?

— En comptant celle de ce matin, deux.

— Tu me déçois. Je m'attendais à ce que tu en sois épuisée.

— Tu n'imaginais tout de même pas que j'aurais passé le jour de Noël à me masturber ?

— Si, et c'est d'ailleurs ce que nous allons faire tous les deux... maintenant.

Sa voix a des accents terriblement sensuels.

— Tu te masturbes ? j'interroge.

— Ma queue n'en peut plus de bander. J'ai besoin de t'entendre.

Il ne me faut que quelques minutes avant de crier de plaisir. Un gémissement contenu m'avertit que mon interlocuteur est parvenu au même résultat.

— C'était bien ? je demande innocemment.

— Oui, mais l'étape est bientôt franchie. Mon plaisir diminue et mon désir augmente. Et toi ?

— Je ne suis pas encore lassée.

— Alors, caresse-toi encore, chaque fois que tu en auras envie. Rejoins-moi vite. Il ne reste qu'une semaine avant la rentrée. Tu recevras un message dimanche soir. À bientôt, Micky.

Alexis ne rappelle pas de la semaine, mais je ne m'ennuie pas un moment. Mon corps reçoit de ma main le soulagement qu'il réclame à intervalles réguliers. Mon esprit se libère de cette préoccupation. J'ai acquis une lucidité qui me permet enfin de mettre en ordre les nombreux papiers entassés. Depuis la mort d'Henri, je n'ai fait que repousser l'examen de toutes les archives, dossiers et autres documents qu'il m'a suppliée de vérifier... après. Cette fois-ci est la bonne. Curieusement, la douleur que je craignais à faire ce travail ne vient pas me torturer.

Chaque soir, je guette l'heure à laquelle je sais qu'Alexis se masturbe. J'imagine son sexe tendu. Dans mes rêves, il atteint des dimensions fantasmagoriques et je crains d'en être déçue un jour. Henri ne m'a pas habituée à quelque chose de particulièrement impressionnant. Mon mari m'a certes initiée à certains plaisirs, mais ne m'a jamais forcée lorsque j'ai rechigné. Hormis quelques fellations, le sexe avec lui s'est résumé à des banalités d'usage et lorsque la maladie l'a éloigné de ma chambre, j'en ai été presque soulagée. Je ne le lui ai jamais avoué pour ne pas le blesser, mais il n'était pas dupe. C'est le seul sujet que nous n'avons pas abordé ouvertement. Henri en souffrait trop dans sa chair et dans son orgueil. J'ai respecté son silence et refusé la proposition déchirante qu'il m'a faite de prendre un amant.

Lorsqu'arrive le dimanche soir, j'en suis la première étonnée et ravie. À 22 heures, je reçois le message d'Alexis. Il m'indique la tenue qu'il souhaite voir et insiste sur les boules de Geisha. Le lundi matin, j'ai la surprise de le trouver adossé à la carrosserie de ma Porsche devant chez moi. Il me regarde venir en respirant l'air glacial de ce début janvier.

— Tu sens merveilleusement bon, roucoule-t-il.

— Mon odeur a changé ? je m'étonne.

— Elle est plus capiteuse, plus appétissante et j'ai hâte de l'apprécier dans ta classe.

— Que fais-tu là ?

— Je te ramène ta voiture comme promis.

— C'est tout ? je soupçonne.

— Non.

Sans se redresser, il enlace ma taille et me fait tomber sur sa poitrine. Ses prunelles capturent les miennes, sondent mon âme.

— Je voulais te souhaiter une bonne année plus discrètement qu'au lycée, avoue-t-il d'un air craquant.

— Tu cèdes aux conventions ? j'ironise.

— Tu es insolente, Micky, sourit-il.

— Lequel de nous deux l'est le plus ?

— Toi, incontestablement !

— Permets-moi d'en douter.

— Non, je ne te permets rien.

Je reste bouche bée, à la limite d'être vexée. Un éclair traverse son regard et il fond sur ma bouche. Sa langue traque la mienne, il resserre son étreinte et me prive du peu d'air qui me reste. Je suffoque, tant sous le plaisir que sous la panique. Il ne quitte mes lèvres que pour me permettre de respirer et m'embrasse de nouveau plus tendrement. Je m'accroche à lui comme une naufragée. Blottie dans sa chaleur parfumée, je suis au paradis. Hélas, il m'écarte et me poignarde d'un regard farouche.

— C'est ton tour, dit-il.

— Mon tour de quoi ?

— De me souhaiter une bonne année. Montre-moi de quoi tu es capable, embrasse-moi !

Je n'ai jamais eu à faire une telle chose. Les initiatives ne m'appartiennent pas. J'hésite, il insiste. Alors je me hisse jusqu'à ses lèvres. Hiératique, il ne fait rien pour m'aider. Un sentiment de confusion et de colère face à son attitude fouette mon sang et je force ses lèvres avec une énergie sauvage. Je lui prends la part de plaisir que je veux. Il cède enfin et ses bras se referment sur moi. Il savoure ce baiser en soupirant d'aise. Je ne lui accorde pas plus de trêve que ce qu'il m'a accordé. Il me laisse maîtresse de lui durant quelques secondes puis d'un mouvement brutal, il me plaque contre la voiture et son corps pèse sur le mien. Sa langue domine la mienne et il prend possession de ma bouche et son baiser redouble d'intensité. Lorsque j'ouvre les yeux, il est penché sur moi, l'air tendre.

— Vous allez être en retard, madame Valmur, s'amuse-t-il.

— Tu avais raison, valait mieux ici qu'au lycée, je confirme, pantelante.

— Il n'empêche que tu ne m'as pas souhaité bonne année, me morigène-t-il.

— Bonne année, Alex ! je lance en montant à bord de ma Porsche dont il me donne les clés, tout content.

Notre arrivée commune au lycée fait tourner les têtes sur notre passage. Lui comme moi nous en moquons éperdument. Il quitte ma voiture sans un regard pour moi et se dirige tout droit vers Julia qui l'attend. Le baiser qu'il lui donne n'est rien en comparaison de ceux que nous avons échangés, mais il me blesse. J'aborde donc ma journée de rentrée dans un mélange d'euphorie et de mauvaise humeur.

Concentrée sur mon travail, j'éprouve beaucoup moins le besoin de me masturber même si les boules de Geisha contribuent à maintenir en moi un haut niveau d'exigence. Sur les conseils d'Alexis, je porte une petite culotte. Elle est entièrement mouillée dès le milieu de la matinée. À 11 heures, Alexis retrouve sa place devant mon bureau. Il esquisse un petit geste et mes jambes écartées font son bonheur. Il goûte mon odeur, les yeux fermés, durant un long moment et je dois faire appel à tout mon sang-froid pour rester impassible. Les autres élèves derrière lui ne s'aperçoivent de rien tandis qu'au fond de la salle, le sourire extatique de Benjamin me laisse augurer de l'état de son pantalon. Quand la sonnerie leur donne le signal de l'assaut de la cantine, Alexis va fermer la porte et revient vers moi à pas lents.

— Julia va t'attendre, je lui objecte.

— Je lui ai dit que je n'étais pas disponible ce midi, répond-il en me faisant pour la première fois la confidence de ses rapports avec la jeune fille.

Je sourcille, secrètement satisfaite.

— Tu ne me dis pas comment tu as apprécié mon odeur ?

— Ta salle de classe est saturée d'une fragrance sexuelle qui devrait certainement conduire tes élèves à se livrer à de véritables orgies.

— Alex ! je bredouille, confuse.

— C'est la pure vérité, s'esclaffe-t-il.

— Ça ne me dit pas comment toi, tu y réagis.

Il incline la tête et avance d'un pas.

— Constate-le par toi-même, dit-il en me dévorant de son regard de lave.

Il capture ma main posée sur le bureau et la force à empoigner fermement son sexe. Il pousse un petit soupir et, en maintenant mes doigts serrés sur lui, il m'accorde son explication.

— Je peux sentir chaque nuance de ton fumet. Je sais la présence des boules dans ton vagin, l'envie qui te tenaille en ce moment même.

Mon sexe palpite et Alexis sourit. Il relâche ma main et se penche vers moi.

— Écarte les jambes ! ordonne-t-il.

J'obéis et ses mâchoires se contractent.

— Enlève ta culotte et donne-la-moi !

Je deviens écarlate, mais je ne bronche pas. Je fais glisser ma lingerie sur mes bas. Alexis la prend en affichant un air torturé. Il s'écarte de moi comme s'il craignait sa réaction.

— À partir de demain, n'en porte plus. Je veux te sentir librement.

J'acquiesce, incapable d'articuler une parole. Il me sourit et s'éloigne en gardant sous le nez le petit morceau de tissu ivoire. Je reste sonnée sur ma chaise durant plusieurs minutes. La brûlure de mon sexe devient insupportable. Je me précipite aux toilettes et j'enlève les boules de Geisha. Ma jouissance est immédiate et je me mords pour ne pas crier.

Le soir venu, le sommeil me cueille sitôt que ma main a fini de me caresser. Alexis s'est contenté d'un message laconique pour le lendemain. Je ne suis plus étonnée de ses brutales sautes d'humeur. Il est comme un volcan prêt à entrer en éruption à chaque instant. Je le soupçonne capable de la plus grande violence. Le lendemain, nos horaires ne nous permettent pas de nous attarder à nos petits rendez-vous. Il se contente de profiter de moi à distance, mais son regard vaut une caresse.

Son amourette avec Julia prend sous mes yeux un tournant plus sensuel. Ses gestes à son égard s'aventurent désormais au vu de tous sur un autre registre. Même le directeur constate cette évolution.

— J'espère que votre petit protégé sait ce qu'il fait, me dit-il en me rejoignant pendant la pause le jeudi matin.

— À quel sujet ?

— J'ai dû intervenir en salle d'études où il s'était isolé en compagnie de Julia Simon.

Je lève un sourcil étonné. M. Morel a un geste explicite.

— Vous croyez ?

— Je ne vais pas vous faire un dessin. Le jeune Alexis a une idée en tête ou ailleurs, c'est évident, et la jeune Julia semble aussi éprise que lui.

— Ses résultats sont toujours aussi brillants et ses professeurs n'ont pas à se plaindre de son comportement.

— Certes, mais je l'ai encouragé à plus de retenue.

— Alexis a bientôt dix-huit ans. Je me vois mal évoquer le sexe avec lui. Je ne suis que son prof de philo, Michel, je proteste avec vigueur.

— Je sais, Mickaella. Mais qu'au moins, il cesse de prendre la salle d'études pour une chambre à coucher.

Je soupire. Intérieurement, je suis furieuse et vexée. Il se comporte avec Julia bien plus tendrement qu'il ne le fait avec moi. Il est en train de concrétiser avec elle ce qu'il ne m'accorde pas. La jalousie me rend de mauvaise humeur et quand vient l'heure de cours avec lui, je me venge mesquinement. Je l'ignore superbement en arpentant les allées à pas mesurés. Mes élèves sont curieusement amorphes en cette fin de journée. Même Benjamin n'a pas l'air aussi excité que d'ordinaire. J'effleure sa table avant de faire demi-tour. Je le vois se rapetisser sur son siège. Au final, je passe pratiquement tout mon temps à marcher dans la pièce. Les boules de Geisha m'apportent un divin plaisir. Je suis interrompue par la dernière sonnerie de la journée. Je raccompagne mes élèves à la porte. Alexis n'a pas bougé.

— À quoi joues-tu ? m'attaque-t-il sourdement.

— Et toi ? je réplique. Le directeur est venu me trouver à ton sujet. Tu te conduis selon lui avec beaucoup trop d'empressement avec Julia Simon.

Il ricane tout à coup.

— Oh, je vois. La jalousie féminine est quelque chose d'assez étonnant.

— La jalousie n'a rien à voir là-dedans, je me défends vertement.

— Alors pourquoi t'es-tu enfuie de ton bureau durant toute cette heure sinon pour me priver ?

— Je ne voudrais pas que mon odeur si capiteuse te serve de stimulant pour d'autres, j'aboie avant de me rendre compte à son sourire narquois que ma réponse n'est pas autre chose que l'expression de mes sentiments inavoués.

Furieuse, je tourne comme un lion en cage. Alexis reste étonnamment calme. Il me regarde déambuler sans bouger.

— Qu'est-ce que tu cherches à la fin ? je finis par exploser.

Alexis se lève d'un bond et me saisit le poignet avec fermeté en me ramenant vers mon bureau.

— Assieds-toi ! Je crois que tu as un peu trop tendance à profiter de ton cadeau de Noël, affirme-t-il. Je vais devoir t'infliger des sanctions.

— Des quoi ? je m'écrie, incrédule.

Je bondis de mon siège, mais il m'y ramène de force. Sa poigne de fer ne me permet pas de me rebeller.

— Je te rappelle que tu m'as promis obéissance, grince-t-il entre ses dents.

Je me pince les lèvres. Mes bonnes résolutions ont été mises à mal par un accès stupide de jalousie. Je tâche de me reprendre. Sa main autour de mon bras se détend sans pour autant me lâcher.

— C'est bon, je ne me sauverai pas, je marmonne, vaincue.

Il cède et se pose sur mon bureau en face de moi, l'air sévère. Je me fais l'effet d'une condamnée. Il parvient à me rendre coupable de ma réaction à son propre comportement.

— Ma relation avec Julia ne te regarde pas. Tu pourras gesticuler comme tu voudras, ça n'y changera rien.

— Tu oublies que je suis dans la situation délicate d'être ton professeur principal et ta tutrice au sein de ce lycée. Si ton attitude soulève l'indignation de mon directeur, je suis la première à en subir les conséquences, d'un côté comme de l'autre, je lui fais sèchement remarquer.

— Je sais que tu me défends auprès de M. Morel. Je ne suis pas idiot, Micky.

— Alors, dis-moi ce que je dois faire !

— Continue comme tu le fais. M. Morel te fait une confiance aveugle.

— Ce qui signifie que toi, tu ne feras aucun effort ?

— Je n'ai pas l'intention de changer quoi que ce soit, en effet. Tu devras faire preuve de diplomatie, mais je sais que tu seras à la hauteur. Pour le reste, je ne veux plus t'entendre te plaindre de Julia.

Je reçois cette phrase comme un camouflet.

— Maintenant, tu me mets moi aussi dans une situation délicate, ajoute-t-il.

Je refuse de lui tendre une perche et je reste silencieuse.

— Ta petite rébellion ne m'étonne pas, j'oserais même dire qu'elle me plaît dans le sens où elle me pousse à sauter une étape plus vite que prévu. Écarte les jambes ! réclame-t-il.

Mon sang ne fait qu'un tour et je me statufie sur mon siège. Il s'offre le spectacle de mon désarroi le plus total et apprécie l'éclair de panique qu'il lit dans mon regard. Je finis par céder.

— Donne-moi les boules de Geisha !

Je traque la petite ficelle et je tire en retenant mon souffle pour ne pas jouir devant lui. Il me les confisque aussitôt. Je veux me redresser quand il secoue la tête.

— Je n'en ai pas fini avec toi.

— Qu'est-ce que tu veux d'autre ?

— Te voir jouir.

— Ici ? je beugle, stupéfaite.

Il penche la tête d'un air entendu.

— Nous sommes seuls, tu le sais bien. Ne discute pas, Micky, je veux voir.

Je déglutis difficilement, je suis brûlante de fièvre. Je glisse une main tremblante sous ma jupe et le contact de mon doigt me fait sursauter. Je halète bientôt sous ma caresse. Au fur et à mesure que j'approche de l'orgasme, sa présence n'est plus une gêne, mais un véritable stimulant et la honte cède le pas au plaisir. Je me régale de l'image que ses yeux insondables me renvoient. Il attend que je parvienne au seuil de la jouissance et, à ce moment-là, il écarte ma main et glisse ses doigts sur mon clitoris frémissant. Je suis envahie par une vague si puissante qu'elle me cambre sur ma chaise. Au premier son qui sort de ma bouche, Alexis y fourre sa langue. Son baiser étouffe mes gémissements tandis que ses doigts caressent impitoyablement mon sexe. Je me raidis, incapable d'arrêter cette sensation infernale qui brûle en moi. J'attrape son poignet à deux mains et je l'écarte de moi. Il se laisse faire et me relâche. Je suis à bout de souffle, hagarde sur ma chaise. Alexis caresse ma joue et réclame mon regard. Son visage est magnifique près du mien.

— C'est encore mieux que ce que j'espérais, chuchote-t-il. Tu es vraiment stupéfiante.

Je fais une grimace en constatant l'état de mon siège après l'inondation.

— Même dans mes rêves les plus fous, je n'osais imaginer ça, avoue-t-il sur un ton admiratif. Ton plaisir a quelque chose... d'effrayant.

— C'est toi qui es effrayant, je bougonne.

— Je t'ai fait peur ? ricane-t-il en enlaçant ma taille pour me relever contre lui. Si tu es sage, je te rendrai ton cadeau la semaine prochaine.

— Privée de jouet comme une enfant capricieuse ? j'ironise.

— Tu vas comprendre ce qu'est le manque. Avoue que tu l'as bien mérité.

— Je ne te ferai pas ce plaisir.

— Ne m'oblige pas à te punir encore.

— Tout dépend de ce que tu appelles une punition.

— Tu es une vraie provocatrice. Dis-moi que tu as aimé ! sourit-il.

— J'ai aimé. C'est même l'orgasme le plus intense que j'aie eu jusqu'ici. Satisfait ?

— Presque autant que toi. Ton parfum n'en est que plus divin.

— Est-ce que tu m'interdis aussi de me masturber ? je demande à toutes fins utiles.

— Non, au contraire. Le souvenir de ma caresse va t'emporter dans un vertige de désirs que tu ne sauras pas maîtriser. Je veux que tu cèdes à chacune de tes envies. Je veux que tu aies peur de toi-même, que tu saches à quel point tu es avide. Je veux que tu comprennes ce que je ressens.

Je le regarde béatement. De toute évidence, il hâte une démarche qui lui pèse plus qu'à moi. *Étape suivante !*

Je comprends dès ma première nuit ce qu'il sous-entendait. Mon sexe réclame sa main, pas la mienne. Ses doigts ont été plus audacieux que les miens. La jouissance donnée par lui était mille fois plus puissante que l'orgasme que je viens d'avoir. Son souvenir est marqué dans ma chair et ne souffre pas la comparaison.

Je me lève fatiguée, le vendredi matin. La tension de la veille m'a donné de véritables courbatures et, dans mon ventre, l'absence des boules de Geisha crée un vide dérangeant. Ce traître savait ce qu'il faisait.

Lorsque j'arrive au lycée, je le vois en grande conversation avec sa petite amie. Je tâche de les ignorer. Alexis a raison, je n'ai aucun droit sur lui. Au directeur qui me salue, je confie que, malgré mon désaccord, j'ai parlé à Alexis. Je mens éhontément en assurant qu'il fera un effort de bonne conduite. M. Morel m'en remercie et je grimpe dans mon nid, au troisième. La journée se passe plutôt bien jusqu'au moment où mon élève préféré s'assoit en face de moi. Mon ventre se tord douloureusement. Alexis devine mon trouble et s'en amuse ouvertement. Certaines de ses remarques à double sens s'égarent sur un terrain glissant. Il éclate de rire quand je lui en fais le reproche à la fin de l'heure. Il m'assure de sa compassion et s'enfuit en me souhaitant un bon week-end.

*Comment peut-il vouloir qu'il soit bon ?* Je suis en proie à de véritables démons. Je ne rêve plus que de ses doigts, je veux plus, je le veux lui tout entier, son sexe dans le mien, sa queue raide dans ma chatte trempée. Je me réveille en sursaut dans mon lit. Ma raison s'égare dans des termes crus qui ne me ressemblent pas. Mes draps sont mouillés, je me suis fait jouir en dormant. Je deviens folle. Il a fait de moi une nymphomane. Loin de se calmer, cette dérive empire avec le temps et l'absence. Le dimanche est atroce et j'aspire au lundi.

*
* *

L'anniversaire d'Alexis approche à grands pas. Le treize janvier, il atteindra l'âge qui lui permettra d'accepter la proposition de son employeur. Il ne s'est jamais caché qu'il n'a pas l'intention de perdre son temps jusqu'au bac alors qu'il peut démarrer une carrière enrichissante à tous points de vue. J'appréhende donc cette date fatidique. Alexis adopte par ailleurs un comportement qui m'égare davantage durant tout le début de la semaine. Non pas qu'il m'ignore, mais il passe tout son temps libre avec Julia. Il se montre plus prévenant envers elle que jamais. Je fais taire ma jalousie, mais mon attitude docile ne me le ramène pas pour autant.

Le mercredi est la journée la plus difficile. Il me manque terriblement tandis que je le vois quitter le lycée en tenant, serrée contre lui, celle qui est l'objet de toutes ses attentions. Pour la première fois depuis les vacances de la Toussaint, il ne m'envoie pas de message pour m'indiquer ce que je dois porter. Le jeudi matin, je me rue inutilement sur mon portable. Il m'a oubliée.

Je manque l'espace d'un instant de céder à la colère et à la tristesse, mais Henri se rappelle à mon bon souvenir. Mon précieux mari m'aide à me convaincre que la maîtrise de soi est un atout. Je choisis donc dans ma penderie la robe portefeuille qu'Alexis préfère tout comme le soutien-gorge qu'il aime le plus. Mon maquillage soigné et ma coiffure impeccable complètent une image dont je suis sûre. Je ménage mes effets et mon léger retard en cours à 17 h 30 n'est pas innocent.

Assis à sa table, il me regarde venir jusqu'à mon bureau l'air soulagé. J'ai été très discrète durant toute la journée. Je doute qu'il ait songé que je n'étais pas là, mais chaque fois que je dévie un tant soit peu de l'ordinaire, je le vois s'en inquiéter. Son regard sur moi me rassure, il apprécie. Je fais mon cours sur un mode détendu, les jambes écartées sous ma table. Je me suis fait jouir juste avant de rentrer en classe. Son odorat sensible n'est pas long à s'en apercevoir et il a bien du mal à ne pas en sourire. La sonnerie lui est apparemment un soulagement.

— Je suppose que tu attends de moi que je te souhaite un joyeux anniversaire, je commence un brin ironique.

— J'apprécierais ce geste, effectivement.

— Je ne suis pas très à cheval sur ces conventions, tu le sais bien.

— J'ai cru comprendre.

— Qu'as-tu reçu comme cadeau ?

— De mes parents, une Porsche comme la tienne.

J'ai un petit hoquet de surprise.

— Depuis quand conduis-tu ?

— Quelle importance ?

— Je vois !

— Mes autres cadeaux sont encore à venir, à commencer par le tien.

— Je ne t'en ai pas fait, je réfute, un peu mordante.

— Tu es en train, réplique-t-il d'un air séduisant.

Je m'approche de lui doucement. Il se lève et m'attire à lui. Sa bouche flirte avec la mienne et son haleine tiède balaie mon visage.

— Tu es plus belle chaque jour, Micky.

— Ai-je fait une erreur ou ne m'as-tu pas envoyé de message, hier soir ?

— Je voulais que tu fasses un geste pour moi, j'ai réussi.

— C'est tout ce que tu souhaitais ?

— Non, évidemment.

— Quel cadeau attends-tu de moi ?

Il glisse sa main le long de mon bras et s'empare de la mienne, qu'il emmène jusque sur son entrejambe. Il bande. Je ne saisis pas immédiatement sa demande jusqu'à ce qu'il m'ordonne de m'accroupir devant lui, les jambes écartées.

— Prends ma queue ! souffle-t-il d'une voix sourde.

J'obéis, tremblante. Sous son pantalon, il est nu. Son sexe jaillit dur, chaud et incroyablement doux. Il est bien plus gros et plus long que le souvenir que j'ai de celui d'Henri. Il est magnifique.

— Suce-moi ! ordonne-t-il.

J'apprivoise mes craintes en léchant délicatement son gland qui réagit à mon contact. Mes lèvres s'ouvrent et il pénètre lentement ma bouche. Je suis surprise de me rendre compte que j'aime ça. Il se contraint à ne pas bouger et j'entame sur sa verge un va-et-vient qui me paraît naturel et savoureux. Son pubis est entretenu, épilé sur les côtés et délicatement parfumé. Pour la première fois, je me délecte d'une chose que je trouvais jusque-là répugnante. Alexis ne peut s'empêcher de vouloir baiser ma bouche. J'arrête son geste en le maintenant fermement de ma main libre, puis je m'empare de ses testicules. Il émet un véritable gémissement. J'accélère en augmentant ma succion. Sa verge devient horriblement dure et je devine l'imminence de son éjaculation. Je veux me retirer, mais Alexis presse sur ma tête et maintient son sexe dans ma bouche tandis que son sperme jaillit jusque dans ma gorge.

— Avale ! soupire-t-il. Avale, Micky !

J'obtempère docilement et sans aucune répugnance. Il me redresse ensuite contre lui et fond sur ma bouche. Sa langue enlace la mienne sans relâche jusqu'à ce qu'il s'écarte, ravi.

— J'ai un goût délicieux sur ta langue. Dis-moi, espèce de cachottière, où as-tu appris à sucer comme ça ? interroge-t-il, joueur.

— J'ai été mariée, je te rappelle, je réponds, intérieurement satisfaite de l'avoir piégé.

— M. Valmur était donc adepte de la fellation ?

— Disons qu'il m'a enseigné les grands principes. Tu t'attendais à quoi ? À me voir tomber dans les pommes ? À partir en hurlant ?

— Tu m'as bien eu sur ce coup-là, rigole-t-il.

Il sort les boules de Geisha de sa poche.

— Tu as mérité que je te les rende. Assieds-toi sur le bureau !

Je m'exécute sagement. Il écarte mes cuisses, ses doigts caressent mon sexe et enfoncent la première boule dans mon vagin. Il pousse la seconde en me regardant me raidir. Il me tend alors la main et m'aide à en descendre.

— J'aurais bien aimé profiter davantage de toi, mais mon dernier cadeau ne peut pas attendre, affirme-t-il.

— Tu as l'air de savoir de quoi il s'agit, je présume imprudemment.

— Julia a organisé une fête ce soir et pour tout t'avouer, je tiens beaucoup à cette soirée.

Son ton étrangement posé et son air énigmatique me donnent des soupçons. Je hausse un sourcil interrogateur qui l'encourage à me donner la réponse à la question que je ne lui pose pas ouvertement.

— Je veux obtenir de Julia quelque chose que toi, tu ne peux pas m'offrir.

— De quoi s'agit-il ? je finis par demander, intriguée.

— Sa virginité.

Il a prononcé ce mot comme s'il réclamait son âme. Je suis saisie d'un certain malaise.

— Mais pourquoi ?

— J'ai eu beaucoup de chance de tomber sur Julia, être encore vierge à son âge relève de l'exploit, jubile-t-il.

— J'étais comme elle ! je la défends. Et je n'ai accordé ma virginité qu'à mon mari. Pourquoi lui fais-tu ça ?

— La tentation est trop forte. Ce soir, je déflorerai Julia comme j'aurais aimé te prendre toi.

Je me régalerai de la panique dans son regard quand je m'approcherai d'elle, de la douleur sur son visage quand mon sexe forcera son hymen, du sang chaud coulant entre ses cuisses. Et quand je serai contraint de jouir dans cette maudite capote que je vais devoir porter, c'est à ta bouche que je penserai, à ta langue léchant mon sperme avec gourmandise.

— Ne fais pas ça, Alex ! je le supplie.

— Je ne la force à rien, c'est Julia elle-même qui m'offre ce présent sur un plateau.

— Tu l'as manipulée, je l'accuse.

Je me renfrogne, il me caresse la joue tendrement.

— Tu n'as aucune raison de la plaindre, je la rendrai heureuse. Je prends ce soir la seule chose qui te manque. Je rattrape avec elle le temps que je n'ai pas eu avec toi. Je la baise pour mieux jouir de toi.

Un frisson parcourt mon échine. Il réajuste ma tenue avant de me tendre mon manteau.

— Je ne m'attendais pas à ce que ton cadeau soit si parfait. Il ne me sera pas dur de jouir de nouveau rien qu'en y songeant. Que me caches-tu d'autre, madame Valmur ?

— Il t'appartient de le découvrir, j'élude, mécontente.

Il éclate d'un petit rire adorable.

— J'adore ton insolence.

Je le précède dans le couloir. Il me raccompagne jusqu'à ma voiture.

— Rentre chez toi. Prends un bain chaud et profite de ton cadeau, me suggère-t-il.

— Bon anniversaire, Alex ! je lui lance en démarrant rapidement.

Je n'ai pas le cœur à me faire plaisir. Je tente d'oublier ce qui est en train de se passer entre lui et Julia en m'abrutissant devant la télé. Je les imagine faisant l'amour, je rage qu'elle puisse connaître un bonheur qu'il me refuse. Il a prétendu de bien belles choses à mon sujet, mais ma préoccupation n'est pas à cela, ce soir. Je vois les faits et ils ne sont pas en ma faveur. Je finis néanmoins par m'endormir. Il me semble entendre, dans mon sommeil, l'annonce d'un appel sur mon portable, mais je n'ai pas la force de vérifier.

Quand j'ouvre les yeux, le vendredi matin, je prends connaissance de son message. Il ne me dit rien d'autre que ce que je dois porter. Son SMS a été expédié à 22 h 30. Sa soirée n'a pas été longue. Le résultat doit avoir été cependant à la hauteur des attentes de Julia à en juger par la manière alanguie qu'elle a de se pendre au cou de son petit ami lorsque j'arrive au lycée. Alexis semble plus réservé que les jours précédents. Il a obtenu ce qu'il désirait. *Peut-être ne s'intéressera-t-il plus à elle après cela ?* Je secoue la tête pour chasser ces pensées indignes de moi et je fonce vers ma classe en évitant soigneusement mes collègues. La jeune Julia est hors d'état de suivre mon cours, en deuxième heure. Elle bâille à s'en décrocher la mâchoire et gît le coude sur la table. Ses yeux sont cernés d'ombres violettes. Elle chuchote à de nombreuses reprises avec sa voisine de table échangeant probablement des confidences. Elle finit par me porter sur les nerfs.

— Pourrait-on savoir ce que tu as de si intéressant à raconter, Julia ? J'aboie tout à coup.

Elle se redresse, piquée au vif et rougissante, sur sa chaise.

— Euh... non... rien, madame Valmur.

— Dans ce cas, je te serais reconnaissante de conserver tes anecdotes croustillantes pour l'intercours.

Elle opine, embarrassée, et se tait. Bien évidemment, Alexis est informé de cet esclandre. Il s'en moque gentiment après la classe. Il ne me reproche pas ma jalousie, car je n'ai agi qu'en tant que professeur. Il paraît fatigué et s'éclipse rapidement. Il fait de même le mardi. En dehors de mes cours, je ne le croise plus alors que je vois Julia en compagnie de ses copines que la perte de sa virginité a tellement intriguées qu'elles se sont pressées de rappliquer. Julia est fière de posséder le garçon le plus convoité du lycée. Grâce aux indiscrétions de sa petite amie, toutes les filles sont bientôt informées qu'en plus d'être beau, intelligent et riche, Alexis baise comme un dieu. J'entends, par-ci par-là, les complots destinés à ravir cette perle rare à la pauvre Julia qui est loin de se douter à la fois de ce qui se trame dans son dos, et de ce que pense réellement son petit ami d'elle.

Alexis se montre soucieux. Je suis triste et déçue de le voir ainsi. J'angoisse à l'idée qu'il prépare peut-être son départ, qu'il s'en ira, d'un jour à l'autre, sans me prévenir, sans un au revoir. Je guette dans chacune de ses paroles ou de ses gestes un indice, une preuve, une confirmation. Mon humeur sombre dans la mélancolie. Il finit par soupçonner quelque chose quand, au bout de trois jours, je n'ai pas fait le moindre effort à son égard. Il profite du jeudi pour me tirer les vers du nez. Sitôt que nous sommes seuls, il exige que j'ouvre ma robe. Il contemple avec satisfaction le bustier noir qu'il a réclamé. Il promène sa main sur le renflement de mes seins. Il se glisse derrière moi et enlace mon ventre, sa bouche effleure ma nuque. Je le sens prêt à l'attaque.

— Je veux savoir ce qui te rend triste depuis quelques jours, réclame-t-il.

— Rien ! je mens.

Sa main descend alors et se pose sur mon pubis. Ma respiration se fait plus courte. Il glisse ses doigts sur mon sexe. Je ferme les yeux, chancelante.

— Tu éprouves moins de plaisir, n'est-ce pas ?

— Je suis lassée.

— Et forcément, tu te préoccupes de bien autre chose. Je veux savoir, Micky.

Il commence un lent va-et-vient sur mon clitoris qui m'arrache une plainte.

— Dis-moi ! insiste-t-il.

— Pourquoi... restes-tu... au lycée ?

— Ah, c'est donc ça. Tu as peur que je me sauve ?

— Tu parais... soucieux depuis ton anniversaire.

Il n'augmente pas le rythme de sa caresse et son souffle effleure ma joue.

— J'ai réfléchi, j'ai pesé le pour et le contre de chacune des options qui s'offrent à moi. Il y a des choses que je souhaite depuis longtemps et il y en a d'autres qui s'imposent à moi comme une évidence. Je n'y étais pas préparé.

— Ça n'éclaire pas ma lanterne.

— J'ai très envie de retrouver ma liberté. Mais je crois que mes parents avaient raison, ça peut attendre encore un peu. Il ne m'a pas fallu très longtemps pour m'en rendre compte.

— Tu continues ta terminale ?

Il rit doucement dans mon cou.

— Ce n'est pas tout à fait sous cet angle-là que j'envisage les choses.

Il glisse un doigt au bord de mon vagin, j'ai un hoquet de surprise.

— Je dirais plutôt que je continue ton apprentissage.

— Alex ! je proteste faiblement.

Il tire sur la ficelle des boules de Geisha qui tombent au sol et il introduit deux doigts dans mon vagin. Je gémis plus fort.

— Du calme, on pourrait nous entendre.

— Tu... restes ? j'implore, vacillante.

— Donne-moi ton plaisir, Micky. Viens dans ma main, chuchote-t-il.

Ma tête tourne vertigineusement. Ses doigts se font précis et impitoyables. Il doit plaquer sa main libre sur ma bouche pour étouffer mes cris quand je jouis. Il continue sa caresse sous le flot chaud qui s'écoule de mon ventre.

— Tu franchis une étape très bientôt. Sois sage !

Je promets d'être docile et patiente. Il m'embrasse tendrement et exige de conduire pour rentrer chez lui. Il conduit bien sans abuser des chevaux de la voiture. Il me rend le volant devant la grille bordant sa maison.

— Tiens, tu as failli oublier ça ! me dit-il en me tendant les boules de Geisha avant de s'éloigner.

*
* *

Durant les deux semaines suivantes, une routine s'installe dans laquelle je n'occupe plus qu'une place secondaire. Le couple Alexis-Julia monopolise les rumeurs, mais surtout l'attention des deux amoureux qui ne se soucient plus de grand-chose autour d'eux. M. Morel recommence à s'en inquiéter et je dois encore promettre d'intervenir. Je n'en fais rien, il m'apparaît clairement que c'est inutile, Julia a remporté la victoire. En lui offrant sa virginité, elle a su toucher son cœur.

Alexis choisit toujours mes tenues, mais ne semble plus y attacher d'importance. Nos tête-à-tête ne durent plus que quelques minutes avant qu'il s'échappe. J'ai donc le temps de réfléchir à de nombreuses questions et toutes me ramènent à une seule conclusion, Alexis cherche à rompre avec moi. D'une certaine manière, je le comprends. Julia a tout pour elle, la jeunesse, la fraîcheur, une intelligence acceptable et sa famille est suffisamment riche pour fréquenter les mêmes milieux que les Duivel. Moi, j'ai dix ans de plus que lui, je suis veuve. Mon esprit s'est résigné depuis quelques jours déjà. Mon corps, lui, demande grâce des privations que je lui inflige. Mon sexe réclame la main de son maître et ce dernier ne viendra plus. Il vaut mieux me faire une raison.

Le jeudi précédant les vacances d'hiver, Alexis s'attarde cependant. Son air grave ne me prédit rien de bon. Il attend que je sois assise en face de lui. Mon odeur ne semble plus l'attirer alors je croise les jambes sous mon bureau.

— Ne fais pas ça ! réagit-il aussitôt.

Docilement, je dénoue mes jambes, il se détend. Je reste silencieuse, attendant le verdict impitoyable qu'il va probablement m'annoncer.

— Vous êtes bien trop sage, madame Valmur. Depuis quand ne te fais-tu plus jouir ?

— Je ne sais plus.

— Que vas-tu faire durant ces deux prochaines semaines ?

— Rien.

— Je m'en doutais. Je t'ai pris rendez-vous dans tes boutiques préférées. Tu recevras des invitations chez toi, la semaine prochaine.

— Inutile de chercher à me distraire, je sais prendre soin de moi toute seule.

— Je ne cherche pas à te distraire, mais à ce que tu sois parfaite.

— Quel intérêt ?

— Le tien... et le mien.

Je le regarde, incrédule.

— Pourquoi joues-tu encore avec moi ? j'attaque brusquement.

— Qu'est-ce que tu es allée imaginer ? gronde-t-il en venant se poser sur mon bureau, m'obligeant ainsi à relever la tête pour le regarder.

— Tu as tout ce que tu voulais, Alexis. Je n'ai plus rien à t'offrir.

— Non, en effet, admet-il sérieusement.

Mon cœur se serre, nous y sommes.

— C'est à moi de t'offrir le reste, ajoute-t-il.

— Qu'est-ce que tu veux dire ?

— Tu es encore en train de tout mélanger. Je sais très bien à quoi tu penses et je t'assure que tu te trompes. Sois donc un peu patiente, je ne te demande que ça.

— Je ne suis pas sûre d'en être capable.

Il se penche sur moi et ses doigts relèvent mon menton. Ses yeux noirs lancent des flammes.

— Tu n'as pas le choix, Micky, tu m'appartiens.

— Je ne suis pas un jouet avec lequel on s'amuse et qu'on range dans sa boîte quand on se lasse jusqu'à ce que reprenne l'envie de jouer un jour.

— Tu ne sais vraiment pas faire autrement que de te révolter. Tu es indomptable, ma parole ! se moque-t-il. Tu apprendras, ne t'inquiète pas.

— Apprendre quoi ?

Son regard est traversé d'un éclair sauvage qui m'effraie.

— À devenir mon jouet !

Je serre les dents pour ne pas mordre. Il caresse ma joue très tendrement.

— Je ne suis pas lassé de toi, bien au contraire, je dois fournir en ce moment les plus gros efforts pour ne pas foutre en l'air mon programme. Tu m'excites plus que jamais.

— J'ai du mal à te croire, je réplique, mauvaise.

— Ta provocation n'y fera rien. Je suis inébranlable, sourit-il.

Je me renfrogne sur mon siège. Il s'accroupit alors devant moi, écarte mes jambes et m'adresse un magnifique sourire avant de se pencher sur moi. Sa langue effleure mon clitoris et je manque de défaillir. Je n'ai jamais imaginé une telle douceur. Je me cramponne de toutes mes forces aux accoudoirs de mon siège. Mon corps se tend et mes cuisses s'ouvrent plus largement. Ma poitrine se soulève à rythme saccadé. Il me lèche sans répit. Je panique en sentant monter l'inexorable vague de jouissance. Je tente de le repousser, mais il écarte mes mains.

— Non, Alex, NON ! je crie, à l'agonie.

Il doit user de sa force pour me maintenir en place quand l'orgasme m'emporte. C'est ensuite le trou noir, l'inconscience, un grand vide après le déchaînement de la tempête. Quand je reprends mes esprits, Alexis me tient dans ses bras et me caresse doucement.

— Je ne connais personne qui jouisse avec autant de violence, dit-il à mon oreille. C'est un spectacle dont je ne me lasse pas.

— Tu... n'as quand même pas... ?

— Ton goût est à la hauteur de ton arôme, confirme-t-il en décryptant mes hésitations. Je vais avoir les pires difficultés à m'en passer. Tu ne me facilites pas la tâche, Micky.

— Rien ne t'obligeait à faire ça, je rétorque, hargneuse.

— Tu récupères vite, chipie ! rigole-t-il. J'espérais que tu serais assez étourdie et voilà que tu recommences à te débattre. Combien de fois devrais-je te faire jouir pour te calmer ?

— C'est que je suis entraînée et c'est entièrement de ta faute.

— C'est ce que je constate... pour ma plus grande joie.

Son ton affirmatif m'arrache un sourire.

— Je t'écoute, je cède donc volontiers.

— Il n'est pas question une seconde que je t'abandonne, mais je suis obligé d'organiser mes priorités et ces derniers jours, j'avais d'autres projets en tête.

— Ce sont des excuses de ma part que tu attends ?

— Le jour où tu t'excuseras, je déboucherai le champagne, éclate-t-il de rire. Non, je n'attends rien de tel, je veux juste que tu obéisses.

— Je rentre dans ma boîte, c'est ça ?

— En quelque sorte, je ne dis pas le contraire.

— Je peux te demander à quoi tu vas jouer ?

— À la neige !

— Tu pars aux sports d'hiver ?

— Les parents de Julia ont un chalet dans les Alpes. Ils m'ont invité pour ces deux semaines.

— Savent-ils que tu joues aussi à la poupée avec leur fille ? je me moque amèrement.

— À ton avis, pourquoi m'invitent-ils ? Ils sont trop contents que leur fille ait pu dégoter un mec comme moi. Je ne serais pas étonné qu'ils me parlent mariage au moins une fois durant le séjour, histoire de tâter le terrain.

Je sursaute dans ses bras, il resserre son étreinte pour empêcher ma fuite.

— Reste là, veux-tu ? Ne me dis pas que ça t'étonne, Micky !

— Non. C'est juste que vous n'êtes que deux gamins.

— Julia a bientôt dix-neuf ans et ils connaissent bien le statut de mes parents. M. Simon travaille dans la finance.

— Un parti intéressant, la petite Julia.

— En effet, tout cela a mérité que j'y réfléchisse.

— Et ?

— Disons que pour l'instant, je me contente de profiter des plaisirs de la montagne.

— Les Alpes ou Julia ? je lance, provocatrice.

Son rire résonne plus fort. Il picore ma nuque.

— Les deux, Micky. Les deux !

*
* *

Le départ d'Alexis me laisse un goût amer. Le souvenir de l'orgasme foudroyant qu'il m'a offert m'oblige à chercher encore le plaisir, mais rien n'y fait, mes caresses ne m'apportent plus le soulagement. Dès le mardi, je reçois un premier carton d'invitation pour me rendre chez Bertrand. Son bavardage me divertit durant quelques heures. Il s'occupe autant de mes cheveux que de mon humeur. Bien entendu, la deuxième invitation concerne Mme Jeanne. Elle m'attend de pied ferme, le vendredi. Elle a reçu de la part d'Alexis des consignes précises et m'annonce tout de go qu'il est hors de question que je refuse le moindre des articles qu'elle compte me présenter. Pour ne pas m'effrayer, sans doute, elle commence par du conventionnel. Elle monte crescendo dans la gamme plus osée jusqu'à ce qu'elle me demande d'essayer une lingerie en cuir noir. Le string et le soutien-gorge me donnent une allure folle de guerrière d'un autre temps que j'apprécie avec beaucoup d'enthousiasme. Mme Jeanne n'est pas étonnée de mon évolution et se déclare sur le point d'étoffer sa collection à mon intention.

Le troisième rendez-vous a lieu le mercredi de la semaine suivante. Quand je m'arrête à l'adresse indiquée sur le carton, je découvre la façade d'un institut de beauté. Je suis accueillie par une charmante hôtesse qui jette un œil sur mon carton et appelle aussitôt une de ses collègues par téléphone. La jeune femme qui se présente à moi sous le prénom de Jill me prie de la suivre. Elle me guide jusqu'à un ascenseur dont elle actionne la commande au moyen d'un badge argenté et qui nous emmène deux étages au-dessous. Au seuil d'un vestiaire, elle me prie de me dévêtir entièrement et d'enfiler le peignoir de bain confortable qu'elle me tend avant de la rejoindre dans la pièce voisine. Je m'exécute rapidement. Elle me fait alors entrer dans un hammam parfumé dans lequel elle me laisse à moitié m'endormir. Je suis tout alanguie quand elle revient me chercher. L'ambiance de la pièce suivante est tamisée, des bougies nombreuses confèrent à l'endroit une atmosphère propice à la détente. Jill me fait prendre place sur la table de soin. Elle entame un lent massage de mes épaules. Ses mains enduites d'une huile au parfum ambré vagabondent sur mon dos. Petit à petit, je suis gagnée par une torpeur agréable et je ne suis même pas surprise quand ses mains pétrissent mes fesses. Ce n'est que lorsque ses doigts glissent dans leur fente que je sursaute. Jill me rassure de sa voix douce.

— Laissez-vous faire, madame Valmur. Croyez-moi, vous vous sentirez bien mieux après. Retournez-vous à présent !

Elle enduit de nouveau ses paumes d'huile et s'attaque à mes seins. Je trouve ça divin. Elle joue un moment avec mes tétons qui réagissent en pointant fièrement pour réclamer leur pitance. Elle ne laisse aucune parcelle de ma peau en paix. Elle en arrive enfin au bas de mon ventre. Elle écarte un peu mes cuisses et sa main experte s'engouffre dans mon entrejambe déjà humide. Ses doigts glissants vont et viennent lentement en silence.

— Je vous sens prête à jouir, commente-t-elle, ravie. Vous pouvez crier si vous le souhaitez, il n'y a personne à cet étage que vous et moi.

Je secoue la tête incapable d'endiguer le flot qui s'échappe de mon ventre. Jill continue jusqu'à ce que mon corps retombe inerte sur la table. Elle me lave ensuite avec une eau tiède et parfumée. Puis elle me sèche délicatement, m'aide à me rhabiller du peignoir de bain et me conduit à une méridienne dans un salon voisin où elle m'apporte une infusion qu'elle m'invite à boire.

— Reposez-vous, dormez si vous en éprouvez le besoin. Je viendrai vous chercher dans une heure.

— Jill ? je la retiens. Vous faites ça à toutes vos clientes ?

— Seulement à celles qui me sont recommandées, me sourit-elle.

— Par qui ?

— Vous devriez vous reposer maintenant, madame Valmur, élude-t-elle.

Je n'insiste pas et elle m'abandonne dans une ambiance où je sombre malgré moi dans le sommeil. Lorsqu'elle vient me chercher, je me sens en pleine forme. Elle n'en est pas étonnée lorsque je le lui dis. Elle m'accompagne jusqu'au vestiaire où elle attend que je sois prête pour m'escorter jusqu'à l'ascenseur. Elle me tend une petite carte ne mentionnant que son prénom, un numéro de téléphone ainsi que la date du douze mars.

— Si toutefois vous sentez que vous avez besoin à nouveau de mes services entre-temps, n'hésitez pas, me dit-elle.

— Est-ce... normal ?

— Comme vous l'aurez remarqué, nous ne sommes pas un salon d'esthétique tout à fait comme les autres, reconnaît-elle. Tout le rez-de-chaussée ainsi que le premier étage sont ouverts au public, les deux étages en dessous ne sont accessibles qu'aux membres. Personne ne peut y pénétrer sans un badge spécial.

— Les membres de quoi ?

— Vous devriez le demander à M. Duivel.

Elle peut être sûre que je ne m'en priverai pas. À moins que...

*

* *

Il ne reste que trois jours à attendre avant la reprise des cours. Durant ces deux semaines, je n'ai eu aucune nouvelle d'Alexis. Je n'en attends pas davantage avant le lundi, aussi suis-je surprise lorsque mon téléphone sonne le dimanche matin.

— As-tu apprécié tes rendez-vous ? demande-t-il sans se présenter ni saluer, comme toujours.

— Oui, merci.

— Tu n'as aucune question à me poser ? Tu m'étonnes, Micky, s'amuse-t-il devant mon laconisme volontaire.

— Tu me le diras probablement quand tu le jugeras utile.

Il marque un moment de silence. Je devine que ma soudaine soumission l'inquiète.

— Je passe te chercher demain matin, déclare-t-il soudain comme s'il venait de prendre à l'instant sa décision.

— D'accord. Que dois-je porter ?

— Mme Jeanne a dû te fournir quelques nouveaux sous-vêtements. Je veux du blanc, tu es trop angélique pour être tout à fait honnête.

— À demain, je coupe avant de lui raccrocher quasiment au nez.

Alexis me veut sage et docile à sa volonté. Je m'y plierai donc avec zèle juste pour voir combien de temps il appréciera cela. S'il veut jouer, je me sens prête. Je me suis reposée alors que lui n'en a probablement pas eu l'occasion. Il a certainement dû combattre les parents de Julia et s'essouffler sur elle chaque nuit. J'ai l'avantage, cette fois, j'en ai eu la confirmation quand, pris au dépourvu par ma réaction, il a subitement changé ses plans. Ce n'est pas dans ses habitudes, il a flanché. Je jubile déjà de la partie qui s'annonce à quelques jours de mon propre anniversaire.

J'entends le bruit du moteur de sa voiture flambant neuve qui s'arrête devant les grilles de ma maison. Il entre chez moi en habitué, sans frapper. Il me trouve dans le séjour où je rassemble mes affaires avant de partir. Je vaque à mes petites occupations en l'ignorant. Il s'adosse au chambranle de la porte, les bras croisés, et me regarde faire sans rien dire. Quand j'ai fini, je me tourne enfin vers lui. Alexis a pris au soleil des Alpes un teint hâlé qui lui sied bien. Il affiche cependant un air soucieux sous le petit sourire narquois qu'il m'adresse.

— Je suis prête ! je lance sans même le saluer.

— Tu n'as vraiment aucune question à me poser ?

— Non, je mens sans scrupule.

— Comme tu voudras, cède-t-il dans ce qui ressemble à un coup de bluff.

— Nous y allons ?

— Pas avant que tu m'aies montré ce que tu portes sous cette robe.

Aussitôt, je dégrafe le devant de ma robe. Il inspecte mon corps superbement mis en valeur par la lingerie immaculée de Mme Jeanne d'un œil critique.

— Je voudrais te voir nue, exige-t-il encore.

Je m'exécute sans broncher. Alexis fronce les sourcils d'un air sévère. Il vient vers moi et enlace ma taille. Je peux sentir contre mon ventre la tension de son sexe. Sans le quitter des yeux, je porte ma main à son entrejambe. Un éclair sauvage traverse son regard. Je m'enhardis jusqu'à défaire sa ceinture. Il frémit quand ma poigne déterminée s'empare de sa verge chaude et dure et me fusille d'un regard ébahi quand je descends lentement devant lui. Son sexe tendu pénètre ma bouche au point que mon nez se colle à son ventre. Ses mains se plaquent sur ma tête, m'empêchant de bouger. Il émet un rugissement animal puis il me laisse maîtresse de lui. J'adore ça, je raffole de son goût, de la douceur et de la fermeté de sa queue entre mes lèvres, sur ma langue. Il s'abandonne à moi, et, pour lui prouver qu'il a raison, je mets en œuvre les leçons particulières d'Henri. Alternant douceur et brutalité, ma main et ma bouche finissent par lui tirer un cri rauque lorsqu'il jouit sur ma langue. Il est magnifique dans le plaisir. Ses prunelles étincellent d'un éclat extraordinaire. Il me relève contre lui et me plaque soudain contre le mur derrière moi. Son souffle se fait plus court et ses mains plus brutales. Je m'enflamme d'un désir incontrôlable, mais il stoppe net. Il enfouit son visage dans mon cou et se force à respirer profondément.

— Tu ne m'auras pas si facilement, Micky ! souffle-t-il d'une voix sourde.

Je ne réponds rien et je réprime un petit sourire. Mon silence l'inquiète tout à fait. Il s'écarte alors de moi et me dévisage d'un air méfiant.

— Bon Dieu ! Parle ! Dis-moi ! s'emporte-t-il.

— Nous allons être en retard.

— Tu ne bougeras pas de là tant que je ne saurai pas ce qui t'arrive.

— Je voulais simplement te remercier pour ces deux semaines, je réplique, joueuse.

— Ça t'a plu tant que ça ?

— Oui. Surtout Jill.

Alexis éclate de rire.

— D'accord, petite peste, je vais tout te dire ! Mais je t'expliquerai en route, tu as raison, nous allons être en retard, cède-t-il en me relâchant.

Il m'aide à reboutonner ma robe puis il m'escorte jusqu'à ma voiture. Il attend que j'aie démarré pour entamer son explication.

— Tu ne seras pas surprise si je te demande la plus grande confidentialité sur ce que je vais te dire.

Je lui adresse un regard de reproche qui l'amuse.

— Jill ainsi que Mme Jeanne et Bertrand font partie d'un réseau mis en place à l'usage exclusif des membres d'une organisation. Tu l'auras constaté, on ne pénètre ce réseau que sur invitation, commence-t-il.

— Il s'agit pourtant de commerces ayant pignon sur rue.

— Derrière cette façade tout à fait honorable se cache cependant un monde à part dans lequel je t'ai fait pénétrer.

— Comment le connais-tu ?

— Je le pratique depuis deux ans.

— Toi ? Tu veux dire... Jill ?

— Pourquoi faire soi-même ce que l'on peut faire faire par d'autres ? rigole-t-il. Jill a été recrutée pour ça. J'apprécie qu'elle prenne soin de mon corps.

— Mais comment as-tu découvert ça ?

— C'est mon père qui m'a emmené.

Je lève un sourcil sceptique. Il pose sa tête contre le dossier et poursuit son explication d'une voix calme et nette.

— Au début des années 1990, un groupe d'amis qui se prétendaient libertins a eu l'idée de créer un club privé où ils pourraient passer ensemble du bon temps. Ça a très bien fonctionné, trop bien même. Le bouche-à-oreille a attiré vers eux un grand nombre de curieux et l'idée plutôt élégante au départ s'est transformée en un banal club échangiste. Les fondateurs de ce club se sont vite lassés de ce qu'ils trouvaient vulgaire et bien loin de leur conception du sexe et du libertinage. Certains d'entre eux se sont retirés et ont fondé, dans le plus grand secret cette fois, une petite société. Ils ont mis en commun beaucoup d'argent, ils ont fait jouer leurs relations, usé de leurs carnets d'adresses et mis en place un réseau souterrain que tu connais en partie. Ils ont recruté à leurs frais un personnel trié sur le volet, comme Bertrand ou Mme Jeanne.

— Dans quel but ?

— Le plaisir, Micky, uniquement le plaisir. Ces hommes et ces femmes défendent une certaine conception de la jouissance. Ce sont pour la plupart des hommes d'affaires, des intellectuels ou des artistes. Ils ne disposent que de peu de temps pour eux et ne veulent pas se contenter de la banalité. Ils veulent le meilleur, le luxe, le rare, le raffinement. Ils partagent les mêmes besoins et les mêmes valeurs. Cette société secrète est très organisée. Elle est dirigée par un président, qui a toute latitude pour décider et investir. La Société ne compte que des membres triés sur le volet et introduits par parrainage. Le droit d'entrée est par ailleurs suffisamment dissuasif pour ne pas attirer les fanfarons.

— Combien ?

— Plusieurs centaines de milliers d'euros.

— Pardon ?

— Les frais de fonctionnement sont énormes et les investissements coûtent cher, explique-t-il en connaisseur.

— Mais toi ?

— Il y a dix ans, le président de la Société a laissé son poste en désignant lui-même son successeur. L'homme qu'il a choisi faisait de toute façon l'unanimité parmi les autres membres. Cet homme, c'est mon père.

— Comment l'as-tu su ? j'ouvre des yeux ronds.

— Certaines habitudes de mes parents ont éveillé mes soupçons et je suis devenu très curieux. Quand j'ai eu seize ans, mon père m'a tout expliqué très simplement. Il a jugé qu'il était temps de prendre mon « éducation » en main. Dès lors, j'ai progressivement eu accès à la majorité des installations de la Société dont l'institut, qui fut une révélation pour moi, je l'avoue ! rit-il.

Je comprends mieux le grand soin qu'il attache à son corps. Je reste néanmoins dubitative sur son âge. Il hausse les épaules.

— Ce que tu peux être vieux jeu parfois ! Mon père n'avait pas d'autre solution. Il valait mieux pour tout le monde que je sois au courant. Dès lors, je leur ai fichu une paix royale et j'ai cessé de les espionner.

— Ta mère elle aussi est membre de cette société ?

— La plupart des membres sont en couple, certains pratiquent l'échangisme, d'autres restent absolument fidèles à leur conjoint comme c'est le cas pour mes parents. D'autres, célibataires, apprécient que la Société leur procure des partenaires occasionnels efficaces.

— Je n'imaginais pas ta mère ainsi.

— Les gens sont bien souvent différents de l'image qu'ils donnent. Regarde ce que tu es devenue ! me taquine-t-il. Pour autant, personne ne soupçonne que tu t'adonnes désormais aux plaisirs du sexe avec un de tes élèves.

— Il faut dire que tu as créé une excellente diversion !

— Je savais que tu ne tiendrais pas longtemps, s'esclaffe-t-il.

Je hausse les épaules tandis que nous arrivons aux abords du lycée. Au moment où je pénètre sur le parking, j'aperçois Julia qui patiente près de l'entrée. Alexis ne lui accorde pas un regard.

— Julia constitue ta meilleure couverture, explique-t-il. Elle détourne sur elle toute l'attention. Tu n'as aucune raison de t'en plaindre.

— Je ne m'en plains pas. Je constate, c'est tout. Est-elle au courant pour ton petit réseau ?

— En aucune façon. Je te le répète une fois pour toutes, tu n'es pas Julia et elle ne sera jamais toi.

— Je n'ai plus qu'à rentrer dans ma boîte.

— J'ai été privé durant deux semaines de mon jouet préféré et le plaisir que j'ai eu à le retrouver, ce matin, m'a fait prendre conscience du fait qu'il m'avait manqué plus que ce que je croyais.

— Tu as connu d'autres plaisirs ! je réfute sévèrement.

— Au terme de plaisirs, je substituerais volontiers celui de divertissements. Tu connais aussi bien sinon mieux que moi la valeur des mots. Je ne vois pas en quoi éjaculer mécaniquement dans une capote constitue un plaisir.

— Je te croyais plutôt en train de faire l'amour à ta fiancée, je balance sur un ton détaché.

— Tu es insolente, ricane-t-il avant de descendre de voiture.

Il vient me rejoindre de mon côté alors que je ferme ma portière et me coince contre la carrosserie.

— Je vais bander comme un fou durant toute la journée par ta faute.

— Quand ça te semblera insupportable, tu sais où me trouver.

Son sourire s'efface et ses yeux étincellent.

— Ne me tente pas ! grogne-t-il en sourdine.

— Ne suis-je pas à ta disposition ?

— Mon sperme te plaît tant que ça ?

— Qu'il me plaise ou non, en quoi est-ce que ça fait une différence ? Je suis un jouet.

La sonnerie retentit, Alexis détourne la tête brièvement avant de revenir vers moi. Il contient à grand-peine une colère aussi soudaine que violente.

— Nous en reparlerons plus tard, tu ne perds rien pour attendre !

Je le regarde s'éloigner rapidement. Il rejoint Julia qui semble ébranlée par son accueil glacial. Je jubile de l'avoir surpris et déstabilisé, mais j'appréhende sa colère. Je n'aime pas avoir à le provoquer sans arrêt, je préfère ses bras. Je préfère l'amour à la guerre, mais entre lui et moi, il n'a jamais été question de sentiments. Cette évidence m'arrache un soupir. Mon attirance pour lui va bien au-delà du simple désir, je l'aime... éperdument. Il est cependant inutile d'aborder ce sujet, Alexis ne me le pardonnerait pas. La cour du lycée est à présent vide, je me secoue pour rejoindre ma classe et, oublier en reprenant mon rôle de prof, que je suis devenue le jouet sexuel d'un gamin de dix-huit ans.

Julia gagne en assurance auprès de ses copines. Elle possède le mec le plus canon du lycée, la coqueluche de toutes les filles. Et, en ce lundi matin, leurs teints dorés lui permettent de pavoiser en claironnant qu'ils ont passé ensemble des vacances inouïes. Des rumeurs de fiançailles circulent très vite et très bruyamment au point que j'en ai vent avant la fin de la matinée. Je ne suis pas la seule, M. Morel se félicite déjà de la tournure des événements. Bref, Alexis et Julia forment le couple idéal que tout le monde s'accorde à marier sans jamais se soucier de leur âge. Je fulmine dans mon coin. Je me demande si Alexis est au courant de cette rumeur, mais je n'entends pas l'évoquer. Quand il vient s'asseoir en cours devant mon bureau, sa colère à mon égard ne semble pas retombée. Il ne décroche pas un mot de toute l'heure et part à la fin du cours sans même me regarder. Au moment de rejoindre ma voiture à 16 heures, je le trouve installé derrière le volant.

— Tu as encore une heure de cours, Alex ! Qu'est-ce que tu fais là ?

— Cesse de jouer les profs, monte ! coupe-t-il sèchement.

— Julia va t'attendre !

— Monte avant que je t'y force ! menace-t-il.

J'obéis et il démarre en trombe. Il serre les dents durant tout le trajet jusque chez moi. Il descend rapidement et me prend par la main pour me sortir de ma voiture. Il me confisque mes clés et ouvre lui-même la maison avant d'en refermer la porte comme on ferme les portes d'une prison. Il me pousse vers l'escalier. Je ne monte pas assez vite à son goût, il me traîne quasiment derrière lui. Sitôt passé le seuil de ma chambre, il m'ordonne de me déshabiller. Il n'est satisfait que lorsque je suis nue et à genoux devant lui. Il sort son sexe gonflé et dur de son pantalon et me le fourre sans ménagement dans la bouche.

— Suce ! s'écrie-t-il en colère.

Je m'exécute, à la fois choquée et bizarrement grisée par son attitude. Sa violence ne m'effraie pas, au contraire, elle fouette mon sang d'une bien étrange façon. Je ne me reconnais pas. En d'autres temps, je me serais mise à pleurer, à me défendre, mais mes yeux restent résolument secs et je suce son membre vigoureux avec d'autant plus de passion qu'il s'impose à moi. Il force mon geste en maintenant sa main sur ma tête, ses doigts agrippés à mes cheveux et il s'enfonce avec brutalité entre mes lèvres. Il me regarde d'un air farouche. Il apprécie ma soumission. Ses coups de reins se font plus rapides et il se cambre tout à coup. Un flot abondant et épais envahit ma bouche. Son sperme a un goût amer, mais je ne fais pas de difficulté pour l'avaler. Alexis s'écarte ensuite de moi et reboutonne son jean. Ses traits sont tendus et sa colère flambe encore dans ses prunelles sombres. Je me relève seule et je lui fais face.

— Si c'est ainsi que tu souhaites être traitée, ça ne me pose aucun problème, sache-le ! affirme-t-il. Ça aurait même plutôt tendance à m'exciter. Je t'ai promis de ne pas aller au-delà de ce que tu pourrais supporter, mais fais attention à ne pas aller trop loin toi aussi, Micky !

Je ne suis pas sûr de toujours maîtriser les violentes pulsions que tu provoques en moi.

— Tu n'es pas allé trop loin.

Mon ton calme et affirmatif le fige. Il me regarde avec circonspection puis un éclat de tendresse illumine son visage.

— Tu es l'être le plus étonnant que je connaisse.

— Je t'appartiens, je lui rappelle simplement.

— Dis-moi si tu aimes.

— J'aime quand tu jouis dans ma bouche. J'adore ton goût et ton odeur.

— Je m'en doutais, jubile-t-il. Il y a autre chose qui m'a manqué durant deux semaines, ajoute-t-il en me repoussant vers mon lit.

— Quoi ? j'interroge innocemment en devinant très bien ce dont il veut parler.

Rien qu'à y penser, mon sexe se met à frétiller.

— J'ai soif de toi, Micky !

Je m'installe sur mon lit et il écarte mes jambes. Il enfouit sa tête entre mes cuisses et sa langue fouille ma chatte avec vigueur. Mon corps entier vibre sous les succions qu'il m'inflige sans relâche. Mon ventre se tord tout à coup et Alexis reçoit dans sa bouche le jet brûlant de ma jouissance. Il ferme les yeux pour mieux s'en délecter. Je le regarde, émerveillée. Il ne triche pas, il aime sincèrement mon goût. De savoir cela augmente encore mon plaisir et je me renverse, rompue, sur mes oreillers. Alexis se coule sur moi et sa langue force ma bouche. Je déguste avec lui la saveur de mon plaisir. J'ai un arôme vaguement épicé, fort différent de celui du sperme, plus iodé aussi.

— Est-ce que tu aimes ? demande-t-il en me dévisageant avec curiosité.

— Toi, tu as l'air de beaucoup apprécier.

— Je te l'ai dit, tu es devenue ma boisson préférée.

— Tu es infernal ! je gronde en me débattant pour sortir de l'étreinte où il me maintient prisonnière.

— Je veux que tu me promettes de te défendre le jour où j'irai trop loin ! déclare-t-il soudain très sérieux.

— Non, je réponds tout aussi sérieusement. C'est toi le maître. Tu en as revendiqué le titre, c'est à toi de connaître tes limites. Moi je n'en ai plus, j'ai dépassé tous les tabous, j'ai franchi la frontière. Je suis ton jouet.

Il ferme les yeux d'un air malheureux.

— Je ne suis pas si fort que tu le penses, Micky. J'ai tellement peur de te blesser. Je risque à tout moment de perdre le contrôle et ça me rend fou.

Cet aveu de faiblesse me trouble. Je le prends entre mes bras d'un geste maternel. Il se laisse faire et enfouit son visage contre ma poitrine. Je scelle mes lèvres pour ne pas laisser échapper un aveu. Devinant mon hésitation, il relève la tête et son regard interroge le mien sans relâche.

— Dis-moi ! réclame-t-il.

— N'exige pas ça !

— La torture risque d'être longue et pénible, prévient-il en kidnappant mes mains.

— Lequel de nous deux souffrira le plus à me torturer ?

— Bon sang, ce que tu peux être têtue !

Il relâche mes mains et caresse mon corps en me faisant frissonner.

— Il vaudrait mieux que je parte avant de commettre une bêtise, déclare-t-il.

— En quoi est-ce que ce serait une bêtise ?

Je n'ai jamais été aussi près de l'avoir à moi tout entier et il cherche déjà à m'échapper.

— Tu es pour moi comme un diamant brut dont je m'efforce de faire le plus beau des joyaux. De la précipitation, une seule erreur et tout est compromis. Je n'imaginais pas que ce serait aussi difficile. Tu me compliques sérieusement la tâche.

— Moi ? Mais pourquoi ?

Je le regarde, médusée. Il pose un doigt sur mes lèvres et sa voix se fait velours.

— Je n'ai jamais rien désiré autant que toi. Je pensais au départ que tout ça ne serait qu'un jeu, mais je me suis trompé. Tu as déjoué tous mes plans. Je ne suis pas ton maître, Micky, tu règnes sur moi, sur mes sens, sur ma queue. Tu me fais réagir trop violemment et je dois lutter non seulement contre toi, mais aussi contre moi. Tu ne sais pas combien d'énergie ça me coûte de rester simplement allongé près de toi alors que mon corps tout entier me commande de te prendre.

— Alors pourquoi résistes-tu ?

— Parce que je veux ce qu'il y a de plus absolu avec toi. Je ne te toucherai pas autrement avant de l'avoir décidé même si je suis obligé de baiser une autre pour calmer mes nerfs et pour tromper mon impatience.

— Tu veux dire que Julia te sert d'exutoire ?

— En partie oui. Je dois prendre des précautions, j'ai déjà commis une erreur.

— Laquelle ?

— Je ne m'attendais pas à ce que tu me suces de cette façon.

— Ah ? En quoi est-ce que c'était une erreur ?

— J'ai cru mourir dans ta bouche. Je ne pense plus qu'à ça. Ta proposition de ce matin m'a rendu dingue.

— C'était une proposition sérieuse !

— Et vois où elle m'a conduit, réplique-t-il avec virulence. La seule perspective que tu me suces de nouveau me fait perdre mes moyens, je ne sais pas jusqu'où je suis capable d'aller.

— Alors que suggères-tu ?

— Reste sage, je t'en prie ! Ne me provoque plus de cette manière ! Laisse-moi reprendre le contrôle et je te promets en échange d'être fort. Je serai celui que tu voudras, mais ne me force pas à anticiper.

— J'essaierai, je promets, sonnée.

Il prend une profonde inspiration et me regarde avec passion.

— Micky ! Je veux autre chose.

— Quoi ?

— Ne me dis jamais que tu m'aimes !

Je me raidis dans ses bras et je me pince les lèvres. Il caresse mes cheveux en pesant sur moi de tout son poids.

— Je te connais mieux que personne, rien de ce que tu ressens ne m'échappe. Ton odeur te trahit sans arrêt et c'est bien suffisant pour moi. Tu me rendrais la tâche trop difficile. Promets-le-moi ! S'il te plaît.

— Je te déteste, Alex ! je réponds avec vigueur.

— J'adore ta façon de contourner les obstacles, sourit-il. Qu'à cela ne tienne, déteste-moi encore longtemps, dans ce cas.

Sa bouche effleure la mienne et il se relève souplement. Il va jusqu'à ma penderie d'où il sort un tailleur gris et il fouille dans ma commode jusqu'à ce qu'il trouve le corset qu'il cherche. J'acquiesce docilement à son injonction. Il m'adresse un sourire et part sans un mot.

*
* *

Durant le reste de la semaine, Alexis s'isole autant de moi que de sa petite amie. Devinant pour lui la nécessité d'une période de réflexion, je me contente d'obéir à ses consignes et ne m'étonne pas de le voir s'enfuir sitôt la fin des cours. Julia, beaucoup moins psychologue, lui en fait ouvertement le reproche le jeudi matin, dans le hall même du lycée. J'ai l'occasion de les apercevoir alors que je rejoins ma salle de classe en compagnie de Samuel. Ce dernier constate comme moi la tension qui règne dans le couple.

— Ces gamins veulent décidément tout faire comme leurs aînés. Ils font l'amour trop tôt et s'engueulent comme des vieux mariés dans la foulée, rigole-t-il.

La sonnerie met judicieusement fin à notre entretien comme à la dispute entre Julia et son petit ami, qui régale les autres filles. Je crains que l'humeur d'Alexis s'en ressente durant la dernière heure de cours, mais il n'en est rien. Il me rejoint à mon bureau après avoir fermé la porte sur le dernier de ses camarades. Il a l'air détendu.

— Tu t'entends bien avec le prof de maths ! attaque-t-il, goguenard.

— Oui, assez !

— Tu le fais fantasmer.

— Il est marié et bientôt papa pour la troisième fois !

— Ça n'empêche rien, il bandait en lorgnant tes seins.

— Comment peux-tu savoir ça ?

— Parce que je vous surveillais.

— Il me semble plutôt que tu étais occupé à d'autres soucis.

— Je veille toujours jalousement sur ce qui m'appartient.

— Jalousement ? je tique.

Il a un petit sourire en coin craquant. Il vient jusqu'à moi, sa main écarte l'échancrure de ma veste et se promène sur mes seins. Sa paume est chaude et douce.

— Très jalousement ! rectifie-t-il.

— On dirait que tu n'es pas le seul concerné par ce sentiment, j'insinue.

— Julia n'est pas idiote, elle sait qu'elle risque gros à ce jeu-là, elle rentrera dans le rang sans que j'aie à faire quoi que ce soit. Les seules craintes que j'éprouve te concernent exclusivement.

— Pour quelle raison ?

— Parce que toi, tu ne me diras rien et tu m'échapperas trop facilement. Je n'aime pas que Forgeat te tourne autour.

— Il ne me tourne pas autour. Et puis je croyais que tu aimais qu'on me convoite ?

— À condition que je sois là, que l'on sache que tu es à moi et que tu sois en sécurité.

— En sécurité ? je me récrie, ahurie.

— Tu es capable de provoquer des pulsions incroyables, pas uniquement chez moi. Bien d'autres mâles rêvent de te renverser sur une table et prendraient nettement moins de précautions que moi.

— Tu prends Samuel Forgeat pour un pervers ?

— Tu n'as qu'à vérifier son pantalon si tu ne me crois pas.

— Qui d'autre ? j'interroge, amusée.

— À peu près les trois quarts de tes élèves masculins dont certains ne se privent pas pour se branler dans les toilettes sitôt ton cours fini.

— Et toi ?

— Je suis sans doute le plus frustré de ces garçons. Voilà six jours que mon sexe rêve de ta bouche.

Je comprends fort bien ce qu'il veut. Il ferme les yeux, cette fois, quand mes lèvres s'emparent de sa queue tendue à l'extrême. Il n'émet qu'un faible soupir quand il éjacule sur ma langue et m'embrasse avec fougue en me relevant contre lui.

— J'ai besoin de quelques jours de plus. Je ne viendrai pas au lycée, ni demain, ni la semaine prochaine, jusqu'à jeudi, annonce-t-il sombrement comme si sa décision avait été longuement mûrie. N'oublie pas que tu as rendez-vous avec Jill, samedi.

— Je sais, je réponds avec une gourmandise qui le fait rire.

— Tu es une vraie chipie !

— Tu as d'autres consignes ?

— Une seule. Je veux que tu sois absolument renversante pour ton anniversaire.

*

* *

Lorsque je pousse la porte de l'institut de beauté, le samedi après-midi, je suis d'humeur joyeuse. La perspective d'un bon massage stimule mon entrejambe déjà humide. Jill m'accueille fort aimablement. Dans l'ascenseur, elle me demande si je me sens prête pour une séance de torture. Je ne comprends pas immédiatement sa question et lui fais remarquer que sa torture est délicieuse.

— Je ne vous parle pas de cette torture-là. M. Duivel a demandé à ce que je vous fasse un brésilien intégral, sourit-elle.

— Un quoi ?

— L'épilation de votre pubis.

Je blêmis devant cette perspective douloureuse. L'épilation n'est pas ce que je préfère, mais je la considère comme un mal nécessaire. Quant à mon sexe, hormis quelques coups de rasoir au niveau du maillot, je n'y ai jamais touché. Je sais par contre qu'Alexis accorde une grande importance au sien.

— Alexis vient souvent ? j'interroge innocemment.

— Une fois par mois environ, il apprécie d'être toujours impeccable, dit-elle en arrachant d'un geste sec les premières bandes de cire sur mes jambes.

— Depuis combien de temps vient-il ?

— Deux ans environ, dit-elle en réfléchissant rapidement.

— Il ne devait être qu'un gamin la première fois.

— Plus vraiment. Les services de cet institut ne sont pas accessibles aux mineurs.

Je la regarde, perplexe. Alexis est différent des garçons de son âge, différent à la fois du point de vue de la maturité, mais aussi d'un point de vue physique. Sa silhouette, sa carrure correspondent davantage à un jeune homme qu'à un adolescent. *Mais comment peut-il prétendre n'avoir que dix-huit ans aujourd'hui si Jill assure qu'il les avait déjà deux ans auparavant ?*

— Vous êtes certaine ?

— Absolument ! répond-elle, catégorique.

— Même en étant le fils de Jacques Duivel ?

— Surtout en étant le fils de Jacques Duivel ! Ce n'est pas parce que la Société a pour objectif le plaisir que ses membres n'attachent pas d'importance à quelques règles morales. Ils ne comprendraient pas que le propre fils de leur président transgresse ces règles. Jacques Duivel ne l'aurait pas permis.

— Alexis était donc majeur quand il est venu ici la première fois !

— Indiscutablement.

J'ai l'esprit embrouillé, je ne porte qu'une attention modérée à ce que fait Jill. Lorsqu'elle s'attaque à mon sexe, j'en suis si surprise que je pousse un cri. Elle me sourit, mais n'en continue pas moins sa douloureuse mission. Quand elle a fini, elle m'encourage à caresser ma peau aussi nue et douce que celle d'une enfant. Ce contact me plaît énormément. Elle me repousse sur la table et tamise les lumières.

— Vous avez souffert, vous avez mérité un peu de détente. Fermez les yeux, madame Valmur, conseille-t-elle.

Ses caresses m'emportent au paradis. Je me laisse envahir par le bien-être jusqu'à ce que ses doigts fassent jaillir mon plaisir. Elle fait ma toilette comme la fois précédente et je me détends complètement. Lorsqu'elle me raccompagne à l'ascenseur, elle me donne une carte avec la date de mon prochain rendez-vous ainsi qu'une autre.

— Bertrand vous attend dans une demi-heure.

— Tout est-il toujours aussi bien organisé ? je demande, admirative.

— C'est notre vocation, madame Valmur.

— Merci, Jill ! je lui lance avant de partir.

Bertrand m'attend, en effet. Il est content des efforts que j'ai fournis pour entretenir ma chevelure. Il n'y apporte que peu de modifications, se contentant de raviver la lumière et de retailler les pointes. Son bavardage, quant à lui, me divertit. Il n'évoque jamais le réseau pour lequel il travaille, il n'y fait même pas allusion. Je ne l'embarrasse donc pas avec mes questions, à l'exception d'une seule.

— Vous connaissez Alexis depuis longtemps ?

— La première fois que j'ai entendu parler de ce garnement, il était encore dans le ventre de sa mère, confie-t-il comme on se rappelle un bon souvenir.

— Alors vous l'avez vu grandir ?

— Je lui ai même fait sa toute première coupe de cheveux. Il était fier. Quand je pense qu'il est un homme maintenant !

— Il y a quoi, une vingtaine d'années ?

— Oh... ça doit faire ça en effet !

J'ai terminé ma petite enquête, il ne me reste plus qu'à confondre le coupable de cette supercherie.

*

* *

Conformément à ce que nous étions convenus, j'ai informé le directeur de l'absence prolongée d'Alexis. M. Morel a parfaitement gobé l'idée d'un retour ponctuel de ses parents. Il n'en est pas de même pour Julia qui, à ma grande stupéfaction, vient me trouver à la fin du cours du lundi pour me demander si j'ai des nouvelles de mon élève. Inquiète, elle se triture les mains et doit faire un effort considérable pour oser m'aborder.

— Je me demandais si vous saviez pourquoi Alexis n'est pas là en ce moment.

— Il ne t'a rien dit ? C'est ton petit ami pourtant. J'ai même entendu parler de fiançailles, si je ne m'abuse, je réplique en l'amadouant d'un ton gentil.

Les joues de Julia prennent une couleur rosée sous son hâle. Elle sourit largement.

— Je ne savais pas que vous étiez au courant. C'est Alexis qui vous l'a dit ? s'enthousiasme-t-elle.

Je reçois un coup à l'estomac et je regrette ma question.

— J'en ai entendu parler. C'est donc vrai ?

— Mes parents ont adoré Alexis et il n'a pas caché qu'il m'aimait bien. Nous en avons vaguement discuté, mais...

Son sourire s'efface.

— Mais quoi ?

— Je ne sais pas, depuis la rentrée, Alexis a changé. Il ne vient plus me voir. Il m'évite même pendant le lycée. Il a piqué une colère quand je lui ai demandé ce qu'il avait. Il m'a expliqué que vous étiez une sorte de tutrice. C'est pourquoi j'ai pensé que vous saviez peut-être quelque chose.

— Ses parents sont revenus quelques jours de New York. Il aura voulu passer du temps en leur compagnie, je mens d'un ton rassurant.

— Oh... mais pourquoi ne me l'a-t-il pas dit ?

— Certains garçons sont un peu rancuniers, je plaisante à peine.

— Pas lui ! réplique-t-elle avec ferveur. Alexis est un garçon merveilleux.

— Il ne devrait pas être long à te donner des nouvelles, je la rassure, désireuse d'en finir.

— Je l'espère, s'écrie-t-elle en s'accrochant à mes paroles comme à une bouée de sauvetage.

Je la regarde partir d'un pas léger tandis que les quelques scrupules que j'ai pu avoir s'envolent. Cette fille est une betterave. Si sa seule vertu était sa virginité, je me demande bien à quoi elle peut lui servir à présent. De toute évidence, il ne l'a pas touchée depuis leur retour de vacances et pour cause, c'est dans ma bouche qu'il est venu déposer sa jouissance. *Qu'attend-il pour s'en détacher complètement ?*

*

* *

— Bon anniversaire, ma vieille ! je lance à mon reflet dans le miroir.

Pour la première fois, je fête mon anniversaire seule. L'année précédente, Henri, quoique très affaibli, avait tenu à organiser un petit dîner au cours duquel il s'était amusé à l'idée de m'offrir la Porsche. Henri a toujours pris cet événement au sérieux et chacune des années que j'ai passées en sa compagnie a reçu une surprise de taille. Mon dix-neuvième anniversaire a été marqué par un somptueux voyage aux Seychelles dans une résidence avec plage privée. Dans le coffre de la maison dort une rivière de diamants qu'il m'a offerte pour mes vingt ans. Rien n'était jamais assez beau, ni assez luxueux à ses yeux. C'était son plaisir encore plus que le mien. Henri ne cède pas la place, il me hante encore et toujours, il revient à mon esprit à l'occasion d'une date, d'une phrase qu'il aurait pu dire, d'une attitude que je lui dois. Il ne me laisse jamais vraiment seule, comme un fantôme familier et rassurant.

Je chasse mes idées noires en songeant que ce jour bizarre marque le retour de mon mystérieux élève en classe. Je l'aperçois en compagnie de sa petite amie qui a retrouvé le sourire, accrochée à son bras. Il me regarde franchir la distance entre ma voiture et le hall d'entrée d'un air sérieux. Julia m'adresse un petit signe de la main lorsqu'elle voit que c'est moi qu'il fixe ainsi. Je hoche seulement la tête et je gagne ma classe, non sans avoir subi les félicitations de

M. Morel qui m'attendait sur le seuil de son bureau.

Durant l'intercours, je suis interpellée par Samuel qui tient à m'embrasser pour mes vingt-huit ans. Alexis a raison, il bande. J'ai beau vouloir abréger cette rencontre, Samuel me retient jusqu'à ce que la sonnerie me permette de m'échapper. La journée me semble longue jusqu'à 17 h 30. Les terminale L s'installent en bavardant tandis que la place d'Alexis reste bizarrement vide. À quel jeu joue-t-il donc ? Pourquoi sèche-t-il mon cours alors qu'il a assisté à tous les autres ?

Je suis perdue. Il m'en faut plus cependant pour me déstabiliser et personne ne s'aperçoit de mon trouble passager. Lorsque la sonnerie retentit, je reste à mon bureau et je prie le dernier élève de refermer derrière lui. Je mets de l'ordre dans mes affaires quand un bruit de pas dans le couloir fait battre mon cœur. Alexis ouvre la porte et je dois lutter contre l'envie de me jeter dans ses bras. Il m'a manqué plus que de raison. Il approche, un sourire aux lèvres, et s'arrête à quelques centimètres de ma table.

— Pourquoi n'es-tu pas venu en cours ? j'interroge sur un ton professionnel.

Il secoue la tête, amusé par mon attaque.

— Pour ne pas te voir avant cette minute, pour ne pas te sentir, pour ne pas avoir à laisser toutes mes forces dans une bataille que je savais perdue d'avance.

— Pardon ? je fais, surprise.

— Je n'aurais pas supporté de t'avoir sous mon nez pendant une heure entière sans pouvoir te prendre dans mes bras alors que maintenant, je peux ! ajoute-t-il en m'attirant à lui.

— Je croyais que tu t'étais éloigné pour prendre des forces ?

— C'est exactement ce que je viens de te dire. Je sais parfaitement ce dont je suis capable à présent et comment je dois m'y prendre avec toi.

— Je ne suis pas sûre de bien te comprendre, Alex !

— Peu importe, moi, je le sais. Si tu es prête, nous y allons.

— Nous allons où ?

— Je vais te faire découvrir une autre des petites merveilles que réserve la Société à ses membres.

— Je n'en suis pas membre, je réfute.

Pour toute réponse, il me présente mon manteau. Sans se soucier de croiser quelqu'un dans les couloirs, il m'entraîne jusqu'à ma voiture et prend le volant. Je souris intérieurement en songeant que j'ai gobé son histoire de permis, il conduit trop bien pour un pseudo-débutant. Il doit avoir son permis depuis deux ans au moins, ce beau menteur. Je reste muette tandis qu'il roule tranquillement dans les rues de Paris. Il engouffre la Porsche dans le parking souterrain d'un immeuble qu'il semble bien connaître et se gare sur un emplacement numéroté. Je me laisse guider jusqu'à un ascenseur dans lequel il sélectionne l'étage au moyen d'un badge argenté en forme d'oméga. Je tais le millier de questions que je meurs d'envie de lui poser. Il devine mes hésitations, mais ne m'aide pas pour autant. Quand les portes de l'ascenseur s'ouvrent, nous sommes accueillis par un homme d'une trentaine d'années à l'allure guindée.

— Madame Valmur, monsieur Duivel, je vous souhaite la bienvenue au Boudoir. Si vous voulez bien me suivre !

— Bonsoir, Kévin ! fait Alexis. Est-ce que tout est prêt ?

— Oui, monsieur Duivel, répond celui que je soupçonne être un maître d'hôtel ou un réceptionniste.

Nous suivons le Kévin en question dans un couloir à la moquette ivoire si épaisse que mes talons s'y enfoncent. Il pousse les battants d'une double porte et je débarque tout droit dans un salon digne des mille et une nuits, tout de rouge et d'or, au milieu duquel trône une table dressée pour deux. Les flammes des bougies qui dansent se reflètent dans les verres en cristal.

— Est-ce que cela vous convient, monsieur Duivel ? s'enquiert Kévin.

— C'est parfait ! Ne commencez pas le service avant 19 h 30, recommande Alexis sans me lâcher la taille.

— J'y veillerai, répond le maître d'hôtel en se retirant.

Alexis m'observe tandis que je fais le tour de la pièce avec des yeux de petite fille.

— Tu aimes ? interroge-t-il quand je reviens vers lui.

— Beaucoup. Où sommes-nous ?

— Dans un hôtel très particulier.

— Il appartient aussi à la Société ?

— En effet. Il permet aux membres d'y recevoir des invités.

— Et que faisons-nous ici ? je demande, faussement innocente.

— Tu comptais vraiment passer ton anniversaire seule dans ton lit ?

— Je m'y étais résignée.

— Stupide !

Je sourcille et il éclate de rire.

— Que dirais-tu d'entamer la petite série des cadeaux que je te réserve ?

— La série de cadeaux ? je m'exclame, incrédule.

— À quoi donc crois-tu que j'ai passé mon temps libre si ce n'est à penser à toi ?

— Très bien, je suis prête ! je lance, impatiente.

Alexis fait deux pas à reculons et ouvre une autre porte. Il me tend la main et je découvre une chambre dont la pièce principale est un lit à baldaquin tendu de velours d'un rouge sombre digne d'une princesse orientale. Il se dirige ensuite vers une autre pièce où il m'invite à entrer. Une salle de bains majestueuse offre tout le luxe auquel on peut s'attendre après avoir découvert l'appartement précédent. Il décroche un cintre de la patère sur le mur et me tend une robe longue noire absolument renversante.

— Ne sois pas trop longue, me recommande-t-il en s'éclipsant de la salle de bains où il me laisse seule.

Je jette un œil dans le grand miroir au-dessus des lavabos. J'ai les joues roses d'excitation. Bien en évidence sur la petite étagère, je découvre ma trousse de toilette emplie des produits que j'utilise habituellement. D'où peut-il bien tirer ça sinon de chez moi ? Quand il disait qu'il avait mis le temps à profit, je constate qu'il parlait sérieusement. Alexis aura quelques explications à me fournir. Je me hâte de revêtir la robe qu'il a choisie. Bien évidemment, elle me va comme un gant. Le décolleté plongeant est particulièrement flatteur pour ma poitrine généreuse.

Alexis accueille mon retour d'un air gourmand. Il m'accompagne à la table digne de celle d'un grand restaurant. Kévin fait alors sa réapparition poussant un chariot où trône un seau à champagne chargé de deux bouteilles. Il ouvre la première d'entre elles avant de disparaître. Alexis lève son verre et sollicite le mien.

— Je garde mes vœux pour plus tard, si tu veux bien.

— À notre santé, dans ce cas ! je réplique en choquant nos verres.

— Ton premier cadeau te va à merveille. Tu es superbe, Micky ! affirme-t-il en me reluquant intensément.

— Comment es-tu rentré chez moi ?

— J'ai subtilisé tes clés et j'en ai fait réaliser un double, avoue-t-il sans complexe.

— Quel intérêt ?

— Je voulais découvrir ce que tu me caches.

— Et qu'as-tu découvert ?

— Deux trois bricoles intéressantes. Notamment, je ne comprenais pas pourquoi je n'ai jamais détecté l'odeur de sang chez toi depuis ces quatre derniers mois.

— Stérilet hormonal. Je t'ai dit qu'Henri ne souhaitait pas que je tombe enceinte, je riposte.

— J'ignorais ce détail, mais j'ai trouvé la notice dans ton armoire à pharmacie, de même que tes somnifères. Tu en prends souvent ?

— Rarement.

— J'ai trouvé ton coffre aussi, dans le salon de ta chambre. Un peu trop facile à mon goût.

— C'est tout ?

— Ton intimité, lorsque tu n'es pas là, a quelque chose de troublant. Tu laisses des traces puissantes là où tu passes. J'ai adoré dormir sur ton oreiller.

— Pourquoi as-tu fait ça ?

— J'en avais besoin pour réfléchir.

— Et pour embarquer mes affaires au passage.

— Je voulais être sûr que tu ne manquerais de rien.

— Ce qui veut dire que je passe la nuit ici ?

— Ça ne te paraissait pas évident ?

— Mes doutes sont levés.

Je grignote un toast. Il m'imite avant de se lever et de venir derrière moi.

— Il manque un petit quelque chose à ta tenue, Micky.

Je sens sur mon cou la fraîcheur de ses doigts, un objet fin glisse dans mon décolleté. Il m'autorise à aller admirer au miroir le magnifique pendentif orné d'un diamant noir que soutient une très fine chaîne en or. Je le regarde, ébahie.

— C'est une pure merveille, je souffle.

Il pose son doigt sur mes lèvres pour me clouer le bec.

— Je ne veux pas t'entendre me remercier !

Il verse une larme supplémentaire de champagne dans nos verres. Je m'aperçois seulement à ce moment-là à quel point il s'est fait élégant. Kévin amène les entrées, puis le plat. Nous mangeons en riant comme deux enfants. Lorsque vient le dessert, je vois apparaître un gâteau. Alexis insiste pour que je souffle les vingt-huit bougies qui en garnissent le dessus. Il ne me souhaite toujours pas un joyeux anniversaire, se contentant de me regarder en souriant. Il demande à ce que nous ne soyons plus dérangés et son ton déterminé fait naître des frissons sur ma peau. Je sens venir d'instinct un moment que mon corps réclame.

Il tire légèrement sur ma chaise, m'obligeant ainsi à me lever et me prend contre lui. Le champagne me tourne la tête, mais lui me grise davantage que le vin. Ses doigts caressent doucement mon épaule nue et descendent sur mes seins en suivant le collier. Il fait glisser les bretelles de ma robe et je me coule dans ses bras. Je détache un à un les boutons de sa chemise. Il me laisse faire en me regardant. Je peux apprécier pour la première fois son torse nu. Dévêtu, Alexis ne fait plus illusion sur son âge. Ses épaules sont rondes et puissantes, les muscles de ses bras et de son ventre se dessinent nettement sous sa peau soyeuse. Je balade mes mains sur lui et je me régale de le voir frémir.

D'un coup, il se penche et me soulève. Il traverse la pièce et me dépose au beau milieu du lit immense. Dans ses prunelles sombres, je vois danser des flammes. Ses mains s'emparent de mes seins qu'il pétrit délicieusement. Il descend ensuite sur mon ventre jusqu'à mon pubis épilé. Il respire profondément en savourant sa douceur. Mon ventre est en feu, il réclame bien plus. Je ne suis jamais parvenue à un tel niveau de désir.

Entièrement maître de lui-même, Alexis me contemple tandis que je perds la raison. Il me laisse encore déboutonner son pantalon. Son sexe me paraît plus gros que les fois précédentes. Il rugit quand je le prends entre mes lèvres. Il m'arrête au bout de quelques minutes et me bascule sous lui. Il ne me quitte pas des yeux tandis qu'il pénètre en moi très lentement. Mon cœur cesse un instant de battre quand il atteint le fond de mon ventre. Alors, il use de sa voix la plus câline.

— Bon anniversaire, Micky !

Je devine le calme avant la tempête. Son sexe ressort entièrement du mien pour y replonger avec plus de violence. Il entame un lent va-et-vient qui m'arrache des frissons et des soupirs. Il refrène sa passion, retient sa force. Le plaisir monte et mon bassin ondule au même rythme que le sien. Nos souffles se mêlent quand il étouffe mes gémissements dans ses baisers. Il n'accélère pas, me rend folle. Je veux sa force, je veux sa brutalité, je veux le feu, l'orage, je veux l'enfer au paradis. Je n'ai jamais rien connu de tel. Je me cambre sous son poids, pose mes mains sur ses reins pour en accélérer le mouvement.

— Qu'est-ce qui t'arrive ? chuchote-t-il dans un souffle.

— Fais-moi jouir ! je crie au bord de ma folie.

— C'est ce que tu veux ?

— Oui !

Il agrippe alors mes hanches et me soulève contre lui. Ses coups de reins me transpercent et son sexe fouille mes entrailles comme une lame chauffée à blanc. Il gémit bientôt à chaque assaut tandis que je retiens mes cris dans mon bras. Son va-et-vient augmente d'intensité et déclenche, d'un coup, l'immense vague de plaisir qui me fait hurler tandis que se déverse le liquide chaud de ma jouissance. Alexis accueille mon orgasme dans un cri sauvage. Il ne contient plus son emportement. Il se raidit et enfouit son visage sur ma poitrine pour s'empêcher de crier tandis qu'au fond de mon ventre son sexe crache de longs jets de sperme. Essoufflé, il me serre contre lui sans bouger. Je me sens entière pour la première fois de ma vie.

Le temps est suspendu et le silence à peine troublé par nos respirations redevenues calmes jusqu'à ce qu'Alexis me dévisage en affichant une expression joueuse. Je comprends ses pensées lorsqu'il se coule en moi tout en douceur. Cette seconde fois est différente, moins violente, apaisée. Je ne sais pas combien de temps cela dure, longtemps certainement, le temps n'a plus d'importance. Alexis me donne le plus beau des cadeaux. Je jouis contre son épaule. Il m'encourage, réclame davantage. Mon plaisir stimule le sien et il s'écroule bientôt contre moi, me gardant prisonnière de ses bras. Je ferme les yeux et je m'endors, blottie dans sa chaleur. Lorsque je me réveille un peu plus tard, il n'a pas bougé.

— J'aime te voir dormir, soupire-t-il dans mon cou.

— Suis-je autorisée à te remercier à présent ?

— Non.

— Au moins, te dire à quel point j'ai aimé ton cadeau ?

— Je crois bien que je le sais, roucoule-t-il en me renversant sur les oreillers. Il glisse sa main jusqu'à mon entrejambe. Tu es toute mouillée, Micky.

— Parce que j'ai envie de toi ! j'explique sans honte.

Ses yeux kidnappent les miens. Je soutiens son regard magnifique en retenant mes gémissements.

— Je vais te faire jouir comme tu le désires. À partir d'aujourd'hui, tu viendras prendre ton plaisir sur ma queue chaque fois que je te le dirai.

J'accepte en me cramponnant à ses épaules.

— Tu ne chercheras aucune excuse, à mon premier appel, tu me rejoindras, peu importe l'heure ou l'endroit. Je te prendrai comme j'en aurais envie.

J'acquiesce une fois de plus. D'un coup, il me soulève et me positionne à quatre pattes devant lui. Cette levrette déclenche, dans mon corps et dans mon esprit, un feu ardent. Il me poignarde de coups rapides et profonds au point que mes jambes en tremblent. J'éjacule en mordant l'oreiller. Alexis se régale du spectacle et redouble d'ardeur jusqu'à jouir avant de s'abattre sur moi.

*

* *

Alexis me secoue doucement. J'ouvre péniblement les yeux et je me cache sur sa poitrine. Il referme ses bras autour de moi et embrasse le sommet de mon crâne.

— Tes réveils sont amusants. Mais il est l'heure, Micky ! Nous risquons d'être en retard au lycée.

— Déjà ? je grogne. Quelle heure est-il ?

— 7 heures. Le petit-déjeuner vient d'être servi à côté. Café ?

— Oui, je soupire en me redressant.

Alexis se lève et se dirige vers le salon d'où il revient avec le plateau complet. Il m'adresse un regard coquin et s'installe près de moi dans le lit.

— Il me reste un cadeau à te faire, déclare-t-il en déposant, sur le drap, un petit boîtier.

J'ouvre avec impatience et je découvre un porte-clefs à la forme d'un oméga grec identique à celui dont je l'ai vu se servir la veille.

— Qu'est-ce que c'est ?

— Ton badge.

Je le regarde, dubitative, avant de saisir tout à fait.

— Tu veux dire que…

— Que tu es membre à part entière de la Société, en effet, achève-t-il.

— Ne m'as-tu pas dit que les droits d'entrée s'élevaient à plusieurs milliers d'euros ?

— Ne te soucie pas de ça, l'affaire est réglée depuis longtemps.

— Alex, je ne suis pas sûre...

— Je veux que tu sois entièrement libre de profiter de tout. N'aie donc pas de scrupules ! coupe-t-il.

— Soit ! je cède, ravie.

Il me laisse avaler mon café et mon croissant, puis il m'arrache du lit pour me coller sous la douche. Il s'amuse beaucoup à me laver en insistant sur ma chatte qu'il réveille de ses caresses.

Je ne me sens pas rassasiée de lui et Alexis allume un incendie sous la douche qu'il prend soin de ne pas éteindre. La journée s'annonce laborieuse. Je n'ai pas été ainsi privée de sommeil depuis longtemps et mon corps se souvient avec précision de chacune de ses caresses.

À notre arrivée au lycée, il me recommande de ne pas me séparer de mon portable et file rejoindre Julia qui l'attend. Je refoule la jalousie qui me tourmente et gagne ma classe. Il m'envoie un premier message dix minutes avant la pause méridienne, m'enjoignant de l'attendre. Il arrive après que tout le monde est sorti et ferme soigneusement la porte derrière lui. Mon sexe palpite plus fort à chacun des pas qui l'amène à moi. Il ne prononce pas une seule parole, il déboutonne ma robe et se penche sur mes seins pour en sucer les tétons. Je manque de défaillir tant la surprise aiguise mon plaisir. Il m'assoit ensuite sur mon bureau en écartant mes cuisses.

— Regarde ! ordonne-t-il.

Je baisse les yeux sur son sexe prêt à s'engouffrer dans mon ventre. L'image est grisante et ajoute aux sensations sublimes que je ressens. J'ouvre la bouche à la limite de gémir, mais il y fourre sa langue et me serre fort contre lui.

— Les couloirs ne sont pas vides à cette heure-ci, murmure-t-il, pimentant notre relation du risque réel d'être découverts.

Je contiens à grand-peine mes soupirs lorsqu'il entame un va-et-vient saccadé et puissant. Quelques minutes suffisent pour parvenir tous les deux au bord du délire. Il use alors de toute la longueur de sa queue tendue pour fouiller mon vagin trempé.

— Tu mouilles délicieusement.

— Parce que tu m'excites délicieusement, je souffle.

— Tu vas jouir, Micky, je le sens, commente-t-il d'une voix rauque.

— Oui, j'articule, à l'agonie.

Il me redresse pour que je contemple le spectacle de mon plaisir dégoulinant sur le bureau. Son sexe inondé glisse avec facilité. Il retient sa respiration et s'immobilise soudain. Je lis dans son regard tout le plaisir et la douleur qu'il a à jouir en moi. Ses lèvres taquinent les miennes tandis qu'il se retire avec précaution.

— Mon plaisir augmente à chaque fois. Jusqu'où m'emmèneras-tu ?

— Tu l'as dit toi-même, Alex, à l'extase.

Il sourit et se penche jusqu'au dernier tiroir de mon bureau dont il sort une boîte de Kleenex. Je réprime un rire nerveux.

— Tu as donc pensé à tout ?

— Je l'espère. C'est fou ce qu'on attrape vite un rhume en cette saison, plaisante-t-il en essuyant lui-même mon sexe offert. Ne fais rien de plus, je veux sentir l'odeur de mon sperme en toi pendant le cours tout à l'heure.

— Comme tu voudras, je concède.

— J'adore quand tu es obéissante, glousse-t-il en me faisant descendre de mon bureau.

Je souris et il caresse ma joue.

— Tu as faim ? s'enquiert-il en entendant les grondements de mon estomac.

— Un peu.

— Allons manger, nous avons encore le temps, suggère-t-il en me prenant la main.

Nous nous installons, sans complexe, l'un en face de l'autre, à la cafétéria. Alexis dévore son assiette de pâtes tandis que je m'amuse de le voir s'empiffrer. Il en profite pour me donner à voix basse quelques explications qu'il juge utiles sur le badge dont il m'a fait cadeau. J'écoute attentivement, me contentant de quelques questions pratiques. Nous en sommes à la fin du repas quand Julia montre le bout de son nez. Elle vient jusqu'à notre table en souriant, me salue et s'installe sans vergogne sur les genoux de son petit ami. Alexis m'observe quand elle prend ainsi légitimement possession de lui. Je repousse mon assiette sur mon plateau et me lève. Son examen me rend nerveuse et je n'ai guère le cœur à les voir se câliner devant moi après ce qui s'est passé quelques minutes auparavant dans ma classe.

Alexis a l'air contrarié en fin d'après-midi. Il n'ouvre pas la bouche durant l'heure de cours. Je le vois respirer profondément à plusieurs reprises, mais son visage conserve un masque figé. Ses sautes d'humeur me déstabilisent. Il est capable en quelques instants de passer d'un extrême à l'autre. Sa colère surtout a quelque chose d'effrayant. Lorsque la sonnerie retentit, il me saute dessus avec empressement. Sa langue cherche la mienne jusqu'à ce que je rende les armes et que j'enroule mes bras autour de son cou. Je l'écarte en entendant dans le couloir le brouhaha de la classe de terminale S qui se pointe pour le dernier cours de la journée.

— Qu'est-ce qui t'arrive ? je demande, à bout de souffle.

Pour toute réponse, il applique ma main sur son entrejambe gonflé.

— Tu es insatiable, je le gronde en souriant. Mais tu vas devoir utiliser ma remplaçante pour tout de suite, mes élèves attendent.

Mon insinuation lui arrache un ricanement agacé.

— Compare ce qui est comparable, je t'en prie ! grince-t-il entre ses dents.

— Ne te rend-elle pas ce genre de service ? j'interroge en lui rappelant ses confidences au retour des vacances de février.

— Puisque tu y tiens, j'y vais, mais ça ne changera rien à mon désir de toi.

— Tu n'es pas Superman, tu vas te fatiguer.

— Combien tu paries ? lance-t-il en se dirigeant vers la porte.

— Bonne soirée ! je réplique, vexée.

Il se met à rire et laisse entrer mes élèves en s'enfuyant vers Julia. Je suis furieuse contre moi. Je ne doute pas une seconde qu'il va effectivement la rejoindre pour la baiser. Elle profite à ma place de son sexe puissant dont je suis responsable. J'enrage et mon cours est l'occasion de tomber sur le poil de quelques-uns que j'ai dans le collimateur. Je vois bien à l'expression des visages que mon comportement n'a rien d'habituel, mais pour une fois, je cède à mon tempérament et ne cherche pas à me calmer. Mesquine vengeance !

*

* *

Je n'ai aucune idée de ce que je compte faire du week-end. Je décide donc de traîner un peu au lit avec un bouquin, le samedi matin, quand un bruit étrange me fait sursauter. Quelqu'un est entré dans la maison.

— Micky, où es-tu ? s'élève une voix qui me fait frémir.

— Là-haut ! je crie, soulagée.

J'ai oublié que ce sale gamin dispose du double de mes clés. Je ne peux donc pas lui échapper, y compris chez moi. Il grimpe quatre à quatre les escaliers et entre comme une tornade dans ma chambre à coucher. Il tient à la main un sachet qu'il lève victorieusement.

— Croissants ! clame-t-il en l'abandonnant sur la table avant de venir près de moi.

Il fait glisser mon drap jusqu'à ce que j'apparaisse nue. Il s'accoude tout près et dessine du bout du doigt la courbe de ma poitrine, de mes hanches. Il vagabonde ainsi jusque sur mon pubis. Il force mes cuisses à se séparer et sa main chaude se pose sur mon sexe palpitant.

— Tu mouilles déjà, constate-t-il avec bonne humeur.

— Étonnant, non ?

— Conforme à ce que j'attendais de toi.

Il se redresse et déboutonne son jean.

— Suce-moi ! exige-t-il d'une voix grave.

Je m'exécute en me pelotonnant contre lui, la joue sur son ventre chaud. J'engloutis son sexe avec gourmandise et il se cambre sous la succion que je lui inflige comme une douce vengeance. Il a un rire nerveux et me repousse.

— Tu ne crois tout de même pas m'user de cette façon ?

Je fais semblant de m'offusquer, il me soulève et, m'obligeant à lui présenter ma croupe, il me pénètre avec vigueur.

— Caresse-toi !

Je glisse ma main sur mon clitoris tandis qu'il fouille ma chatte avec la régularité d'un métronome. Je pousse des gémissements incontrôlables. Je suis prise de convulsions quand le plaisir me terrasse. Ma jouissance coule le long de mes cuisses, abondante et chaude, tandis que son sexe va et vient plus vite. Il se cramponne à mes hanches et m'empale plus fort sur sa queue. Je halète sous ses coups de boutoir jusqu'à ce qu'il me soude à lui en me remplissant de son plaisir. Il ne retient pas son cri, cette fois, puis il s'effondre, vaincu. Nous nous apaisons l'un et l'autre dans un demi-sommeil réparateur. Quand il se redresse au-dessus de moi, il rayonne d'un bonheur presque enfantin.

— À table ! lance-t-il sur un ton énergique. Tu as assez dormi comme ça.

Je fais une grimace qui l'amuse.

— Douche ! je marmonne.

— Ça risque de différer le petit-déjeuner.

— Dans ce cas, reste là, je m'en charge toute seule. Obsédé ! je réplique en m'enfuyant vers la salle de bains.

Il ne s'en défend pas. Il ne me laisse pas le temps de m'attarder et entre en jouant négligemment avec les boules de Geisha.

— Tu oublies ceci, dit-il en me désignant l'objet qu'il tient.

Je soutiens son regard et j'écarte ma jambe droite en posant mon pied à cheval sur le meuble. Alexis comprend l'invitation et approche, l'œil brillant. Il introduit lui-même les boules l'une après l'autre au fond de mon vagin humide.

— Tu es la personne la plus excitante que je connaisse.

— Je suis telle que tu le veux.

Alexis sonde mon âme au travers du regard de lave qu'il m'adresse.

— Qu'est-ce que tu es venu faire ici ? je demande alors.

— Te prendre.

Je fronce les sourcils d'un air sévère.

— Je veux que tu jouisses, Micky. Je veux que ton sexe devienne accro au mien au point de ne plus en supporter le manque. Je veux marquer ta chair de mon empreinte permanente. Il ne sera pas un jour sans que je prenne possession de toi.

— Addiction au sexe ? je commente pour me donner bonne contenance malgré la petite angoisse que je ressens.

— Au mien, oui !

— Tu as ressorti ton jouet de sa boîte ? j'ironise.

— Ne me provoque pas, me gronde-t-il.

Ma rébellion fait monter l'adrénaline en lui et sa verge retrouve une certaine raideur. Il se méfie de mon air trop angélique.

— Tu es une vraie chipie. Que cherches-tu ?

— Tes limites, je réponds en m'accroupissant devant lui.

Il ferme les yeux en poussant un râle quand ma langue lèche impitoyablement son sexe. Il me relève brusquement et, sans même retirer les boules qu'il a insérées, il me prend debout contre le lavabo. Sa poigne de fer maintient ma cuisse autour de sa taille tandis qu'il s'engouffre dans ma chatte offerte. La sensation est insoutenable, les boules de Geisha frappent mon vagin à chaque mouvement. Ses prunelles interrogent les miennes, inlassablement. Le plaisir que j'éprouve le stimule davantage, il me plaque avec brutalité. Il use de sa force et j'aime ça. Je m'accroche à ses épaules et je bascule légèrement mon bassin jusqu'à ce que sa queue atteigne son but.

— Oui, Micky, inonde-moi ! réclame-t-il en serrant les dents.

— Viens ! je crie en le sentant prêt à exploser dans mon ventre.

Un gémissement rauque s'échappe de sa gorge. Un éclair sauvage passe dans son regard et il me poignarde en me repoussant brutalement contre le mur. Nos jouissances se mêlent l'une à l'autre avant de couler lentement le long de mes jambes jusque sur le carrelage. Il me recueille dans ses bras et me garde serrée. Mon souffle chaotique retrouve peu à peu un rythme plus normal. Je suis rompue, mais heureuse.

— Tu abandonnes ? me taquine-t-il.

— Et toi, à combien estimes-tu ta limite ? je réplique, nullement désireuse de céder.

— Je n'en ai aucune idée. D'un point de vue purement mécanique je suis capable de bander et de jouir autant de fois que je veux, ça devient juste un peu plus long et plus pénible. Mais toi, tu n'agis pas seulement sur mon sexe, je ne contrôle plus rien de moi dès lors que tu me possèdes. Je ne connais rien de plus violent. Tu me fais mourir et ressusciter chaque fois.

— Est-ce que tu aimes ?

Il pousse un soupir déchirant, empoigne ma tête et la pose sur son cœur dont les battements sourds et précipités trahissent son émotion.

— Je ne connais rien de plus grisant, rien de meilleur, mais rien de plus dangereux. Je ne connais pas mes limites et tu m'entraînes chaque fois plus loin. Je pourrais te faire mal sans le vouloir.

— Je sais, je reconnais à voix basse.

Il m'écarte de lui, l'air sérieux.

— Laisse-moi seul maître, Micky, je t'en conjure !

— Je t'appartiens, je me soumets docilement.

— Douche ! ordonne-t-il alors en riant.

Cette fois, il la partage avec moi. Il me confisque les boules de Geisha, estimant qu'elles ont trop d'influence sur moi. Nous prenons enfin le petit-déjeuner dans la cuisine, au rez-de-chaussée. J'aime notre liberté et notre insouciance qui nous permettent de gambader nus dans toute la maison. Alexis me contemple d'un air satisfait. Son corps est magnifique et son visage, marqué de subtiles traces de fatigue, trahit des sentiments profonds qu'il évite soigneusement de révéler à haute voix.

— Puisque tu capitules, je ne voudrais pas te retenir. Tu m'as dit que tu avais des choses à faire, je lui rappelle sournoisement.

— Je ne capitule pas, je préviens les risques, rectifie-t-il. Mais en effet, j'ai un rendez-vous cet après-midi.

Je me garde bien de demander quoi que ce soit, mais il s'aperçoit de mon hésitation.

— Professionnel, précise-t-il en plongeant son regard noir dans le mien.

— Ah ? Déjà ? je fais, à peine soulagée de savoir qu'il ne courra pas déposer son amour aux pieds de Julia.

— Je vais bientôt quitter le lycée.

Ses paroles éclatent comme un coup de tonnerre. Je le regarde, sonnée.

— Je ne peux pas tout mener de front, j'ai bien essayé, mais ça devient impossible ! Je ne pensais pas continuer le lycée aussi longtemps, ajoute-t-il.

— Alex, si tu me disais la vérité, je supplie en devinant qu'il est à deux doigts de me la révéler.

— Pas maintenant ! élude-t-il.

— Je sais que tu n'as pas dix-huit ans.

Il a un petit sourire en coin craquant. Il enlace ma taille et me fait venir à lui. Sa peau nue et parfumée contre la mienne réveille l'incendie de mon corps.

— Tu as joué les enquêtrices ? me taquine-t-il.

— Ça n'a pas l'air de te surprendre.

— Qu'as-tu appris d'autre ? demande-t-il en penchant la tête d'un air évocateur.

— Qu'y a-t-il d'autre à découvrir ? je retourne la question.

Alexis éclate de rire.

— Il y a beaucoup de choses encore que tu ignores, mais je te l'ai dit, nous avons le temps et je ne tiens pas à faire d'erreur.

— Quel âge as-tu ? j'insiste.

— Vingt ans depuis ce jour merveilleux où ta bouche m'a révélé le paradis.

— Sois sérieux ! je le gronde. Pourquoi tes parents et toi avez-vous menti à ce sujet ?

— Pour que je sois plus crédible au lycée. Je peux encore passer pour un futur bachelier.

— Pourquoi ?

— Pas maintenant, Micky.

— Et le reste ?

— Disons que j'ai un peu de mal à conjuguer le travail et le lycée. J'ai dû prendre quelques jours pour le boulot et préparer ton anniversaire.

— Tu travailles déjà ?

— Nous n'avons modifié que légèrement la réalité, explique-t-il. Je travaille, en effet, depuis que j'ai dix-huit ans.

— Ce n'est pas l'argent de tes parents que tu as dépensé, mais le tien, n'est-ce pas ?

— Je suis quelqu'un d'indépendant, je déteste profiter des largesses de mes parents si je peux me débrouiller seul. Qui plus est, j'en gagne suffisamment pour jouer comme il me plaît.

— Je ne te comprends pas. Pourquoi restes-tu au lycée ?

— Je ne t'ai menti sur rien d'autre. Je ne reste que pour toi. Mais il va falloir que mon comportement se dégrade un peu, j'en suis désolé. Je dois absolument combler le retard que j'ai pris au travail. Par ailleurs, j'ai des soucis énormes avec un prof, dit-il gravement.

Je sourcille, sceptique, en dressant mentalement la liste des profs de la terminale que j'ai en charge.

— Qui ça ? je finis par demander, dubitative.

— Ma prof de philo, répond-il sur un ton faussement sérieux.

Je lui balance une tape sur l'épaule et il rit.

— Tu n'es pas de taille.

— Qu'est-ce qu'elle a ta prof de philo ? je boude.

— Mme Valmur me fait tellement bander que j'ai peur de ne pouvoir me retenir de la baiser sur son bureau devant tout le monde.

— Alex ! je proteste en riant.

— Je ne pense qu'à sa bouche, à sa chatte mouillée, à ses seins tendus réclamant ma caresse, à son plaisir dont je me régale, à son goût si particulier qui me fait saliver. Rien que d'y penser, je bande à nouveau. Vérifie !

Ses mots ont réveillé la tempête et elle souffle de nouveau sur nos corps. Le sexe d'Alexis se dresse dur contre moi.

— Je vais avoir besoin de toi, souffle-t-il. Je vais sécher quelques cours.

— Je te couvrirai auprès du directeur, j'assure tandis qu'il bécote mon cou de manière persuasive.

— Et pour ma prof de philo ?

— Peut-être n'est-elle pas insensible à tes arguments, je bredouille en caressant du bout des doigts son sexe chaud.

— Je ne peux plus me passer d'elle. Je la veux chaque jour. Crois-tu qu'elle m'obéira ?

— Elle t'obéira.

— Comment le sais-tu ? joue-t-il.

— Parce qu'elle ne peut pas faire autrement. Tu as réveillé son corps endormi, tu as fait d'elle ta complice, ton jouet, et elle aime ça, je confie plus facilement en parlant de moi comme d'une étrangère.

— Tu crois vraiment qu'elle serait prête à tout ? insiste-t-il.

— Pour peu que tu lui ordonnes, oui !

— Viens sur moi, Micky !

Il s'installe mieux sur la chaise et je m'assois sur son sexe tendu. Il entoure ma taille de ses mains et je commence un lent va-et-vient. C'est moi qui lui prends ce que je veux. Il ferme les yeux et savoure ce moment d'abandon jusqu'à ce qu'il ne lui soit plus possible de lutter contre son envie. Il donne alors des coups de reins qui me transpercent. Il m'attire sur sa poitrine quand il me sent prête à jouir et me garde contre lui. Sa queue se raidit et nous jouissons cette fois encore en même temps.

*

* *

Je le regarde se rhabiller dans ma chambre, il s'amuse de mon air boudeur.

— Tu as gagné... ça te va ? lance-t-il.

— Non, je ne sais pas combien de fois tu es capable de jouir.

— Si ça peut te rassurer, tu es sûrement en mesure de me vider plusieurs fois encore aujourd'hui.

— Heureuse de le savoir. Et d'autres ?

— Jalouse ! m'accuse-t-il.

— Tu vas la voir ?

— Pas aujourd'hui, non.

— Il m'a pourtant semblé qu'elle t'a donné rendez-vous chez elle.

— Oui, mais je me suis fait prendre au piège d'une terrible nymphomane qui a épuisé mes réserves de sperme pour les quinze prochains jours, rigole-t-il.

— Si c'est l'argument que tu vas lui servir, laisse tomber. Et puis je croyais que tu pouvais encore jouir ?

— Avec toi, oui, rectifie-t-il en se dirigeant vers la porte.

— Paroles, paroles, je chantonne, joueuse.

— Très bien, puisque tu aimes les défis, je serai là demain matin à la même heure qu'aujourd'hui. Et je t'assure que j'aurai toute la journée rien que pour toi.

— Rien de mieux à faire ? je minaude.

— Tu es ce que j'ai de mieux à faire, le reste peut attendre.

— Que dois-je porter ?

— Rien.

Alexis est ponctuel, bien évidemment. Il pousse la porte de ma chambre à 8 heures précises et ne s'embarrasse pas de conventions. Il marche droit jusqu'à moi en dégageant son sexe de son jean et l'enfonce dans ma chatte sans ménagement après avoir écarté mes cuisses avec autorité.

— Bonjour, Alex, je soupire.

— Tu es encore toute chaude. Ton odeur est enivrante au possible, murmure-t-il. J'adore te prendre au réveil.

Je me cambre sous ses assauts puissants. Il est plein de fougue.

— Je n'en pouvais plus de bander en pensant à toi, j'ai failli vingt fois venir te réveiller bien avant l'heure.

— Pourquoi ne l'as-tu pas fait ?

— Pour ne pas fausser tes statistiques.

— Qu'est-ce qui me dit que tu n'es pas dopé ? je le taquine.

Il me balance un coup de reins qui m'arrache un cri. Il est si satisfait de ma réaction qu'il recommence.

— D'accord ! je cède.

Ce premier round ne dure pas très longtemps avant que j'expulse un véritable geyser. Alexis est fouetté par mon plaisir et jouit tout aussi brutalement. Il se coule alors contre moi pour reprendre des forces. Son étreinte m'arrache un frisson douloureux. Inquiet, il se redresse et ses traits se figent.

— Où t'es-tu fait ces hématomes ? interroge-t-il en dessinant du bout des doigts les traces violettes qui ornent mon bras droit.

— Ce n'est rien, j'élude.

— Micky, tu n'avais rien, hier. Dis-moi !

— Je ne sais pas, je mens.

Sa main s'arrête au niveau des marques. Il émet un grognement sourd.

— C'est moi, n'est-ce pas ?

— Dans la salle de bains, je confesse d'une petite voix.

— Pourquoi ne m'as-tu rien dit ?

— Parce que je n'ai pas eu mal, parce que c'était... du plaisir, je me défends.

— Ne me fais pas ça, je t'en prie ! Ne me laisse pas te blesser !

Je me retourne vers lui, alertée par le son de sa voix. Il a un air malheureux qui m'angoisse.

— Je t'assure que je n'ai pas mal. Tu ne me blesses pas, Alex. Tu me donnes un plaisir que je n'ai jamais éprouvé.

— Promets-le-moi ! ordonne-t-il en me couvant du regard.

— Je te le promets, je fais sans hésiter.

Alors il m'embrasse et le deuxième round commence. Alexis se montre pleinement à la hauteur de mes exigences. Hormis quelques pauses salutaires qui nous permettent de reprendre des forces et de manger un peu, nous passons le dimanche à jouir. Lorsque nos corps supplient une trêve, ma bouche prend le relais sur son sexe insatiable et sa langue fait jaillir le flot intarissable de mon ventre. Il ne renonce jamais et son sperme vient honorer chaque fois ses promesses. Nous explorons ensemble chaque endroit où le plaisir se réfugie encore. Au terme de cette journée, je connais par cœur chaque recoin de son corps parfait. Le mien n'a plus de secret pour lui. Il sonne la fin du défi à 20 heures.

— Combien de fois ? demande-t-il alors.

— Je n'en sais rien. J'ai perdu le compte depuis le début de l'après-midi, j'avoue, hilare.

— Micky ! rouspète-t-il, goguenard.

— Ne te plains pas, tu m'as fait perdre la tête, c'est plutôt flatteur. Tu n'as pas compté, toi ?

— Ta bouche m'a définitivement rendu idiot, marmonne-t-il.

— Tu as forcément dépassé ton record, je le console. Comment te sens-tu ?

— Vidé ! soupire-t-il en s'allongeant, les bras repliés sous sa nuque.

Je me coule contre lui et caresse doucement son torse nu.

— Est-ce que tu as rendez-vous ? je demande timidement.

— Oui. Je lui ai déjà posé un lapin hier, ce ne serait pas élégant.

— Alex... dis-moi la vérité. Est-ce que tu aimes faire l'amour avec elle ?

Il s'accoude et me fusille du regard.

— N'emploie pas ce terme, Micky ! Faire l'amour n'a rien à voir avec ça.

— Quel terme emploierais-tu ?

— Je crains d'être un peu trivial.

— Pourquoi tu continues ?

— Parce qu'elle m'est utile.

— En est-elle consciente ?

— Je crois qu'elle s'en doute maintenant. J'ai obtenu en partie ce que j'attendais d'elle, elle se rend compte, petit à petit, que je ne suis pas le héros romantique de ses rêves. Il n'y a rien de romantique à enfiler une capote avant de s'agiter dans un lit sans même parvenir à jouir. Ses illusions s'envolent.

Je sourcille, incrédule. Il reprend d'une voix étrangement plus agressive.

— Julia ne connaît rien au plaisir. Elle passe plus de temps à ululer dans mon oreille qu'à saisir sa chance. Quant à moi, tu me prends tellement d'énergie que je n'ai presque plus la force de bander et en tout cas, plus celle de jouir. Tout n'est que simulation entre nous et je ne me sens pas l'âme d'un professeur.

— Comment envisagez-vous l'avenir ?

— Julia est persuadée d'être amoureuse. Tant qu'elle n'aura pas compris, elle me restera attachée.

— Quel intérêt, Alex ?

— Uniquement pédagogique.

— Je ne comprends pas.

— Ça ne fait rien, assure-t-il en me repoussant sur les oreillers.

— Tu t'en vas ? je boude.

— Je ne veux pas céder à la facilité. Si je restais, rien ne serait plus pareil. Nous nous aimerions trop faiblement à mon goût.

— Nous nous sommes aimés faiblement ? je proteste.

— Aujourd'hui, non, ce jour était exceptionnel, mais ça ne durerait pas, tu le sais bien. Nous nous fatiguerions inévitablement l'un de l'autre et bientôt la lassitude et l'indifférence nous éloigneraient. Ce n'est pas ce que je désire.

J'opine faiblement. Il se penche sur moi et m'embrasse tendrement avant de quitter ma chambre et ma maison. Quelques heures plus tard, je reçois le message qui choisit ma tenue du lendemain et j'en suis heureuse.

Malgré une nuit réparatrice, je me sens épuisée en reprenant le lycée, le lendemain. À la deuxième heure de cours, j'ai la surprise de constater que je ne suis pas la seule. Julia ne cesse de bailler, un sourire béat aux lèvres. Ma jalousie n'imagine pas autre chose qu'une nuit dans les bras d'Alexis. *Comment a-t-il encore eu la force de la satisfaire ?* Malgré mes bonnes intentions, je crève d'envie de savoir. J'attends la fin du cours et je m'arrange pour circuler au travers des tables. Au moment où la sonnerie retentit, je me trouve près de mon élève fatiguée.

— Ça va, Julia ? Tu étais endormie ce matin, je lui reproche amicalement tandis qu'elle range ses affaires.

Mon stratagème fonctionne mieux que prévu.

— Excusez-moi, madame Valmur ! C'est juste que, enfin... c'est Alexis.

— Vous vous êtes retrouvés, à ce que je constate.

— Euh... oui, bredouille-t-elle, confuse.

— Quoi que tu fasses de tes nuits, Julia, essaie de garder des forces pour tes études. Le bac blanc approche.

Son portable sonne dans sa poche, elle sursaute.

— C'est Alexis, je dois y aller, s'excuse-t-elle.

Je la regarde filer vers lui, l'air pressé et heureux. *Pourquoi me ment-il à ce point ?* La colère cède le pas à une vague tristesse qui m'accompagne durant toute la journée. Alexis ne vient pas me rejoindre le midi, il reste silencieux jusqu'à l'heure de mon cours. Curieusement, il s'installe au fond de la salle, à bonne distance de moi. Je le vois pianoter plusieurs fois sur son portable sans se soucier le moins du monde de ce que je peux raconter. Je reste à ma place et je croise les jambes, nullement désireuse d'affoler Benjamin. Alexis relève le nez de son portable et m'adresse un regard sévère. Mon téléphone vibre rapidement sur mon bureau.

« *Écarte les jambes* »

Je n'obéis pas et je continue dans la plus parfaite indifférence. Je suis très vite destinataire d'un autre message.

« *17 h 30* »

À la fin de l'heure, il s'en va en compagnie de ses camarades après m'avoir lancé un coup d'œil ravageur. À l'heure dite, il est là, dans le couloir à attendre patiemment que ma classe soit vide.

— Que me vaut ce mouvement d'humeur ? attaque-t-il sans préambule.

— Quel mouvement d'humeur ?

Il attrape le col de mon chemisier et me force à avancer vers lui. Il commence alors à en défaire les boutons très lentement.

— Pour qui me prends-tu, Micky ? Tu n'as pas de secret pour moi.

— Je suis vexée.

— Je sais, affirme-t-il en caressant mes seins sous la fine dentelle de mon soutien-gorge. Mais j'ai une réputation à tenir, Julia avait besoin d'être rassurée.

La colère m'éloigne de lui. Il ne l'entend pas de cette oreille et me ramène à lui. D'une main ferme, il remonte ma jupe jusque sur mes fesses. Mon sang bouillonne dans mes veines.

— Pourquoi as-tu échangé ta place avec Benjamin ? je relance.

— Pour ne pas être tenté par toi, en cours. Il en sera ainsi désormais. Ça ne m'empêche pas de respirer ton odeur à distance. Elle est seulement moins brutale.

— Tu pourrais au moins me respecter davantage et éviter de jouer avec ton portable.

— Arrête de jouer la prof vertueuse, s'agace-t-il.

Ses mains parcourent mon corps de leurs caresses, je succombe progressivement au désir.

— À quoi veux-tu que je joue ?

Il sourit et glisse sa main droite dans mon entrejambe.

— La bagarre vous excite, madame Valmur.

— Pas la bagarre !

— Qu'est-ce qui vous fait mouiller à ce point, alors ?

— La même chose qui te fait bander, je lui réponds en déboutonnant son pantalon.

— Je suis choqué de ton effronterie, fait-il d'un ton faussement indigné.

J'ai une moue désolée qui lui arrache un petit ricanement. Il me repousse contre mon bureau en écartant mes cuisses et il me pénètre d'un coup. J'émets un tout petit cri à la fois de plaisir et de soulagement.

— Nous ne sommes pas seuls et je doute que tu aies envie que tout le lycée apprenne que tu te fais sauter par un de tes élèves sur ton bureau.

— N... on ! je suffoque sous ses assauts violents.

— Tu vas apprendre à jouir dans le plus parfait silence. Ce n'est qu'une question d'entraînement. Je suis disposé à t'y aider, si tu me le demandes.

— Aide-moi !

— Tu es prête à te plier à toutes mes exigences ?

— Oui, je gémis un peu plus fort.

Il m'assène un violent coup de reins qui me fait décoller du bureau.

— Tais-toi, Micky ! grogne-t-il. Je ne veux plus entendre un son sortir de ta bouche. Ton entraînement commence maintenant.

Il accélère ses va-et-vient et je suis envahie par un plaisir intense.

— Regarde-toi jouir, exige-t-il en me redressant.

Je me pince les lèvres pour contenir mes gémissements. Je vois les traits de son visage se tendre. Il m'étreint plus fort contre lui quand, dans mon ventre, jaillit son plaisir. Il n'a pas bronché, pas même un souffle, sa respiration est coupée. Il se détend et respire profondément.

— Tu m'as manqué, confie-t-il enfin.

Je ne dis rien, ne lui avoue pas que lui aussi, je savoure en moi les derniers soubresauts du plaisir tandis que son sexe perd peu à peu de sa vigueur. Son portable sonne tout à coup. Mon cœur cogne douloureusement et je me détache de lui tandis qu'il consulte son écran. Il relève les yeux vers moi et je comprends.

— Va, ne la fais pas attendre ! je lui conseille d'un ton empreint d'une détermination que je n'ai pas vraiment.

Il me regarde bizarrement, mais n'insiste pas. Il m'abandonne, échouée sur mon bureau, débraillée et le cœur lourd. J'entends la porte se refermer et je reste là, immobile quelques instants. Pour la première fois, j'ai le sentiment d'être devenue un jouet. Un picotement sous mes paupières, je reconnais la drôle de sensation qui annonce des larmes. Je ne l'ai pas éprouvée depuis longtemps, Henri me l'avait défendu. À lui aussi, j'avais accepté d'obéir, et Dieu sait si ça m'a été difficile. J'arrache rageusement quelques Kleenex à la boîte avant de remettre de l'ordre à ma tenue.

*

* *

Les jours suivants, Alexis sèche les cours le matin. On le voit réapparaître l'après-midi, tantôt joyeux, tantôt contrarié. Son magnifique visage reflète ses humeurs avec précision. Il me donne rendez-vous par message, le plus souvent en fin de journée, et me prend de la même façon, rapide et efficace. Le week-end, il prétexte le travail pour disparaître. Ce petit manège dure deux semaines avant que M. Morel me tombe dessus. Je lui explique qu'Alexis est dans une phase où il a besoin de respirer. Je me réjouis auprès du directeur qu'il vienne encore en cours. M. Morel comprend mon insinuation et m'accorde, encore une fois, son entière approbation.

Cette routine ne me convient pas. Si je prends une part de plaisir, je ne suis finalement que l'objet sexuel dont il se sert pour se soulager, une fois par jour. Je constate amèrement qu'il n'en va pas de même avec Julia qui s'épanouit en arborant une mine fatiguée chaque matin. Ses notes ne tardent pas à faire un plongeon phénoménal et personne ne s'en étonne au conseil de classe, sa liaison avec Alexis s'affiche au grand jour.

Cette ambiance finit par avoir raison de ma patience et de ma bonne humeur. Le mardi suivant, Alexis est présent en classe. Il s'installe au fond de la salle et n'attend même pas le début de mon cours pour pianoter sur son portable. La colère me submerge sans que je cherche à la canaliser.

— Alexis, range ce portable ! j'aboie depuis mon bureau.

Les têtes se tournent vers lui et il lève les yeux d'un air stupéfait. Il ne m'obéit pas, évidemment. L'affrontement devient inévitable. Je serre les dents pour ne pas hurler. Après tout, c'est aussi une forme d'entraînement.

— M. Morel n'a pas apprécié tes absences répétées et ton comportement en classe, je préfère te prévenir.

— Dois-je vous remercier publiquement d'avoir pris ma défense ? dit-il d'un ton trop calme pour être honnête.

— Non, mais respecte-moi au moins, et range ce portable !

Il s'exécute de mauvaise grâce et s'installe, calé sur son siège, les bras croisés sur le torse. Je prends une grande respiration et j'entame mon cours. Je ne me sens pas mieux pour autant. Au bout d'une demi-heure, je suis soudain interrompue par un bourdonnement au fond de la classe. Alexis ressort son portable et consulte sa messagerie sous le regard éberlué de ses camarades. Furieuse, je prends garde à articuler pour ne pas crier.

— Alexis, apporte-moi ton portable et dépose-le sur le bureau !

— Pardon ? sourcille-t-il.

— Tu as très bien entendu.

Il ne cherche pas à résister, remonte la travée à pas mesurés et dépose son portable allumé, bien en vue sur ma table.

— Tu viendras le reprendre à la fin du cours, je lui intime d'un ton autoritaire.

Ses prunelles noires s'illuminent d'un éclat sauvage. Il fait demi-tour et va se rasseoir au même rythme nonchalant, sous l'attention générale d'un public ébahi de notre duel frontal. Bien évidemment, je ne peux m'empêcher de lire le message encore affiché très volontairement sur l'écran.

*« Oui, j'ai envie de toi. À ce soir.*
*Je t'aime moi aussi. Julia. »*

Il joue formidablement sur les deux tableaux, cette réponse me le confirme. Folle de rage, je n'ai soudain plus envie de continuer. Je suis prête à abandonner ce jeu stupide où je souffre autant que je jouis. Or, en cette minute, la souffrance surpasse le plaisir. Je retourne vivement le portable et je m'enfuis de ma table pour me poster debout, près de la fenêtre. Alexis ne me quitte pas de son regard brûlant. Ses mâchoires sont contractées au possible et ses sourcils froncés.

La dernière demi-heure est une vraie torture. Il est 11 heures quand la sonnerie annonce le changement de classe. J'attends les terminale S pour la dernière heure de cours de la matinée. Alexis ne bouge pas tant que ses camarades ne sont pas tous sortis, puis il va fermer la porte et vient vers moi. Je lui tends son portable sans le regarder. Il refuse de le prendre et me contraint ainsi à lui accorder mon attention. Il est furieux.

— Qu'est-ce qui te prend ? grince-t-il entre ses dents serrées.

— Je t'avais prévenu, j'affirme, aussi calmement que possible. Tu es libre d'aller la baiser si ça te chante, en ce qui me concerne, ça suffit.

Alexis a un sourire narquois.

— C'est strictement impossible, Micky. Tu ne peux pas faire ça.

— C'est pourtant ce qui va se passer. Tu peux partir maintenant, tu vas être en retard à ton cours.

— Non. Je veux que tu t'excuses.

— Quoi ? je sursaute. Des excuses pour quoi ?

— Ton comportement envers moi.

— Je suis ton prof, je te signale, et nous étions en cours.

Il approche de moi de façon dangereuse. Ses lèvres effleurent ma bouche.

— Tu m'appartiens, Micky, chaque seconde, tu es à moi. Que tu sois mon prof, je m'en fous.

— C'est fini, Alex !

Il glisse alors sa main gauche sous ma jupe et traque mon clitoris.

— Tu ne peux pas faire autrement, ton corps reconnaît son maître. Seul ton esprit se rebelle encore.

Je tente de repousser sa main en entendant dans le couloir les bruits des pas de mes prochains élèves.

— Alex, arrête ! J'ai cours maintenant.

— Va leur dire d'attendre dans le couloir, exige-t-il.

— NON !

Piqué au vif, il me repousse sans ménagement et se précipite vers la porte qu'il ouvre en grand.

— Mme Valmur est en rendez-vous. Elle vous demande d'attendre ici dix minutes, lance-t-il avant de refermer.

Il revient vers moi en quelques enjambées rapides, il me fait soudainement peur.

— Alex, tu n'as pas le droit, je...

— J'ai tous les droits, me coupe-t-il d'une voix sourde.

Il me ceinture et me plaque sur le bureau en m'obligeant à lui présenter ma croupe. Son sexe horriblement dur me pénètre de force. Malgré la colère et l'affolement, je serre les dents pour ne pas émettre un son. Il s'enfonce brutalement en moi. Ce n'est pas comme d'habitude, il me prend sans se soucier de mon plaisir. Il me baise, un point c'est tout. Cette idée enflamme mon ventre et mon cerveau.

— Tais-toi ! chuchote-t-il en réponse au faible soupir que j'émets.

Il se fige soudain et je le sens éjaculer au fond de moi. Il se retire très vite et, sans me relâcher, il enfonce dans mon vagin un objet long et froid. Mon clitoris subit soudain la pression de quelque chose qui ressemble à une ventouse.

— Te voilà dans de beaux draps, me murmure Alexis en se penchant à mon oreille. Mon sperme va bientôt couler le long de tes jambes, il te sera impossible de t'asseoir sans risquer de maculer ta jupe. Je te réservais un petit cadeau que je pensais t'offrir ce soir, tu m'as forcé à anticiper, tant pis pour toi !

— Qu'est-ce que c'est ? je m'affole.

— Ton nouveau jouet. Et devine ! s'amuse-t-il en me clouant sous le nez un petit boîtier. C'est moi qui en ai la télécommande.

Il actionne un bouton et je sursaute en ne pouvant retenir un cri qu'il étouffe de sa main plaquée sur ma bouche. Dans mon ventre, une sensation terrible me transperce. Je serre les fesses inutilement, les vibrations cessent d'un coup.

— Ton cours est si passionnant que je vais rester avec toi, une heure de plus. Je vais te regarder souffrir de plaisir, tu vas devoir rester debout et garder ton air digne tandis que j'actionnerai la télécommande au gré de mes envies. Je me régalerai du spectacle et de ton odeur lorsque ton jus parfumé dégoulinera inévitablement le long de tes bas et inondera le plancher. Je te promets que tu vas beaucoup aimer.

Je le regarde, effarée. Il se relève brusquement et court à la porte qu'il ouvre grand pour faire entrer mes élèves. Je n'ai que le temps de me réajuster et de me mettre à l'abri de mon bureau. Je suis au supplice, angoissée de ce qu'il mijote. Je n'ai pas le temps de me poser d'autres questions ni de réfléchir, mes élèves ont pris place. Je dois certainement leur paraître bizarre, car ils me lorgnent d'un drôle d'air et leur silence en est d'autant plus stressant. La présence d'Alexis au fond de la classe les intéresse modérément et ils ne s'en soucient pas longtemps. J'entame mon cours péniblement, debout, raide et les jambes serrées derrière ma table. Je sens l'humide descente du sperme d'Alexis entre mes cuisses. Il me laisse tranquille dix minutes et je vois naître un petit sourire au coin de ses lèvres juste avant de tressaillir. Les vibrations ne sont heureusement pas aussi puissantes que celles que j'ai ressenties sur le bureau. Je réussis sans trop de mal à poursuivre mon exposé. Sur mon bureau, mon portable vibre, ce qui m'oblige à me pencher un peu pour en éteindre le vrombissement avant qu'il sonne. Ce traître me manipule comme une marionnette. Sur l'écran, il jubile.

« *C'était la puissance la plus faible.* »

Je comprends brusquement. Alexis va monter progressivement la puissance du gode. Il m'en donne la preuve aussitôt et je me redresse d'un coup, surprise par l'augmentation rapide des vibrations. Mon clitoris se tend de manière douloureuse. Je croise les jambes comme si j'étais prise d'une envie d'uriner. Je dois avoir l'air stupide. Je regarde l'heure à ma montre, encore plus de trente minutes à tenir. Alexis a le même geste que moi et devine ma volonté de résister. Mon obstination le conduit à des méthodes plus radicales. Je le vois ostensiblement appuyer sur la télécommande. C'est l'horreur absolue. Le gode me fouille le vagin avec une régularité d'horloge tandis que la ventouse plaquée sur mon clitoris m'emmène inexorablement au plaisir. J'agrippe des deux mains le dossier de ma chaise. Mon souffle se fait plus court et je ne peux maintenir une façade sereine. Certains de mes élèves me regardent, l'air intrigué. Alexis s'adosse contre son siège, il s'impatiente. Dix minutes supplémentaires sont passées, il n'en reste que quinze avant la fin du cours. Cette perspective me donne le courage de ne pas crier sous les assauts du gode impitoyable. Sournoisement, Alexis m'expédie un nouveau message.

« *Ne crie pas victoire, il reste un programme* »

Il lit dans mon regard la rapide décision qui s'impose alors à mon cerveau et déclenche le programme au moment où je donne à mes élèves la permission de sortir prématurément. Le gode me donne des coups de boutoir à l'intérieur tandis que les succions sur mon clitoris se font irrésistibles. Je me cramponne au dossier de la chaise. Je verse de véritables torrents alors que mes élèves quittent ma salle de classe en me reluquant du coin de l'œil. Alexis se régale de ce spectacle, ses narines palpitent. Il finit par se lever et ferme la porte avant de me rejoindre en haussant un sourcil admiratif.

— Tu t'es lâchée, Micky ! On dirait que tu as aimé ton nouveau jouet.

— Arrête-le ! je réclame, mauvaise.

— Pas avant que tu te sois excusée.

— Je m'excuse, tu es content ?

Il me pousse fermement en avant et remonte ma jupe jusque sur ma taille. Il retire le gode et son sexe raide remplace le jouet. Il me prend lentement, me laissant le temps d'apprécier sa savoureuse présence. Lorsque mon corps ondule au rythme du sien, il se penche vers moi.

— Dis-moi que tu ne recommenceras jamais.

Je ne réponds pas. Il me poignarde d'un coup de reins vengeur qui me fait m'écrouler sur mon bureau. Ma colère est retombée au moment même où son sexe m'a soumise à sa volonté.

— Je... ne recommencerai pas.

Alors ses mains se font douces sur ma peau. Il me redresse contre lui et s'empare de mes seins.

— Je ne supporte pas l'idée que tu puisses seulement imaginer t'enfuir. Comment as-tu pu croire que je te laisserais faire ?

Je me grise de ses mots, de ses paroles au goût de miel, de son sexe redoutablement lent en moi, de ses mains chaudes et fermes sur ma poitrine et sur ma gorge.

— J'étais en colère, je me justifie.

— Pourquoi ?

— Tu ne cesses de me mentir.

— Tu te trompes. Tu es la seule personne à qui je ne mens jamais. Il arrive seulement que je ne te dise pas tout. Je t'ai demandé de me faire confiance. Qu'est-ce qui te fait douter à ce point ?

— Tu t'éloignes de moi.

— Je t'ai négligée pour notre bien. Je m'éloigne de toi par sécurité. Vois ce que nous sommes en train de faire ! Songe aux risques que nous prenons.

Il entre très profondément dans mon ventre en plaquant sa main sur ma bouche de crainte d'un cri, mais je me contiens.

— Si nous nous laissons aller à nos instincts, nous serons inévitablement découverts et je n'y tiens pas. J'ai besoin de Julia, elle est notre meilleure couverture. Personne ne doute qu'elle et moi formons un couple amoureux et personne ne songe qu'en ce moment même, je suis en train de te prendre avec le plus grand plaisir. Nous devons préserver les apparences.

— Dans ce cas... tu n'as pas à me reprocher ma réaction à ton égard.

Il ricane et son rire provoque des vibrations inattendues dans mon ventre.

— Dans l'absolu, je dirais même qu'elle nous sert.

— Alors... pourquoi tout ça ?

— Parce que tu es taillée pour l'affrontement. Lutter contre ta nature ne te suffit pas. Tu ne supportes pas l'ennui et je voulais voir combien de temps tu mettrais avant de te révolter. Je dois dire que je ne suis pas déçu. Ça faisait déjà plusieurs jours que j'avais ton petit cadeau dans la poche et je n'attendais qu'une occasion. Tu es prête pour l'étape suivante.

Je reste muette de stupeur. Ainsi, j'ai fait l'objet d'une vaste mise en scène de sa part ! Un piège dans lequel il attendait que je tombe. Son sexe se raidit encore, il me pénètre plus violemment.

Je me pince les lèvres pour ne pas émettre un son, mais c'est au-delà de mes forces quand mon plaisir coule de nouveau. Alexis pousse un grognement mécontent et me poignarde d'un coup en jouissant longuement. Ses yeux magnifiques me possèdent. Il m'embrasse avec tendresse et me garde longtemps contre lui. Je me sens épuisée.

— Regarde dans quel état tu t'es mise, se moque-t-il. Tu as décidément de drôles de plaisirs, madame Valmur. Je vais devoir faire un peu de ménage.

Je le regarde, amusée, s'emparer de la boîte de mouchoirs en papier et en vider la moitié du contenu pour éponger mon sexe trempé. Il détache avec précaution les pinces de mon porte-jarretelles et enroule mes bas mouillés sur mes jambes avant de les enlever. Il me fait lever et juge ma tenue d'un air sévère avant de me tendre mon manteau.

— Avec ça, tu passeras inaperçue. Arrange-toi pour ne pas être interceptée dans les couloirs, me conseille-t-il.

— Et toi ?

— Moi, je dois préserver les apparences.

— Si tu ne me mens pas, avoue au moins que tu y prends plaisir.

— Si, pour toi, éjaculer, c'est prendre du plaisir alors oui, je prends du plaisir comme la grande majorité des hommes qui baisent leur femme. Tu sais pourtant que je place la barre de mes exigences dans ce domaine bien plus haut que ce simple accouplement. Le seul plaisir que j'éprouve vraiment, celui qui me fait perdre la raison, battre mon cœur et me donne l'envie de recommencer inlassablement, c'est celui que tu me donnes. Après tout, je ne suis pas jaloux du gode, moi !

Je rougis brusquement.

— Julia... n'est pas un sex toy, je m'insurge.

Il lève un sourcil et penche la tête d'un air amusé.

— Alex !

— Tiens, ne l'oublie pas, il va t'être bientôt utile, élude-t-il en me mettant le gode qu'il a essuyé soigneusement dans mon sac.

— Pourquoi ?

— Parce que je ne serai pas là ce week-end.

Je me rembrunis. Il soulève mon menton du bout de ses doigts.

— Uniquement le travail, Micky, je te le promets.

— Tu n'as rien à me promettre.

— Est-ce que tu me détestes toujours autant ? demande-t-il d'une voix de velours.

C'est la première fois qu'il exige de connaître aussi ouvertement mes sentiments pour lui. Et je dois respecter ma promesse.

— Je te hais, je réponds très sérieusement.

Sa bouche se plaque alors sur la mienne. Sa langue force mes lèvres et m'envahit. Il pousse un grognement quand il est obligé de me relâcher.

— Je ne te laisserai jamais partir. Jamais !

— Est-ce parce que... tu me détestes aussi ?

Il sourit en caressant mes cheveux.

— Espèce de petite effrontée, insolente, et rebelle ! Tu mériterais que je t'étrangle.

J'offre mon cou à ses mains, il y pose un baiser et s'en va.

*
* *

Alexis ne vient pas au lycée durant deux jours, mais débarque dans ma chambre avant même que le réveil ait sonné. Il me répète à quel point il aime me prendre au réveil et me le prouve. Il en profite pour petit-déjeuner en ma compagnie, avec bonne humeur. Ses visites inattendues me rendent une vraie joie. Lorsque je lui demande quel intérêt il a à se lever si tôt, hormis le fait d'aimer le sexe avant les croissants, il me répond que ça lui offre l'occasion de rattraper son retard au travail.

Il fait sa réapparition au lycée, le vendredi. Je n'ai l'occasion de le croiser qu'à une seule reprise, avant qu'il se rende à la cafétéria avec Julia, tout heureuse de le retrouver. Juste après le déjeuner, je reçois un message sur mon portable. Intriguée, je suis ses instructions et je descends au sous-sol où sont stockés les archives et les manuels obsolètes. D'ordinaire, l'endroit est fermé à clé, je trouve la porte entrebâillée. Une faible lueur éclaire le bout d'un couloir sombre au plafond bas. Je m'y dirige et je le trouve assis sur une pile de livres en train de bouquiner. Il sourit devant mon air ahuri et saute de son perchoir. Il passe derrière moi et referme la porte.

— Que fais-tu ici ? je demande innocemment.

— Je lis, répond-il avec malice.

J'ai une moue admirative en découvrant le titre de son livre. *Le Prince* de Machiavel figure au programme de mon cours.

— Tu anticipes ?

— Toujours, tu le sais bien, dit-il en dégrafant mon chemisier avec détermination.

— Pourquoi ici ?

— Pour que tu te sentes en danger. Il est temps largement de reprendre l'entraînement.

— Ah ? Et comment ?

Il me colle le livre, ouvert à la dixième page, devant le nez et me repousse contre la pile où il était juché quelques minutes auparavant. Il me retourne et m'oblige à me pencher en avant.

— Je suis arrêté là, dit-il en désignant, du bout de son index, le début d'un paragraphe. Je veux que tu lises à voix haute, sans faiblir, sans trahir la moindre de tes émotions. Je te préviens que je ne vais pas te faciliter la chose, j'ai extrêmement envie de toi.

Je réprime un petit rire, son jeu m'amuse follement.

— Qui commence ? je le taquine.

— Toi, bien sûr. Je veux entendre ta voix quand je vais te pénétrer. Fais attention, Micky, chaque dérapage te vaudra une punition. Si tu es une bonne lectrice, je te donnerai plus de plaisir. Vas-y, commence !

J'entame la lecture d'un ton posé, en mesurant le débit de mes paroles et le son de ma voix.

— Chouette ! commente Alexis. Pourvu que tu saches continuer longtemps comme ça.

Il attend encore deux paragraphes avant de présenter son sexe tendu au bord de mon vagin humide d'excitation. Il s'engouffre d'un coup et ma voix flanche. Il se retire donc tout aussi rapidement.

— Premier échec, reprends !

Lorsqu'il me pénètre la deuxième fois, je reste stoïque. Il a vraiment très envie de moi. Ses mains agrippent mes hanches, me clouent à lui. Ma voix finit par trembler. Il cingle mes fesses d'une tape si forte que je me redresse vivement.

— Tu as accepté le principe de la punition, se défend-il.

— Tu ne m'avais pas parlé de ça, je réfute énergiquement.

— La fessée est pourtant un excellent stimulant pour les enfants désobéissants, roucoule-t-il en s'enfonçant de nouveau dans mon ventre.

— Quelle récompense aurai-je dans ce cas ?

— Sois sage et tu verras.

Dominée par le désir de le découvrir, je m'applique à poser ma voix tandis qu'il me laboure à grands coups de reins. Au bout de quelques minutes, il ralentit ses assauts. Ses doigts viennent caresser délicatement mon clitoris. Je réussis à maintenir une lecture à peu près calme.

— Tu peux arrêter un instant, autorise-t-il.

Je me tais et ses doigts continuent leurs caresses au point que je jouis intensément, tout contre lui. Je n'ai pas émis un son. Il remet le livre entre mes mains et sa queue pénètre avec délice mon vagin trempé. J'entends son léger soupir d'aise dans mon dos. Ses allers-retours s'intensifient rapidement. J'en peine à lire correctement et j'ose m'en plaindre. Ma réaction me vaut une autre fessée cuisante. Je me raidis et il s'enfonce très loin d'un coup.

— Lis ! ordonne-t-il.

Mouchée, j'obéis. La colère m'empêche de m'intéresser à son manège durant quelques minutes au point que je lis suffisamment correctement. Il me retourne alors contre lui et me renverse sur la pile de livres. C'est sa langue cette fois qui m'offre le plaisir. Ses prunelles noires pétillent de plaisir à me voir succomber.

— Deux récompenses, tu commences à comprendre ?

— Et deux punitions, je lui fais remarquer, chancelante.

— Match nul ! Que dirais-tu de trancher la question ?

Je souris, sachant très bien qu'il n'a pas encore joui. Sans me quitter des yeux, il me pénètre de nouveau et je reprends la lecture appliquée de Machiavel. Mes deux orgasmes ont soulagé la tension et je n'ai pas de mal à rester assez impassible à ses coups de reins vengeurs. Alexis veut de toute évidence me faire flancher. Il est bientôt incapable de résister à la montée de sa propre jouissance. Je lui jette un coup d'œil par-dessus le livre. Il a un rictus douloureux et je sens la partie gagnée. Je m'applique à articuler et à moduler ma voix. Vexé de ma ruse, il passe doucement son doigt sur mon clitoris offert.

— Tu triches, je proteste avant de recevoir une fessée particulièrement cinglante.

Je me raidis quand ses doigts m'arrachent un nouveau jet au moment même où le sien inonde mon ventre.

— Match nul encore ! commente-t-il.

— Tu n'as pas modéré ta force, je me plains en frottant légèrement la marque brûlante de ses doigts.

— Je t'ai fait mal ? s'inquiète-t-il.

— Oui.

— Pourquoi as-tu réagi dans ce cas ?

— Parce que c'était ce que tu voulais. Je me trompe ?

— Tu as accepté de souffrir juste... pour mon plaisir ?

Ses yeux sombres fouillent les miens avec une drôle d'expression.

— Ne recommence jamais ça, Micky ! rugit-il, bizarrement furieux.

— Ne te fâche pas, je m'alarme. J'ai aimé ça.

Il se fige au-dessus de moi, les traits bouleversés.

— Qu'est-ce qu'il y a ? je demande très doucement.

— Ne me laisse pas te faire du mal même si je semble y prendre du plaisir. Promets-le-moi ! insiste-t-il en me serrant fort.

— Alex, si tu me disais ?

Il m'écarte de lui et consulte l'heure.

— Tu es horriblement en retard, madame Valmur, élude-t-il, moqueur.

J'attrape son poignet pour vérifier moi-même. Je bondis sur mes pieds et il me tend généreusement un linge auquel il a pensé. Je le remercie en grimaçant et je m'enfuis vers ma classe en ayant quatre étages à gravir en courant. Mon arrivée à bout de souffle fait rire mes élèves et me détend aussi.

J'ai beau retourner la question dans tous les sens, je ne comprends pas l'étrange comportement d'Alexis. Tout à la fois, il aime la violence et panique à l'idée que je puisse en souffrir. Ses accès de brutalité n'interviennent pourtant que lorsque je les provoque en conscience. La fessée qu'il m'a donnée a délicieusement excité mon sang, mais je ne me vois pas le supplier de me battre. Si son attitude est pour le moins bizarre, la mienne me terrorise. *Est-ce possible que j'apprécie autant de subir sa volonté, de me soumettre à ses exigences, d'accepter d'avoir mal pour le plaisir ? Suis-je à ce point masochiste ?*

Le mot est lâché. Dès lors, je n'ai de cesse de m'interroger sans obtenir véritablement de réponse. En temps ordinaire, je ne suis pas spécialement douillette, mais pas non plus encline à souffrir bêtement. Je déteste la violence et la seule vue de quelqu'un qui a mal me lève le cœur. La lente agonie d'Henri a été une vraie torture pour moi. Il a fini par me tenir éloignée de sa chambre autant que possible. J'ai pourtant promis de porter dignement son deuil sans verser une larme. Ma sensiblerie s'est alors muée en colère, une colère sourde qui engourdit la douleur.

La sonnerie annonçant la fin de la journée me tire de mes réflexions. Je traverse la cour pour rejoindre ma Porsche quand j'aperçois Alexis en grande discussion avec Julia. Celle-ci lui reproche visiblement quelque chose. Quand il me voit, il secoue la tête en signe de dénégation et quitte Julia pour courir dans ma direction. Il ne me demande pas mon avis et s'installe à côté de moi.

— Tu me ramènes ?

J'enclenche la première et je démarre sans mot dire. Julia nous regarde passer d'un air triste. Alexis ne lui accorde pas une miette d'attention.

— Elle pleure, tu n'as pas envie d'aller la consoler ? je propose avant d'accélérer.

— Et toi, quand serai-je autorisé à te consoler d'une de mes conneries ?

— Julia n'est pas moi. Elle n'a jamais pris de coups dans la gueule. Elle ne sait pas se protéger.

Mon vocabulaire inhabituellement vulgaire le fait réagir, il me regarde, un brin amusé.

— Quand as-tu pleuré pour la dernière fois ? demande-t-il.

— Je ne sais plus, j'élude en fixant la route.

— As-tu seulement envie de pleurer parfois ? insiste-t-il.

— Pourrait-on parler d'autre chose ? je grogne, peu encline à aborder ce sujet.

— Je suis certain que tu souffres bien davantage que Julia.

— Je ne sais pas ce qu'elle a.

— Elle croit que je la trompe.

— Comment en est-elle venue à cette conclusion ?

— Elle n'accepte pas mon absence ce weekend. J'ai refusé de lui en donner le motif.

— Pourquoi ?

— Parce que j'étais lassé de mentir. Parce que j'avais les idées ailleurs.

— Rêveur ou soucieux ?

— Les deux.

— À quel sujet ?

— Toi. Je suis resté en pensée dans les archives. Je n'ai fait que songer à la fois au plaisir et à ta douleur. Je me suis demandé pourquoi je ne t'ai jamais vue pleurer.

Je profite d'un feu rouge pour me tourner vers lui.

— Peut-être parce que je suis plus bizarre encore que toi, je suggère.

Il éclate de rire et pose la main sur mon genou avant de remonter ma jupe sur ma cuisse.

— Laisse-moi encore une chance de te surprendre, exige-t-il.

— Oui... Maître ! je souris avant d'accélérer.

Je stoppe la Porsche le long du trottoir, devant chez lui. Il se penche alors vers moi et sa voix a un voile vaguement menaçant qui fait frissonner ma peau.

— Je ne vois pas pourquoi retarder quelque chose qui me tente terriblement. Présente-toi chez Jill demain, à 15 heures.

— Changement de programme ?

— Ajustement.

— J'y serai.

*
* *

Lorsque je me présente à l'institut, Jill m'accueille en personne. J'ai droit tant à l'épilation complète de mes jambes et de mon sexe qu'au divin massage. À mon retour à la maison, je trouve, bien en évidence sur mon bureau, une note où je reconnais l'écriture de mon élève préféré. Sous le papier trône la boîte métallique contenant les boules de Geisha. Alexis m'enjoint de les porter et de me présenter à l'adresse indiquée par sa note à 22 heures précises, le dimanche soir. Ce rendez-vous a des airs de mystère et excite délicieusement mon sang.

J'obéis strictement à ses consignes même si j'ai du mal à tromper mon impatience. Les boules dans mon ventre exacerbent un désir de plus en plus incontrôlable. Il me tarde qu'il me donne la jouissance qui me soulagera. J'ignore ce que je dois porter, le message ne précise rien. Aussi j'opte pour le strict minimum, j'enfile seulement mon manteau sur une paire de bas. Mon audace apporte encore plus d'humidité à mon entrejambe.

Dans les rues de Paris, silencieuses à cette heure avancée, je file vers l'adresse qu'il m'a donnée. Je reconnais les abords de l'hôtel particulier où il m'a emmenée pour mon anniversaire. Conformément aux consignes, j'engage la voiture dans le garage jusqu'à ce que j'aperçoive une Porsche strictement identique à la mienne, garée sur un emplacement réservé. J'aligne ma voiture sur l'emplacement voisin et je vais vers l'ascenseur. Mon badge m'emmène directement à l'étage où je suis accueillie, comme la première fois, par le maître d'hôtel.

— Bonsoir, madame Valmur. Je suis heureux de vous revoir.

— Bonsoir, Kévin.

— Je vais vous accompagner jusqu'à votre appartement.

Je le suis dans le couloir où tout n'est que discrétion. Il ouvre la porte et me cède le passage.

— Je préviens M. Duivel de votre arrivée, m'assure-t-il en refermant.

Dans le petit salon, un plateau propose une collation ainsi qu'une bouteille de vin blanc, dans un seau à glace. J'abandonne mon sac et je gagne la chambre. Sur le lit, je trouve un fin peignoir de soie noire. Je comprends l'allusion et je l'emmène à la salle de bains. Lorsque je reviens dans le salon, Alexis verse le vin. Il ne dit rien, me regarde sans sourire et me tend mon verre. Il m'ordonne de boire et m'observe d'un air curieux. Puis il me confisque mon verre et détache la ceinture de mon peignoir avant de le faire glisser de mes épaules. Ma tête bourdonne quand sa main effleure mon sein et glisse jusqu'à mon sexe. En constatant mon état d'excitation, il plante ses prunelles noires incandescentes dans les miennes.

— Ce soir, nous serons l'un à l'autre plus que jamais, déclare-t-il d'une voix rauque. Je veux que tu me promettes encore de m'arrêter si je te fais mal.

— Tu ne me feras pas mal, je réfute.

— Promets-le-moi ! insiste-t-il, presque en colère.

— Je te le promets.

Il me soulève dans ses bras et m'emporte sur le lit. Alexis bande d'une façon prodigieuse, mais il ne précipite rien, bien au contraire. Il veut prendre son temps, m'amener au paroxysme du désir, là où il est depuis un moment à en juger par son érection. Il ne soulage pas mon corps, il souffle sur le brasier qu'il a allumé. Il sort du chevet un flacon d'un produit qui ressemble à de l'huile et en renverse sur mon dos. Ses mains me parcourent avec délicatesse. Il apprécie mes fesses rebondies, il s'égare dans leur fente. Il enflamme chaque centimètre carré de ma peau. Il réclame enfin que je lui fasse la même chose. Il guide mes mains vers son sexe tendu, il retient mon geste, le veut lent et voluptueux. Jamais nos préliminaires n'ont été aussi longs ni aussi savoureux. Sa voix se fait velours tandis que ses mains me caressent sans relâche.

— Tu es excitée, Micky.

Je confirme, haletante. Sa main prend possession de mon sexe, son doigt humide et glissant s'égare jusqu'à mon anus. Il me poignarde alors d'un regard où un éclair sauvage s'allume.

— Est-ce que tu t'es déjà donnée de cette façon ? susurre-t-il

— Non, je réponds, le souffle court.

— Est-ce que ma caresse te gêne ?

— Non.

— Y prendrais-tu un certain plaisir ?

J'acquiesce, troublée par la divine sensation de son doigt flirtant plus audacieusement avec l'orifice.

— J'ai un nouveau jouet pour toi, dit-il d'une voix enrouée.

Il n'attend pas ma réaction, il sort de sous l'oreiller un chapelet de petites boules qu'il pose sur mon ventre et m'observe très attentivement.

— C'est le même principe que les boules de Geisha, explique-t-il devant ma consternation. Mais celles-ci sont destinées à des plaisirs plus... tabous.

Le sang s'accélère dans mes veines, j'ai soudainement chaud.

— Je n'ai pas eu la chance de prendre ta virginité, Micky. Accorde-moi celle-ci. En échange, je te donnerai la mienne.

J'ouvre la bouche, stupéfaite. Il a un sourire adorable presque timide.

— Tu veux dire que... tu n'as... ?

— C'est, en effet, un plaisir que je réservais à mes fantasmes. Aujourd'hui, je veux le partager avec toi. Nous serons à égalité.

Ses prunelles resplendissent dans l'obscurité relative de la chambre. Je perçois les battements de son cœur contre ma poitrine. Il est presque plus ému que moi, il est magnifique. Sa demande ouvre les vannes à mes propres fantasmes. Je lui prends la main et je l'amène résolument vers mon anus.

— Caresse-moi encore !

Il recommence sa douce pression entre mes fesses. Je ferme les yeux et j'ondule lentement au rythme de ses caresses. Son doigt s'immobilise et c'est moi qui force sa pénétration. La sensation est renversante, je me cambre sur sa main. Il se retire doucement, je garde les yeux fermés. Je sens sur mon ventre la fraîcheur de l'huile qu'il verse de nouveau. Il joue avec le chapelet sur ma peau et le fait glisser jusqu'à mes fesses.

— Regarde-moi ! réclame-t-il d'une voix rauque.

Son visage est tendu, ses sourcils froncés.

— Arrête-moi quand tu jugeras ça insupportable.

J'appuie sur sa main pour le convaincre de commencer. La première bille s'enfonce et je savoure l'intensité de cette première pénétration. Il fait glisser la deuxième tout aussi prudemment.

— Trois, annonce-t-il en poussant une nouvelle bille qui m'arrache un soupir.

Il continue ainsi à égrener le chapelet jusqu'à la douzième bille où je ne peux retenir un gémissement.

— C'est fini, Micky, tu ne m'as pas arrêté. Dois-je en conclure que tu aimes ? chuchote-t-il en effleurant ma bouche de ses lèvres.

— Oui.

— Est-ce que tu sais que le plus jouissif, c'est quand on les retire... une à une.

Mon souffle devient saccadé. À la pression de la première bille que mon anus ne veut pas relâcher, je manque de paniquer, alors il me caresse de nouveau.

— Détends-toi, laisse-toi envahir par le plaisir. Je t'autorise à crier si tu le veux.

— HA ! je m'exclame, surprise, quand il force la bille hors de moi.

— Est-ce que c'est bon ? veut-il savoir.

Je respire un grand coup tandis que je sens poindre la deuxième.

— Oh, mon Dieu ! je lâche, en me crispant sur l'oreiller.

— Encore dix, tu tiendras le coup ?

Je me renverse en étouffant un cri dans ma main quand la troisième sort. Il prend tout son temps, profite d'un plaisir sadique à me voir au supplice. Il va même jusqu'à faire rentrer deux billes pour me torturer davantage. Puis il accélère le mouvement et m'arrache un long gémissement. Un liquide chaud coule de long de mes fesses.

— Tu jouis, s'enthousiasme-t-il en tirant alors sur les boules de Geisha dans mon vagin.

Je comprends soudain la sensation fulgurante qui me déchire le ventre. Je ne peux contenir un cri. Alexis se coule contre moi et c'est son membre dur qui se présente à mon anus. Je me raidis malgré moi quand il veut en forcer l'entrée. Son sexe déchire mes entrailles, mais je refuse de crier. Je me cramponne aux draps. Son visage est crispé par une souffrance que j'imagine aussi forte que la mienne.

— Aide-moi ! supplie-t-il.

La seule idée qu'il puisse souffrir en me prenant m'est intolérable. Si je peux remplacer les larmes par la colère, je dois tout aussi bien être capable de remplacer la douleur par le plaisir. Je prends le contrôle de mon corps et le somme d'accueillir en lui son sexe dur et brûlant. Je le veux plus que tout, plus dur encore, plus puissant, je le veux maître de moi. Il se fraie un chemin, je ne ressens bientôt plus la douleur et je gémis d'aise.

— Dis-moi que je ne te fais pas mal, exige Alexis en entamant de très lents mouvements.

— Je n'ai jamais ressenti ça. C'est... horriblement bon. Et pour toi ?

— C'est encore meilleur que dans mes rêves. Tu me fais le plus beau des cadeaux.

— Je t'appartiens tout entière.

Mes mots le fouettent, il accélère les ondulations de son bassin et me prend comme il m'aurait prise d'une manière plus classique. Il me demande de me masturber devant lui et je suis très vite transportée dans un tourbillon de plaisirs confus. Bientôt, la vague gigantesque menace de déborder.

— Oui... viens ! m'encourage-t-il en donnant de brusques coups de reins.

Il se raidit tout à coup et il éjacule au plus profond de moi. Cette vision déclenche mon propre orgasme. Il se retire aussitôt avec précaution et s'effondre sur moi. Je le prends entre mes bras comme un enfant et je le berce de mes caresses. Son visage est marqué de fatigue, mais il a l'air comblé. Nous nous endormons aux bras l'un de l'autre.

*
* *

— Réveille-toi, petit loir ! me taquine une voix joyeuse tandis qu'une main ébouriffe mes cheveux.

— Quelle heure ? je ronchonne.

— 9 h 15 ! répond Alexis d'un ton parfaitement placide.

Je fais un bond dans le lit.

— Quoi ? Mais j'avais cours à 8 heures !

— Incontestablement, tu es en retard.

Je veux m'extraire du lit, mais il m'y retient de force en s'allongeant sur moi. Son corps est encore humide et frais de la douche qu'il vient de prendre. Il sent divinement bon.

— Alex, le lycée ! je geins.

Il s'étire jusqu'à la table de chevet où il récupère son portable sur lequel il compose un numéro, puis il me le tend.

— Trouve une excuse, tu n'as pas le choix. Je te garde prisonnière.

J'apprécie l'idée. Je prends l'appareil et j'appelle le bureau du directeur. M. Morel paraît ennuyé lorsque je m'invente une atroce migraine sous le regard narquois de mon geôlier. Il me souhaite bon rétablissement et se montre soulagé quand je l'assure de ma présence, le lendemain. Je rends le téléphone à son propriétaire qui l'envoie promener sur le tapis.

— J'ai senti le café, je tente innocemment.

— Mmm... aurais-tu un semblant d'odorat ? se moque-t-il en sautant en bas du lit.

Il revient s'allonger près de moi avec deux tasses de café fumant. Il avale la sienne d'un trait tandis que je sirote à petites gorgées.

— Je profite de chaque étape, j'ironise, embarrassée par son examen silencieux.

— As-tu vraiment aimé la dernière ? attaque-t-il alors.

— Oui ! je réponds sincèrement.

Il me retire la tasse des mains et me prend dans ses bras.

— Jure-moi que je ne t'ai pas blessée.

Je me redresse, alarmée de son ton angoissé.

— Est-ce que j'ai l'air à l'agonie ou en point de m'enfuir ?

Il a un petit sourire triste.

— Enfin, Alex, je m'emporte. Si tu veux tout savoir, tu m'as fait un peu mal au début, mais c'est une sensation qui a été très vite remplacée par un plaisir incroyable. Et si tu me le redemandais, là, maintenant, tout de suite, j'accepterais encore. J'accepterai chaque fois que tu l'exigeras.

Il me fixe avec étonnement puis son expression se fait d'une tendresse absolue.

— Explique-moi, je demande très doucement.

— T'expliquer quoi ?

— Ce que tu ressens, pourquoi tu sembles si paniqué à l'idée de me faire mal, pourquoi cette idée t'empêche d'être pleinement toi-même.

— Oh, inspecteur Valmur ! ricane-t-il. Qu'est-ce qui te fait croire ça ?

— Je connais tes côtés sombres, tes envies et tes besoins. Tu m'entraînes avec toi au plus profond de moi-même. Je savoure chaque étape que tu me fais franchir avec délectation, mais je sens en permanence un frein à ta folie. Je n'aime pas te savoir malheureux ou inquiet pour moi. Je ne veux lire dans ton regard que le désir et le plaisir. J'ai besoin de savoir pour t'aider.

Il me contemple en hésitant.

— Café ? propose-t-il tout à coup comme pour se donner du courage.

— Oui.

Il se lève et revient au bout de quelques secondes avec nos deux tasses remplies. Il reprend sa place contre moi et m'attire sur sa poitrine. Il boit plus lentement et se décide enfin. Sa voix est sourde, son cœur résonne sous ma tête.

— Quand j'étais gamin, en dehors des heures d'étude avec mon précepteur, j'étais le plus souvent seul à la maison avec Georges, notre majordome. Et Georges était souvent très occupé. Comme tous les garçons de mon âge, j'ai joué les explorateurs, aussi bien dans le parc que dans la maison. Il n'y a que l'accès au grenier qui m'était interdit. Mon père m'a souvent recommandé de ne jamais m'aventurer à cet étage parce que le plancher avait, selon lui, besoin d'une grosse réparation. Pendant longtemps, j'ai pris cette recommandation très au sérieux jusqu'au jour où, par hasard, je me suis retrouvé au pied de l'escalier à jouer au détective. Ma curiosité a été plus forte que l'interdit, je suis monté en tremblant de trouille. J'ai rapidement constaté que le plancher était en parfait état. Je me suis demandé pourquoi mon père m'avait menti. J'ai voulu ouvrir la porte donnant accès au reste du grenier et elle était fermée à clé. J'ai gardé ma langue et je suis retourné chaque fois que c'était possible pour essayer d'ouvrir cette porte comme un détective l'aurait fait et découvrir ce qu'elle cachait. Je n'ai jamais réussi. J'étais si vexé de cet échec que cette porte verrouillée est devenue une obsession. Une nuit, sans faire de bruit, je suis retourné au grenier. Il y avait une faible lumière sous la porte et je percevais des bruits bizarres. Je me souviens de mon cœur qui cognait, de l'envie que j'avais d'aller réveiller mes parents et de leur dire que des voleurs s'étaient introduits chez nous, mais j'ai reconnu la voix de mon père alors je me suis approché. J'ai posé ma main sur la poignée et la porte s'est entrouverte. La première image que j'ai vue est encore si présente à mon esprit qu'elle hante parfois certains de mes cauchemars. Ma mère était entièrement nue, bâillonnée, les mains liées dans le dos. Elle était à quatre pattes sur le sol, maintenue dans cette position par une courte chaîne attachée à un collier serré autour de son cou. Je suis resté immobile, glacé d'horreur, jusqu'à ce que la voix de mon père résonne à nouveau. Je l'ai vu, lui. Il était nu comme ma mère. Il s'est approché d'elle, un petit fouet en main et a commencé à la cingler sur les fesses assez fort pour qu'elle gémisse. Il a recommencé plusieurs fois, puis il est allé lui enlever son bâillon et lui a enfoncé son sexe dans la bouche. Quand sa queue a été assez ferme, il l'a sodomisée. Ma mère gémissait, suppliait et je me suis bouché les oreilles pour ne plus l'entendre. Je me suis enfui, je me suis caché sous mon oreiller et je crois que j'ai pleuré toutes les larmes de mon corps. J'ai fini par m'endormir. Au matin, ma mère est venue me réveiller comme d'habitude. Elle était toujours aussi belle et douce. Elle m'a trouvé mauvaise mine et s'est inquiétée comme elle l'aurait fait d'ordinaire. J'ai cru que j'avais fait un cauchemar. Au petit-déjeuner, mes parents étaient aussi calmes et détendus qu'ils l'étaient auparavant, ils ont même plaisanté. Je ne comprenais plus rien. L'image de ma mère revenait en permanence, si réelle, si choquante que je ne pouvais pas croire que j'avais seulement rêvé. Alors je me suis mis à espionner mes parents. Très rapidement, j'ai compris leurs habitudes et je me suis caché à mon poste d'observation. Nuit après nuit, je me suis gavé de ce spectacle étonnant où mon père attachait ma mère, la prenait par tous les trous possibles. Je sombrais avec eux dans l'horreur absolue et, le matin, il ne subsistait rien sur leur visage des événements de la nuit. Je n'ai pas révélé ce que j'avais découvert, j'ai cessé un moment de les observer, mais l'envie de voir encore était la plus forte. Alors j'y suis retourné quelques fois avant de décider pour le repos de mes nuits et de mon esprit d'arrêter ça. Je me suis contraint à oublier jusqu'à ce que mon corps connaisse les premiers bouleversements de la puberté. Lorsque ma première érection m'a réveillé le matin, l'image de ma mère attachée s'est imposée comme un flash quand j'ai joui. Je ne pouvais pas lutter contre ça ni contre l'envie de jouir encore. Mes rêves sont devenus des fantasmes où je ne voyais plus spécialement ma mère, mais d'autres femmes, attachées, soumises, recevant languissantes l'aumône de mon sperme après avoir subi ma violence. Ce n'était pas des filles, mais des femmes, belles, épanouies, aux formes voluptueuses dans lesquelles j'aimais me perdre. Elles n'étaient qu'un corps, elles n'avaient pas de visage, pas d'identité. Je refusais qu'elles soient ma mère, elles n'étaient donc personne. Cette période de mon adolescence a été très dure à vivre. J'étais complètement obsédé par mes rêves. Mon père s'est aperçu de mon trouble et a provoqué lui-même la conversation. Je lui ai tout dit, ma découverte choquante de leurs petits jeux pervers et mes fantasmes obsessionnels. Il m'a longuement écouté sans m'interrompre puis il m'a raconté sa propre histoire. Sa confession a duré longtemps. Il a pris soin de me prévenir que ma mère et lui en étaient arrivés là en s'aimant passionnément, que leurs pratiques étaient le fruit d'une évolution commune et d'une envie partagée, qu'en aucun cas, il ne s'agissait de contrainte et que le refus de l'un entraînait aussitôt le repli de l'autre, que jamais il n'accepterait, contrairement à l'image violente que j'en avais gardée, de faire mal à ma mère. Il m'a expliqué que c'était elle qui gérait la situation jusqu'à l'extrême limite et qu'il ne faisait que suivre ses consignes. Il m'a alors proposé de commencer mon apprentissage d'homme, j'avais seize ans. Mon père était conscient que mon éducation isolée me coupait des gens, notamment des filles auxquelles je me serais inévitablement intéressé comme n'importe quel mec de cet âge-là. Je lui ai dit que les filles ne correspondaient pas à mes souhaits, il a compris. Il m'a révélé ses fonctions au sein de la Société. Je me souviens avoir ressenti une immense admiration pour lui. Il était un homme très respecté, reconnu dans son milieu professionnel, bon mari et bon père, une façade irréprochable et voilà que, sans complexe, il m'avouait ce qui relevait pour moi de la science-fiction. Une vie secrète qu'il partageait entièrement avec ma mère, une société occulte, mais influente, des plaisirs inavouables. Il a convoqué pour moi certains des membres les plus distingués de la Société et a obtenu que je sois introduit parmi eux malgré ma minorité. Sa première leçon a été de confier ma virginité à quelqu'un de sûr et mon père a très bien choisi. À partir de ce moment-là, j'ai tout appris comme on apprend d'un professeur et je suis devenu beaucoup plus calme et serein. Lorsque l'envie me prenait, je n'avais qu'à user de mon badge. Mes rêves se sont espacés jusqu'à devenir un lointain souvenir, les rapports faciles suffisaient à apaiser mes sens et je me suis endormi dans l'aisance jusqu'à ce que je te voie. Alors les femmes soumises de mes fantasmes ont eu un visage, le tien, Micky ! Tu as réveillé d'un coup toutes mes obsessions enfouies. Je t'ai voulue mienne à peine ai-je franchi la porte de ta classe. Ton odeur était plus attirante pour moi que n'importe quelle autre. Dans mes rêves les plus fous, tu te soumettais à moi et j'aimais tellement ça que j'en voulais toujours plus, mais la situation s'est compliquée rapidement. J'ai eu peur de ma propre violence, je me suis mis à me réveiller brutalement au premier de tes cris de douleur. Alors je t'ai fait promettre de ne pas me laisser te faire mal tout comme ton silence apaise mon angoisse. Tu comprends maintenant les raisons de mes exigences et ma volonté de ne pas précipiter les choses. Je me préserve de moi, de ma brutalité ; de mon impatience, de mon envie d'accéder à ce que je désire depuis longtemps. Tu es l'incarnation parfaite de mes fantasmes, j'ai la chance inouïe que tu sois à moi telle que je te rêve depuis des années, je ne veux rien briser. Ma plus grande peur est de te blesser d'une manière ou d'une autre et de te perdre. Je ne le supporterais pas.

Il s'interrompt. Je suis à la fois sonnée par ses révélations et envahie d'une joie indicible. Ses confidences font de moi son unique alliée, sa partenaire idéale. Mon cœur bat la chamade. Je lui fais face. Mes doigts caressent doucement son torse nu.

— Tu n'as rien à craindre, je t'assure. N'aie pas peur de ce que tu ressens, de ce que tu veux vraiment. Je suis prête à t'aider. S'il te plaît, Alex, fais de moi celle dont tu rêves.

— Tu l'es déjà.

— Alors, guide-moi jusque-là où tu veux aller.

Il se redresse devant moi. Ses yeux brillent de manière extraordinaire.

— Si je vais trop loin ?

— Étape par étape, cela ne sera pas difficile.

— Si je te fais mal sans le vouloir ?

— Je prendrai l'initiative comme je l'ai fait hier soir, j'explique, sereine.

— Si ton esprit se révolte encore ?

— Je ne le peux plus. Tu as tout gagné, je t'appartiens corps et âme. Je ne me révolterai contre rien.

Il ferme les yeux dans un masque de profonde jouissance.

— Prends-moi, Micky, souffle-t-il. Fais-moi découvrir ce que je t'ai infligé hier soir.

Mon sang ne fait qu'un tour. Je le repousse contre les oreillers et je récupère, à la salle de bains, le matériel qu'il a pris soin de nettoyer le matin. Dans mon sac, je retrouve mon cadeau précédent. Je savoure d'avance le plaisir que je vais lui donner. Je le jalouse presque. Il me regarde verser lentement l'huile sur son ventre et en masser longuement le chapelet de boules. Je me coule sur lui et lui donne mes seins à téter avec autorité. Il obéit et me suce avidement. Mon corps entier s'embrase et sert ma cause. Mes seins vont ensuite entourer son sexe tendu et je le masturbe ainsi avec douceur. Ma main droite se faufile jusqu'à son anus. Je presse délicatement son orifice et mon doigt s'enfonce facilement. Je joue quelques secondes de cette façon avant de me retirer. Alexis me lance un regard fou quand j'enfonce la première bille.

— La deuxième, je le préviens, perverse.

— Encore !

Je souris et, impitoyablement, je fais entrer les dix autres boules. Il retient son souffle.

— C'était bon ? j'interroge.

— Je suis prêt, vas-y, je t'en prie !

Je tire sur la ficelle. Chacune des boules lui arrache un cri. Son sexe se tend à l'extrême. Lorsque la dernière est sur le point de sortir, j'empoigne le gode. Alex serre les dents en me regardant lui sourire. Je tire une dernière fois et j'enfonce le gode froid et glissant dans son anus ouvert. Je fais très doucement quelques va-et-vient, il halète sous mes gestes lents. Je me penche sur lui et ma bouche se colle à son oreille.

— Tu sais quoi ? C'est moi qui ai la télécommande.

Il se redresse, le regard trouble. J'appuie sur le premier bouton et il retombe aussitôt sur les oreillers en criant. Je lui fourre ma langue dans la bouche pour le faire taire. Quand il est plus sage, je l'informe de la suite.

— Je vais te sucer, Alex. Tu préfères que je choisisse le programme du gode ou tu veux le faire ?

— Prends-moi comme tu veux, suffoque-t-il en repliant ses bras sous sa nuque pour s'empêcher d'intervenir.

J'engloutis son sexe avec gourmandise. La fellation que je lui inflige et la sodomie qu'il subit en même temps le rendent fou. Il secoue la tête, son corps échappe à son contrôle. Alexis se mord violemment le bras pour ne pas crier. Aux premières gouttes annonciatrices de sa jouissance, j'appuie sur le bouton de la télécommande qui accélère les vibrations du gode. Alexis hurle de plaisir tandis qu'un jet puissant de sperme manque de m'étouffer au point que je dois me retirer de sa verge brûlante. Il continue à jouir sur mon visage et sur mes seins. Puis il s'effondre sur le lit. Je retire délicatement le jouet. Alexis respire difficilement. Son corps est secoué de frissons nerveux.

— Alex, parle-moi, je m'affole de son état de choc.

Pour toute réponse, il m'attire dans ses bras. Son cœur bat trop vite dans sa poitrine. Il me regarde d'un drôle d'air, du bout du doigt, il essuie mon menton et pose sa bouche sur la mienne. Un sourire étire enfin ses lèvres. Je suis rassurée et j'ai envie de le taquiner.

— Je veux que tu me fasses la même chose, ça avait l'air trop bien.

— C'était trop bien, confirme-t-il en reprenant son souffle.

— Pas eu mal ?

— J'aime beaucoup avoir mal par ta main. Tu transformes la moindre douleur en jouissance.

— Alors tu sais ce que je ressens et tu n'as plus à t'inquiéter pour moi.

— Est-ce que tu me détestes toujours ? demande-t-il.

— Plus que jamais.

— Je te hais tout autant, Micky, dit-il alors.

Mon cœur a un raté. Mes paupières picotent et je suis prise de panique. Je m'écarte de lui brusquement.

— Qu'est-ce qu'il y a ? s'alarme-t-il en se redressant contre moi.

— Rien ! je mens en voulant lui échapper.

Il me rattrape et m'oblige à le regarder.

— Tu pleures ?

Je lutte contre la douleur, je fais naître la colère.

— Je ne pleure jamais.

— Qu'est-ce que j'ai dit de mal ?

— Tu n'as rien dit de mal, je me débats en me ressaisissant avec la même habituelle facilité.

— Qu'est-ce que je peux faire ? insiste-t-il.

— Va jusqu'au bout de tes rêves, c'est tout ce que je veux. Ne te soucie pas de ce que je ressens et…

— Et quoi ? s'inquiète-t-il de ma soudaine hésitation.

— Ne me dis plus jamais que tu me détestes.

Il lève la main vers ma joue brûlante, sa paume me paraît glacée.

— Qu'est-ce que tu caches là-dessous ? demande-t-il d'un air malheureux.

— C'est ma seule condition, je conclus en soutenant son regard.

Alexis me contemple tristement. Je suis à deux doigts de lui avouer que j'ai besoin de la colère pour effacer le chagrin. Je ne veux pas céder à des sentiments qui me briseraient encore. Alexis me veut comme jouet, moi, je le veux pour maître, rien d'autre, surtout rien d'autre, rien qui ne puisse m'être enlevé, rien qui ne puisse me faire à nouveau mourir.

— Comme tu voudras, Micky, déclare-t-il, vaincu.

La matinée passe sans qu'on s'en aperçoive, nous grignotons des bricoles en guise de déjeuner et Alexis m'entraîne encore au creux du lit défait. Il jubile de l'idée que nous avons franchi ensemble le cap de la sodomie comme deux puceaux auraient perdu leur virginité aux bras l'un de l'autre. Il réclame d'y goûter encore et, cette fois, je ne connais que le plaisir. Nos ébats se prolongent et je suis la première surprise quand je vois 17 heures à ma montre. Alexis vient me rejoindre à la salle de bains et c'est à ce moment-là que je remarque la blessure qu'il s'est faite en se mordant.

— Si Julia voit ça, tu auras du mal à te justifier, je l'avertis.

— Quelle importance ?

Je le regarde, dubitative.

— Je n'ai plus envie de perdre mon temps, explique-t-il, sérieux. Les vacances de printemps approchent et je veux profiter du temps qu'il nous reste avant la fin des cours pour réaliser les fantasmes de ma prof de philo.

— Et c'est pour ça que tu la retiens prisonnière plutôt que de l'envoyer à ses élèves.

— Comment voulais-tu que je te relâche après ça ? se justifie-t-il.

— Tu reviens en cours si je comprends bien.

— Exact. Je m'arrangerai autrement. Je travaillerai un peu plus le soir même si ça m'est plus difficile.

— Pourquoi plus difficile ?

— Tu es le seul parfum que j'ai envie de savourer. Les autres fragrances n'ont que peu d'intérêt et, inévitablement, elles me ramènent à la tienne. Je ne travaille bien que lorsque je suis en manque de toi.

— Que puis-je faire pour t'aider ?

— M'obéir.

Je hoche la tête et il sourit.

*
* *

Le mardi matin, Alexis et moi sommes de retour en cours. Si M. Morel est content et rassuré, Julia, elle, est furieuse. Quand je vois la dispute qui l'oppose à son petit ami dans la cour, je me rends compte que tout a changé en moi. J'en reste interdite, derrière mon volant, sur le parking. J'ai, d'un coup, l'assurance d'être unique, indissociable d'Alexis. Quelle que soit ma place à ses côtés, personne ne peut me remplacer, pas même Julia. Il peut bien l'aimer, l'épouser même, ça n'y changera rien, je lui appartiens corps et âme. Convaincue de ça, je laisse échapper un petit rire surpris, je me sens vraiment heureuse.

Alexis s'amuse à vérifier ma docilité et m'envoie, alors que je suis en plein cours, un message m'enjoignant de le rejoindre en cinq minutes dans les archives. Je prétexte un léger malaise pour m'absenter et je dégringole les escaliers aussi discrètement que possible jusqu'au sous-sol où il m'attend, *Le Prince* de Machiavel en main. Il consulte sa montre et a une moue sévère.

— Tu as une minute de retard, constate-t-il d'un air menaçant.

— Je ne pouvais pas prendre le risque de me faire repérer dans les couloirs.

— Tu n'as aucune excuse, Micky, agenouille-toi ! ordonne-t-il d'un air sévère en déboutonnant son pantalon.

J'obéis et je remonte ma jupe sur mes cuisses pour me mettre dans la position qu'il exige. Il me présente son sexe raide sous le nez. J'ouvre les lèvres et son membre s'enfonce avidement. Je réprime un haut-le-cœur tant sa queue gonflée va loin dans ma gorge. Il ne s'en soucie pas et recommence. Il baise ma bouche un moment, puis me relève pour mieux me culbuter sur la pile de livres. Il me colle son bouquin devant les yeux en souriant.

— Tu connais le tarif ! prévient-il.

J'entame ma lecture au passage où nous nous sommes arrêtés la fois précédente. Il me pénètre brusquement sans que je cède. Son sexe est une lame dans mon ventre, il va et vient sans relâche, au même rythme régulier tandis que ses mains maintiennent mes hanches au bon niveau. Sa régularité de métronome a bientôt des effets indiscutables sur mon plaisir.

— Tu es trempée, souffle-t-il. J'adore ça !

Je lui adresse un regard amusé sans pour autant cesser ma lecture. Ce traître veut me piéger.

— Combien de temps tiendras-tu ? s'enquiert-il en m'infligeant des gestes plus amples et plus profonds.

Ma voix déraille et je reçois une fessée sur la cuisse gauche. Je lui lance un coup d'œil boudeur et il me sourit d'un air adorable. Il en crevait d'envie de toute façon.

— Tu vas jouir, devine-t-il à l'état d'excitation de mon vagin.

Je ne peux continuer ma lecture sans monter dans les aigus. Il me frappe une nouvelle fois et j'éjacule aussitôt. Il me confisque le livre et me remet à genoux devant lui.

— Suce-moi ! ordonne-t-il en soupirant.

Quelques va-et-vient de ma bouche sur son sexe suffisent à le faire jouir abondamment. Il me relève contre lui et sa langue cherche la mienne.

— Un peu sucré ! commente-t-il en me relâchant. Assieds-toi !

Je le regarde m'essuyer avec douceur en volant au passage un baiser sur mon clitoris apaisé. Puis, satisfait, il me rend à mes fonctions. Je m'éloigne sans mot dire quand il me rappelle.

— Ne sois pas en retard tout à l'heure !

Je suis ainsi informée qu'il y aura une autre fois. Je file, les jambes molles, jusqu'à ma classe. Je relâche mes élèves avant la sonnerie en affectant un air malade. Je profite de ces quelques minutes de répit pour aller me réajuster et faire un brin de toilette dans les W-C. Je remets un soupçon de rouge sur mes lèvres quand Julia entre. Je lui adresse un sourire tandis qu'elle marque un temps d'arrêt devant moi.

— Bonjour, madame Valmur ! couine-t-elle, au bord des larmes.

— Quelque chose ne va pas ? je m'inquiète d'elle.

Elle baisse le nez, ne demandant visiblement que ça pour s'épancher.

— Est-ce que les parents d'Alexis sont revenus ? demande-t-elle.

— Je l'ignore, Alexis ne m'a rien dit à ce sujet, pourquoi ?

— Mes parents souhaiteraient inviter les Duivel à dîner alors je voulais savoir si c'était possible.

— Pourquoi n'en parles-tu pas à Alexis ?

— Nous nous sommes fâchés, bredouille-t-elle.

— Querelle d'amoureux ! je souris avec indulgence.

— Alexis est bizarre ces temps-ci. Je ne sais plus quoi penser, un jour il est gentil et prévenant, un autre, il est glacial.

— Il est comme tous les hommes. Tu devrais te montrer patiente avec lui, je lui conseille malgré moi.

— Je ferais n'importe quoi pour lui.

Je la regarde d'un air sceptique. Elle rougit violemment.

— Ça peut paraître idiot ou prématuré, je sais que je veux devenir sa femme et qu'il me fasse des enfants, affirme-t-elle à voix basse, mais déterminée.

— Évite de commettre des bêtises ! je sermonne en devinant ses arrières pensées. Alexis n'est pas le genre de garçon qu'on peut mettre en cage. Tu serais la seule à souffrir et à assumer les conséquences.

— De toute façon, ça ne sert à rien, Alexis se protège toujours. Il dit qu'il préfère comme ça, soupire-t-elle.

— Il sait être responsable, tu ne peux pas le lui reprocher.

Elle se force à faire une sorte de rictus. Elle paraît soulagée.

Je profite de la fin du cours avec les terminale L pour avertir Alexis de mon entretien avec Julia. Il n'est guère étonné de mes révélations.

— Julia est une fille prévisible. Elle croit encore aux vieux clichés qui consistent à s'attacher un garçon en lui mettant une paternité à dos. C'est dingue que ça puisse encore exister à cette époque ! s'emporte-t-il.

— Elle t'aime, j'objecte.

— Et alors ?

— Épouse-la !

Alexis se fige et me regarde d'un air étrange. Il fait le tour de mon bureau et vient se placer derrière moi. Ses mains empoignent mes seins, il me contraint un peu brutalement à me pencher en avant sur mon bureau et remonte ma jupe. Sa main s'égare entre mes fesses. La sonnerie n'a pas encore retenti, nous sommes seuls pour le moment, mais ça ne durera pas longtemps.

— Julia ne peut pas me donner ça ! murmure-t-il en introduisant un doigt dans mon anus.

— Quelle importance, puisque je suis là pour ça ?

— Je crois que tu n'as pas bien compris. Crois-tu que je supporterais que ma femme se contente d'écarter les cuisses ? Non, Micky, mon épouse me devra une sage obéissance et combler tous mes désirs.

— Elle m'a assurée qu'elle était prête à tout !

— Tu te rends compte que tu me proposes d'enculer Julia ?

— Qu'est-ce qui te dit qu'elle n'aimerait pas autant que moi ? je suggère.

— Tu es sans scrupule, j'adore ça. Je retiens ta proposition. J'épouserai Julia si elle m'offre son cul avec autant de plaisir que toi, mais j'en doute énormément.

— Elle pourrait te surprendre !

— Personne ne me surprend autant que toi.

Le signal de la reprise des cours me fait bondir. Alexis me retient empalée sur son doigt tandis que des bruits dans le couloir annoncent l'arrivée de mes élèves.

— Nous verrons bientôt si tu as raison, annonce-t-il sérieusement. Je vais réfléchir à ton propre cas.

Il me relâche et remet bon ordre dans ma tenue avant d'aller ouvrir à mes élèves, éberlués de le trouver là.

*
* *

Il ne reste plus qu'une semaine avant les vacances de printemps. Alexis gagne en assurance. Il fait preuve de plus d'autorité et se montre plus exigeant envers moi. Il n'hésite plus à m'imposer une certaine souffrance sans jamais plus s'en excuser. Son appétit sexuel est insatiable, il réclame le plaisir plusieurs fois dans la journée et je me demande combien de temps il résistera à ce rythme effréné. Au sujet de Julia, il ne m'en dit rien. Je constate simplement que leurs rapports se sont améliorés sans pour autant retrouver la sérénité des débuts. Même M. Morel constate l'érosion de leur passion. Il m'en fait la remarque au détour d'une conversation.

Le jeudi, à la veille des vacances, Alexis s'attarde dans ma classe. Une fois la porte fermée, il vient déboutonner mon chemisier et profiter de ma poitrine. Ce soir-là, il se montre plus tendre que d'ordinaire, nous sommes seuls et nous avons tout notre temps. Ses longs va-et-vient en moi sont terriblement efficaces. Lorsque j'ai copieusement inondé nos sexes soudés l'un à l'autre, il pointe sa queue dure et humide contre mon anus. Je bascule mon bassin pour lui en faciliter l'accès et il apprécie l'autorisation. Il guide son gland dans l'orifice serré et son sexe fouille mon ventre très lentement. Il respire profondément, me fixe de ses prunelles noires étincelantes. Aux ondulations de son bassin, je sais son impatience et son désir. Il finit par ne plus se contenir et me soulève dans ses bras de fer. Je croise les jambes autour de sa taille et je m'accroche à son cou. Il éjacule debout, planté en moi. Sa langue caresse la mienne longtemps avant qu'il me relâche.

— J'aimerais être partout à la fois. J'ai du mal à déterminer ce que je préfère.

— Tu es entièrement libre de choisir, je lui fais remarquer.

— Je trouve ça insuffisant, grommelle-t-il en reboutonnant mon chemisier comme on rhabille une poupée. Je veux baiser ta bouche, tes seins, ta chatte, ton cul sans relâche et y laisser la trace de mon plaisir. Je te veux tout entière durant des heures, j'en ai assez de me contenter des quelques minutes volées à ton emploi du temps. Tu m'excites tellement, je veux toucher enfin mes rêves les plus troublants.

— Que dois-je faire pour ça ?

— Samedi, tu iras voir Mme Jeanne. Je viendrai te chercher chez toi vers 21 heures.

— Pourquoi si tard ?

— N'as-tu pas remarqué que la nuit m'excitait ?

Je souris, j'ai effectivement noté ce détail.

— Prépare une petite valise, me conseille-t-il. Je te veux à mon entière disposition durant ces deux semaines.

Mon cœur se met à battre très fort et je lutte contre une certaine euphorie. Il s'en aperçoit et sourit.

— J'ai décidé de passer à l'ultime étape. Je vais faire de toi mon esclave sexuelle. Il te reste trente secondes pour refuser.

— J'accepte ! je lance sans hésitation.

— Tu sais ce que j'attends de toi. Tu n'as pas peur ?

— De quoi devrais-je avoir peur ?

— De ce que tu pourrais découvrir, de la souffrance, de moi.

— C'est ce que je veux et c'est ce que tu veux aussi.

— Très bien. Je vais donc pouvoir prévenir Georges de ton arrivée à la maison.

— Est-ce que... Georges est au courant de ce que tu mijotes ?

— Georges est le majordome de ma famille depuis plus de trente ans. Il a connu mon père tout jeune, il est parfaitement au courant des petites manies des occupants de cette maison. C'est Georges qui fait le ménage dans le grenier, si tu veux tout savoir.

J'ai une moue boudeuse qui lui arrache un petit rire.

— Ça t'embête tant que ça que d'autres personnes soient au courant de tes perversions ? me taquine-t-il.

— Je n'ai rien à voir avec votre famille, je lui fais remarquer.

— Tu es mon esclave, Micky, tu m'appartiens, il est donc normal que je te ramène chez moi pour jouer. Maintenant, si tu continues à protester, je t'enlève de force durant ton sommeil. Ton honneur sera sauf, ricane-t-il.

— Inutile, j'assume mes perversions !

— Très bien, donc attends-moi samedi soir.

— Tu ne viens pas demain ?

— Non, si je veux profiter pleinement de toi, je dois bosser un peu.

*

* *

La journée du lendemain me semble monotone. Mon corps a pris l'habitude de jouir et mon sexe réclame que je le soulage. Je n'en ai pas honte, je trouve ça seulement frustrant. Me caresser seule ne constitue plus une découverte enivrante, cela n'apaise que faiblement la tension. La perspective des deux semaines qui s'annoncent me rend fébrile. Je sais déjà vers quoi nous nous acheminons. J'en ignore seulement les modalités.

J'ai bien du mal à dormir. Mes propres fantasmes se déchaînent, plus violents et plus excitants que jamais. Je n'ai d'autre solution pour calmer l'incendie qui me ravage que d'avoir recours au petit gode que m'a offert Alexis. Pire encore, je me surprends à enfoncer deux doigts dans mon anus comme une droguée en manque. Ma jouissance est alors plus complète et je me détends tout à fait. Je suis bien sûre qu'Alexis ne serait pas étonné d'apprendre ça. J'ai hâte du lendemain.

Un message m'expédie chez Mme Jeanne sur le coup des 16 heures. Cette dernière m'accueille toujours aussi aimablement et me fait passer dans l'arrière-boutique. Elle referme derrière nous et me prie de la suivre. Elle descend un escalier en colimaçon et tire une clé de sa poche avec laquelle elle ouvre un accès au sous-sol. Je me demande bien ce que signifient tant de précautions. Sur les étagères le long du mur s'alignent des objets plus ou moins bizarres. Des fouets, des pinces, des godes, des menottes... la panoplie complète du parfait sadomaso. Je détaille avec circonspection certains objets dont j'ignore complètement l'utilité.

— Pourquoi tout ça ? j'interroge.

— Les membres de la Société ne veulent pas avoir à se découvrir en allant acheter eux-mêmes leurs accessoires ni en laissant leur identité sur le Net. Je suis chargée de faire ces achats pour eux. Ils viennent ici en toute discrétion choisir ce qui leur convient, SM, fétichisme, bondage... ou plus simplement lingerie ou sex toys.

— Pourquoi m'avez-vous emmenée ici ?

— Pour vous faire essayer ceci, répond-elle en m'apportant un coffret.

J'ouvre avec prudence et je sors de la boîte un curieux ensemble en cuir.

— C'est un harnais, explique-t-elle devant ma mine dubitative. Déshabillez-vous, madame Valmur, je vais vous aider à le passer.

J'obtempère et le cuir crisse lorsqu'elle resserre les brides autour de ma taille et entre mes cuisses. Elle finit par nouer autour de mon cou un collier muni d'un anneau. Devant le grand miroir au fond de la pièce, j'ai un hoquet de surprise en me découvrant. Mon image est choquante, mais je ne peux faire autrement que d'apprécier. Mon entrejambe en devient rapidement très humide. Mme Jeanne me demande très obligeamment de soulever une jambe. Elle défait une sangle passant le long de mon sexe et glisse un petit gode dans mon vagin trempé avant de replacer la bride. Elle me remet la télécommande de l'appareil.

— Le harnais maintient le gode en place. Vous aurez des difficultés à l'enlever seule. M. Duivel a exigé ce modèle très contraignant. Je dois dire que je suis assez époustouflée par votre évolution, affirme-t-elle. D'ordinaire, il faut plusieurs mois voire des années aux femmes qui accèdent à la Société pour accepter de descendre dans cette pièce et de porter un tel équipement. Est-ce que vous savez à quoi vous vous engagez ?

— Je le sais ! Je dois appuyer sur quel bouton ?

— Celui de gauche, plus vous appuyez, plus les vibrations seront intenses.

J'appuie une première fois et le gode commence à me caresser délicieusement de l'intérieur. Je mouille encore plus.

— Est-ce que c'est si étrange ? je la questionne en la voyant sourire.

— Un peu ! Vous semblez cependant faite pour ça.

— Mme Duivel, comment a-t-elle réagi ?

— La première fois que je lui ai passé un harnais, elle a pleuré. J'ai mis longtemps à la consoler et à lui faire comprendre qu'il était nécessaire qu'elle se plie à cette mise en scène. Quand elle est revenue, elle était beaucoup plus sereine et elle y a pris goût au point qu'elle choisit elle-même avec beaucoup de soin ceux qu'elle veut. Mme Duivel est une femme qui assume pleinement sa sexualité maintenant et je constate que son fils n'a rien à lui envier.

J'ai une moue approbatrice qui la fait rire. Mme Jeanne m'offre un foulard qu'elle noue autour de mon cou pour cacher le collier de cuir. Lorsque je sors du magasin, j'ai l'hallucinante impression d'être nue en pleine rue. Les sangles brident mon corps et se rappellent sans cesse à moi. Mes seins nus entre les lanières ballottent sous ma robe et, entre mes cuisses, coule le liquide chaud d'un désir inassouvi.

Alexis entre chez moi sans frapper. Il me retrouve dans ma chambre où je boucle un sac de voyage. J'y ai mis les affaires dont il m'a adressé la liste, la veille au soir. Il caresse du bout des doigts le foulard qui orne mon cou sans chercher à l'enlever tout comme il évite de savoir ce qui se passe sous ma robe.

— Tu es prête ? me demande-t-il sur un ton détaché.

— Oui.

Il empoigne mon sac et me suit dans l'escalier. Je jette un coup d'œil rapide dans les pièces de la maison et je ferme ma porte à double tour. Lorsque j'y reviendrai, je serai probablement une autre personne. Je prends une respiration qui alerte Alexis.

— Tu peux encore renoncer, Micky, me dit-il gentiment.

Je lui adresse un regard noir.

— Dans ce cas, allons-y ! ricane-t-il en m'ouvrant la portière de sa voiture.

Il conduit lentement dans les rues de Paris. Tout me semble à la fois familier et différent. Mon ventre vibre sous les coups du gode et je n'aspire plus qu'à en être soulagée.

— Donne-moi la télécommande ! exige mon chauffeur en tendant la main.

Je la sors de ma poche et je la lui remets. Il appuie trois fois sur le bouton et je sursaute. Il ne me regarde même pas, fixant son attention sur la route. Je serre les fesses pour ne pas jouir sur le siège de sa Porsche. Les grilles de l'hôtel particulier devant lequel je l'ai souvent déposé s'ouvrent devant nous. Il engage la voiture le long d'une allée et entre dans un garage situé sur l'arrière. Il vient m'ouvrir avec courtoisie, il me prend la main et m'entraîne à sa suite. Il me fait traverser le hall d'entrée magnifique avec son sol de marbre blanc et me pousse dans un petit salon.

— Georges ! crie-t-il sur le pas de la porte.

Il ne faut que quelques secondes à un homme déjà âgé pour faire son apparition.

— Georges, je te présente Mme Mickaella Valmur, fait Alexis sur un ton joyeux.

Le majordome s'incline dignement devant moi.

— Madame Valmur, je suis enchanté de faire votre connaissance.

— Merci, Georges, je suis ravie de vous rencontrer, je lui réponds aimablement.

— Est-ce que la chambre est prête ? s'enquiert Alexis.

— Oui, j'ai pris la liberté d'y monter les bagages de Mme Valmur.

— Merci. Tu peux partir à présent. Nous n'avons plus besoin de tes services pour ce soir. Embrasse ta sœur.

— Vos parents ont téléphoné tout à l'heure. Êtes-vous certain que vous ne préféreriez pas que je reste ? a l'air d'insister le majordome.

— Je sais, je les ai eus aussi au téléphone. Non, ne t'inquiète pas, tout ira bien. Tu peux partir, Georges. À demain.

— Très bien. En cas de besoin, vous savez où me trouver.

Alexis acquiesce et accompagne Georges jusqu'à la porte d'entrée qu'il referme à clé.

— J'ai cru qu'il ne partirait jamais, grogne-t-il en revenant.

— Il avait l'air inquiet, je constate.

— C'est la première fois que je réclame d'être seul avec quelqu'un.

— Et tes parents ?

— Ma mère est morte de trouille pour toi, tu devrais te réjouir.

Je grimace.

— Je lui ai dit qu'elle était loin d'imaginer ce que tu étais capable de faire, s'amuse-t-il.

— Et ton père ?

— Il est plutôt fier de moi. J'ai réussi au-delà de ses espérances.

— Réussi ? je sourcille.

— Laisse tomber, c'est entre lui et moi, élude-t-il.

Il me prend le coude et m'entraîne vers un autre salon où une table pour deux est dressée. Elle contient assez de victuailles pour tenir un siège.

— Georges a eu peur que nous mourions de faim ! ricane Alexis en m'aidant à m'installer.

Durant tout le repas, il est d'une remarquable galanterie. Nous discutons de tout, de rien, de philo, du lycée même, un peu de son travail. Il est près de minuit quand je l'accompagne au second étage de la maison. Alexis ouvre une porte au fond d'un couloir et me fait entrer. Ma chambre est spacieuse et meublée avec élégance. Une touche résolument féminine lui donne un air confortable et rassurant. Une salle de bains est aménagée dans une petite pièce voisine. Je me tourne vers mon hôte dont les yeux brillent intensément.

— Je veux voir, dit-il alors d'une voix un peu rauque.

Obéissante, j'entreprends de me déshabiller. Il me regarde faire en silence et me contemple un moment quand j'apparais dans mon harnachement. Je détache enfin le foulard de mon cou. Alex fronce les sourcils. Un masque douloureux se pose sur ses traits. Il lutte contre lui-même durant quelques minutes et je reste silencieuse et immobile devant lui, attendant qu'il se décide.

— Il est tard, tu dois être fatiguée, déclare-t-il contre toute attente. Allonge-toi !

Sans protester, je m'allonge sur le lit. Il se penche sur moi et écarte mes cuisses. Il enlève le gode de mon ventre et le porte à ses lèvres avec délectation.

— Je te confisque ton jouet, tu en as assez profité aujourd'hui, sourit-il.

Alexis tire la couette et le drap et je m'y glisse.

— Donne-moi tes mains.

Il passe des menottes autour de mes poignets et les fixe à la tête du lit au bout d'une chaînette qui ne me permet pas de descendre les mains au-delà de ma poitrine.

— Comme ça, je suis sûr que tu ne te soulageras pas. Je te veux assoiffée de sexe demain, souffle-t-il en se penchant sur moi. Ses lèvres effleurent les miennes et il s'écarte. Bonne nuit,

Micky ! lance-t-il avant d'éteindre la lumière et de fermer la porte.

J'ai du mal à dormir, mes mains attachées ne me permettent pas de trouver une position confortable. J'essaie d'imaginer ce qu'Alexis a pu prévoir, car il semble savoir exactement ce qu'il veut. Mon sexe se met à se contracter et réclame sa pitance. Je me force à songer à autre chose, mais mes mains entravées ne font qu'exciter mon cerveau. Je finis cependant par sombrer dans le sommeil au bout de plusieurs heures.

Il me semble que le jour est levé depuis longtemps quand j'ouvre les yeux. Un rayon de soleil perce les rideaux épais et éclaire la chambre d'une lumière tamisée. Je m'étire autant que ma position me le permet et mentalement, je fais le tour de mon corps. Mon ventre est un peu douloureux à la fois d'une pressante envie d'uriner et d'un manque cruel de jouissance. Mes bras sont engourdis. Je parviens presque à m'asseoir ce qui me soulage. Je reste ainsi durant un temps qui me paraît infini jusqu'à ce que j'entende enfin des pas qui s'arrêtent à ma porte. Alexis entre avec un plateau sur lequel trônent une cafetière et des croissants.

— Bonjour, Micky, tu as bien dormi ? me sourit-il.

— Non, je réponds sans colère.

Il a un petit rire moqueur et me détache les mains de la chaîne sans pour autant les libérer des menottes. Il me redresse contre les oreillers et pose un bref baiser sur mes lèvres. D'une main, il écarte mes cuisses. Il effleure mon clitoris et je fais un bond en gémissant.

— Ton fumet est tellement appétissant lorsque tu te réveilles. Je vais être indulgent avec toi pour cette première fois. Je sais que tu as faim et que tu as besoin de te rafraîchir, je vais t'aider.

Il déboutonne sa braguette et sort son sexe déjà dur.

— Commence donc ton petit-déjeuner !

Il rugit de plaisir quand je l'engloutis en soupirant d'aise. Son odeur me plaît infiniment. Privée de mes mains, ma langue seule découvre avec gourmandise chaque repli de sa peau, insiste sur son gland doux et chaud, va lécher ses testicules sensibles pour mieux revenir sur son sexe. Je m'applique de mon mieux et je savoure l'instant. Alexis me félicite dans un murmure et pousse soudain un juron. Sa queue se tend et fait gicler dans ma gorge plusieurs jets d'un sperme abondant et parfumé. Je n'attends pas qu'il me l'ordonne et j'avale le divin nectar de mon maître.

Il peine un peu à reprendre ses esprits puis il me caresse la joue. Il me détache enfin et sourcille en vérifiant les marques sur mes poignets meurtris, mais il ne fait aucun commentaire. Patiemment, il enlève mon harnais, sangle après sangle. Mme Jeanne avait raison, seule, je n'avais aucune chance d'y parvenir. Quand il a fini, il m'entraîne par la main jusqu'à la douche et me fait patienter tandis qu'il procède au réglage de l'eau dans un curieux pommeau fin et allongé.

— Penche-toi ! dit-il.

J'obéis avec une vague appréhension. D'une main, il écarte mes fesses et introduit délicatement le pommeau de douche dans mon anus. J'ai un hoquet de surprise quand le jet tiède envahit mon ventre et mon envie d'uriner devient intenable. Je me trémousse tandis qu'Alexis maintient fermement le pommeau. La situation commence gravement à m'échapper. J'appréhende l'inévitable moment où tout débordera.

— Alex, arrête ! je supplie.

— Que se passe-t-il ? joue-t-il.

— Je n'en peux plus. S'il te plaît !

— Je vois que ma première leçon porte ses fruits, tu m'informes enfin, ironise-t-il.

Il coupe le robinet et retire doucement le pommeau. Un filet d'eau s'échappe de mon rectum. Je me sens horriblement gênée, mais Alexis ne semble pas décidé à me laisser tranquille. Il m'attire contre lui bien que je sois mouillée.

— Tu es toute remplie, Micky. Et je te sens fébrile, me taquine-t-il.

J'ai beau serrer les fesses, l'eau s'échappe de manière irrépressible et ma vessie est sur le point d'éclater.

— Laisse-moi un moment, s'il te plaît ! j'implore.

Il glisse la main sur mes fesses et introduit son index dans mon anus.

— C'est si insupportable ?

— Je ne tiendrai pas plus longtemps, je confirme d'une voix éraillée.

Alexis déboutonne alors sa chemise et l'expédie d'un geste loin de la douche puis il enlève son pantalon qui suit le même chemin. Son corps nu et musclé réveille mon désir malgré la situation plus qu'embarrassante.

— Retiens-toi encore un peu, conseille-t-il d'une voix sourde.

Je me cramponne à ses épaules solides et il m'enlace fermement. Sa main droite va résolument caresser mon clitoris en feu. Je lui adresse un regard affolé en secouant la tête.

— Ne fais pas ça ! je gémis en sachant trop bien ce qui se passera si je perds le contrôle de mon corps.

— Tais-toi, Micky !

Ses doigts experts torturent mon sexe avec une impitoyable précision. L'eau jaillit par à-coups de mon anus tandis qu'un filet plus chaud s'écoule le long de mes jambes. Une vague monstrueuse envahit bientôt mon ventre et je me contracte douloureusement dans ses bras.

— Lâche-toi ! réclame-t-il.

— Non, je refuse, complètement paniquée.

— Tu ne peux pas faire autrement. Donne ! ordonne-t-il en augmentant la cadence de ses caresses.

— NON ! je hurle quand la jouissance ouvre malgré moi toutes les vannes de mon corps.

Alexis m'oblige à soutenir son regard. Sous la pluie tiède de la douche qu'il a ouverte en grand, il me garde contre sa poitrine. Mon cœur bat une chamade effroyable, je sens les ultimes contractions de mon sphincter, de mon clitoris et de ma vessie.

— Tu es presque entièrement soulagée, susurre-t-il à mon oreille.

J'ai à peine le temps de comprendre son allusion qu'il me plaque contre le mur de faïence et s'introduit brutalement dans ma chatte. Il ondule comme s'il ne pouvait résister à une trop forte envie. Mon corps amolli n'en trouve pas moins le chemin du plaisir. Les derniers coups de reins d'Alexis m'arrachent un cri surpris quand un nouveau geyser surgit de mon sexe. Lui pousse un gémissement et s'enfonce plus violemment en moi. Il s'immobilise en jouissant et m'étreint à m'étouffer. Sa main caresse mes cheveux mouillés et j'enfouis mon visage dans sa poitrine. J'écoute son cœur battre comme un fou. Je suis détendue, vidée, épuisée, mais heureuse.

Alexis me ramène sous la pluie et s'emparant d'une grosse éponge et du gel entreprend de me laver de la tête aux pieds. Il s'amuse comme un enfant. Quand il a fini, je lui vole l'éponge et je fais sa toilette à mon tour en mettant un soin tout particulier à laver sa verge. Il apprécie au point de bander à nouveau. Il ne me laisse pas le soulager, il ferme le robinet et nous autorise enfin à manger.

Durant le reste de la journée, il se montre d'une gentillesse absolue. Il me fait visiter la maison à l'exception du dernier étage. Nous rendons visite à Georges, occupé en cuisine à préparer un pâté de lapin à sa façon. Le majordome accueille avec humour et complaisance les taquineries de son diable de maître. Il me demande aimablement de mes nouvelles et un éclat de malice illumine le regard qu'il m'adresse. Je ne fais pas mystère de ma mauvaise nuit et Georges lève les yeux au ciel d'un air comique qui nous fait rire. Il n'est pas surpris quand Alexis annonce que nous déjeunerons ailleurs.

— Aujourd'hui, nous allons te chercher une nouvelle robe, m'indique-t-il en me faisant prendre place dans sa voiture. J'ai besoin que tu sois éblouissante.

— En quel honneur ?

— Je compte t'inviter à dîner.

— Une invitation ?

— Question de sémantique, Micky, tu n'as pas le choix évidemment, s'esclaffe-t-il.

La blonde Mélanie nous accueille avec le même sourire et la même patience. Alexis prend place dans le canapé et attend mon retour en robe longue. Il rechigne sur trois modèles. J'essaie enfin une robe noire magnifique aux bretelles fines et au décolleté si plongeant qu'il rend l'usage du soutien-gorge tout à fait impossible. La robe s'ouvre d'une fente sur la jambe droite jusqu'au sommet de la cuisse et dévoile la lingerie si on n'y prend garde. Or, je ne porte pas de lingerie. La vendeuse se tient un peu à l'écart quand je me présente à Alexis. Il fronce les sourcils d'un air dubitatif, me demande de marcher devant lui. Puis il se lève d'un bond et approche de moi. Sans se soucier de la vendeuse, il plonge la main dans l'échancrure de ma robe. Il caresse mon téton droit qui pointe aussitôt. Je respire à petits coups, embarrassée devant la jeune femme. Alexis s'en moque et, me plaquant contre lui, faufile sa main dans la fente pour caresser mon sexe nu.

— Laissez-nous, Mélanie ! intime-t-il d'un coup.

La jeune femme s'efface aussitôt, pour mon plus grand soulagement.

— Est-ce qu'elle te plaît ? roucoule-t-il dans mon cou sans interrompre ses caresses.

— Oui. Et à toi ?

— Je la trouve parfaite. Descends ! exige-t-il en me retournant et en appuyant sur mes épaules.

J'obtempère et il dégage mes seins du décolleté. Il y glisse sa queue raide et m'ordonne de le masturber avec ma poitrine. Il rejette sa tête en arrière et savoure le moment. Au bout de quelques instants, il me repousse sur le canapé et il me prend sans ménagement. Notre échange est bref, mais intense. Il se moque de ma gêne à avoir maculé à la fois ma robe et le canapé rouge. Il rappelle Mélanie après s'être réajusté et dégrafe devant elle le dos de ma tenue qu'il lui jette presque à la figure.

— Vous en ferez livrer une autre identique à mon adresse, réclame-t-il tandis qu'il me garde nue contre lui.

— Très bien, monsieur Duivel, ce sera tout ? accepte-t-elle sans ciller.

— Occupez-vous de rhabiller Mme Valmur !

— Alex, je....

Il me cloue le bec d'un long baiser.

— Je t'attends dans la voiture, élude-t-il en me poussant vers la vendeuse qui patiente.

Je suis tout à fait confuse et je bredouille de timides excuses, mais elle me sourit gentiment.

— Rassurez-vous, madame Valmur. Nous avons ici l'habitude des comportements parfois délirants des membres de la Société. Je peux vous garantir que M. Duivel n'est pas le plus original de nos clients.

— Depuis combien de temps travaillez-vous ici ? j'interroge, curieuse.

— Cinq ans.

— Ça a dû vous paraître étrange.

— Oui et non. J'avais l'habitude des trucs un peu glauques. Avant d'atterrir ici, j'étais étudiante dans une école de commerce le jour et je travaillais dans une boîte échangiste SM la nuit, pour financer mes études. À ce moment-là, j'ai rencontré M. Duivel. Il cherchait du personnel pour cette boutique que la Société venait d'ouvrir. Il m'a offert un très bon salaire et la possibilité de poursuivre mes études en alternance. Ici, je travaille dans le luxe au moins.

Je la remercie très courtoisement et je rejoins Alexis le cœur un peu plus léger. Il m'emmène chez moi et recommande que je prenne ma voiture.

— Je ne suis pas complètement prisonnière ? je boude avant de descendre de son véhicule.

— Je veux que tu profites un peu du soleil, que tu me reviennes après m'avoir manqué, que tu te sentes libre de me quitter pour mieux revenir te soumettre. Je ne me transforme en monstre que la nuit, plaisante-t-il.

— Docteur Jekyll et Mister Hyde ?

— Parle pour toi, petite chipie, tu mouilles tellement que je peux te sentir à des kilomètres, réplique-t-il en riant.

— Je ne m'en cache pas.

— Je vais devoir prendre mes précautions.

— Lesquelles ?

— Tu verras ce soir.

*

* *

Nous ramenons nos voitures jumelles chez lui, en fin d'après-midi. Il me conduit alors dans le parc derrière la maison et me fait découvrir ses cachettes d'enfant. Il me promet de me prendre dans chacune d'elle et mon sexe crie famine. Il le devine et je le suis jusque dans ma chambre. Il m'ordonne de me déshabiller et me passe à nouveau mon harnais de cuir. Il se montre moins complaisant que Mme Jeanne et boucle les sangles un cran plus serré. Je ne bronche pas pour autant. Ce harnachement rallume un incendie dans mes veines et mon entrejambe est vite trempé. Alexis sort alors d'un tiroir de commode une culotte bizarre dotée d'une fermeture. Il m'oblige à la passer et referme dans mon dos un petit mécanisme.

— Qu'est-ce que c'est ? je m'étonne.

— Une ceinture de chasteté, répond-il très sérieusement.

J'ai un accès d'hilarité nerveuse qui le laisse de marbre.

— Tu as peur que je saute sur quelqu'un ?

— Non, je ne veux pas que tu te sautes dessus à la première occasion. Je veux que tu sois en manque le matin. Si je te laisse faire, tu vas gaspiller ton plaisir.

— Alors, donne-le-moi toi-même !

Il a un sourire craquant.

— Te voilà déjà en train de réclamer. Je garde la clé, lance-t-il d'un air de défi.

— Et... pour aller aux toilettes ?

— Je t'y accompagnerai.

— Alex ! je m'insurge.

— Il me semble que tu ne t'en es pas privée, ce matin, coupe-t-il, ironique, et je me renfrogne. Je crois que nous pouvons passer à table, conclut-il en me présentant une robe.

Nous dînons en tête-à-tête après que Georges eut pris congé, comme la veille, sur ordre d'Alexis.

— Où est ta chambre ? je demande tandis qu'il me ramène dans la mienne, après le repas.

— Dans le couloir opposé. Je t'interdis de t'y rendre, déclare-t-il d'un ton sévère.

— Je n'en avais pas l'intention, je me défends, vexée.

Comme la veille, il me déshabille. Je réclame le droit à quelques minutes d'intimité qu'il me refuse et il m'accompagne jusqu'à la salle de bains où je me sens affreusement gênée de devoir uriner sous son regard attentif. Il reste parfaitement impassible, seules ses prunelles brillent d'un éclat de malice. Il me refuse aussi la douche et referme aussitôt le cadenas dans mon dos.

— Tu préfères ça ou les menottes ? grogne-t-il quand je me plains.

Le souvenir de la nuit précédente m'oblige à trancher rapidement en faveur de cette nouvelle contrainte. Il me met au lit, m'embrasse furtivement et s'en va. Je m'endors comme une masse. Alexis doit me secouer le lendemain matin. J'ai bien dormi et je me sens alerte. Tout comme la veille, il me donne son sexe à sucer jusqu'à ce qu'il éjacule dans ma bouche, il défait mon harnais et procède à ma toilette sous la douche. J'échappe seulement au lavement. En tout début d'après-midi, il m'emmène à l'institut de beauté. Je suis surprise lorsqu'Alexis nous rejoint entièrement nu dans la pièce où Jill achève mon massage. Il la remplace au moment de me faire jouir, puis il prend ma place sur la table. Il m'est un peu pénible de voir Jill le masturber devant moi et lui tirer habilement un long jet de sperme.

— À toi, Micky, réclame-t-il soudain.

— Quoi ? Mais... tu viens de...

— Montre-lui comment faire, Jill ! m'interrompt-il.

La jeune femme revient près de moi et enduit mes mains d'huile.

— Si vous vous y prenez bien, il pourra enchaîner deux ou trois érections sans difficulté. Il faut savoir doser les pressions, explique-t-elle en guidant mes mains sur le sexe d'Alexis qui gît mollement sur le côté.

Sous ses conseils, il retrouve une vigueur inespérée.

— Si vous allez trop vite, il finira par avoir mal, me retient-elle quand elle juge que j'accélère trop. Restez calme et régulière.

Cette séance n'est pas autre chose qu'un cours à mon intention, aussi je me montre une élève attentive et obéissante. Je m'applique et je ne tarde pas à en obtenir ma récompense. Alexis jouit en se cramponnant à la table.

— Encore ! exige-t-il immédiatement.

J'hésite sérieusement, doutant d'y parvenir. Jill vient à mon secours et me montre la meilleure façon de le satisfaire. La troisième salve le laisse inerte. Jill réclame mon concours pour le laver à quatre mains avec une eau tiède et parfumée. Alexis émerge juste assez pour se rendre au salon où il s'endort pour de bon dans le canapé. Jill en profite pour peaufiner mon épilation et me rendre aussi douce que la soie.

Le soir venu, je retrouve mon harnais et Alex m'abandonne encore languissante dans mon lit. Au bout de six jours de ce traitement de famine, j'appréhende chaque soir davantage. Mon corps est en flammes. Alexis s'amuse, chaque matin, à souffler sur les braises de la nuit trop sage. Il ne me donne que des miettes de son propre plaisir et j'en deviens folle.

Le samedi, c'est Georges qui vient m'apporter le petit-déjeuner. Il n'entre dans ma chambre qu'après s'être assuré que je suis visible. Il dépose le plateau sur la table et s'apprête à partir quand je le rappelle.

— Où est Alexis ?

— Il a passé la nuit chez Mlle Simon. Il m'a prié de veiller sur vous jusqu'à ce soir.

La jalousie que j'avais fini par oublier refait surface et je me sens blessée. Je crains par ailleurs qu'il ait mis ses menaces à exécution et découvert, le cas échéant, que Julia est capable de lui donner le plaisir qu'il convoite. D'un autre côté, il joue de l'abstinence avec moi, je comprends qu'il ait besoin de se soulager. À ce propos, ma vessie se rappelle à moi. Je suis horriblement confuse, mais je ne peux faire autrement.

— Georges ? Alexis vous a-t-il donné la clé ?

— Oui, madame Valmur, répond simplement le majordome.

— Est-ce que c'est possible... maintenant ?

Georges avance en tirant de sa poche la minuscule clé.

— Si vous voulez bien me permettre, propose-t-il très doucement.

Je me glisse hors du lit et je lui tourne le dos. Il évite de me toucher en déverrouillant le mécanisme et je file vers la salle de bains. Prise d'un doute, je me retourne vers lui avant de fermer la porte.

— Il ne vous a pas dit de rester, n'est-ce pas ?

— Non, madame Valmur. Il m'a dit que vous étiez entièrement libre aujourd'hui à condition que vous soyez prête pour 20 heures.

— Prête à quoi ?

— Alexis vous emmène dîner. Il a précisé que vous deviez porter la robe que Mélanie a fait livrer hier et que Bertrand vous attendait dans l'après-midi.

Georges me laisse à mon intimité et je prends le temps de plonger dans un bain chaud et moussant, de petit-déjeuner copieusement avant de me décider à promener ma solitude dans les rues de Paris. J'en profite pour faire quelques emplettes et grignoter avant de rejoindre le salon de coiffure.

Bertrand ne lésine pas sur les soins et m'affuble d'un chignon superbe. Lorsque je rentre, en début de soirée, Georges ne manque pas de me complimenter. Il me rappelle le rendez-vous et je grimpe finir de me préparer. J'enfile la robe indécente et je peaufine mon maquillage de star. Alexis entre chez moi comme dans un moulin. Il semble d'excellente humeur. Il a revêtu un costume qui lui va à merveille.

— Tu es belle, Micky, dit-il d'une voix sourde.

— Où allons-nous ? j'élude d'un air indifférent.

— Fêter la fin de la première étape.

Je déglutis et j'évite de poser d'autres questions. Notre arrivée dans la salle d'un grand restaurant est remarquée. Je sens peser sur moi les regards admirateurs des hommes, désapprobateurs, voire carrément choqués, des dames. Alexis jubile à mon bras. Galamment, il m'installe avant de prendre place à côté de moi plutôt qu'en face, obligeant le serveur à modifier la table. Sous la nappe, sa main écarte mes cuisses et se faufile dans mon entrejambe. Je plonge le nez dans la flûte de champagne qu'on vient de nous apporter. Durant tout le repas, Alexis me chauffe à blanc, jouant successivement avec mon décolleté ou avec la fente opportune de ma robe.

— As-tu passé une bonne soirée ? interroge-t-il d'un air narquois au moment du café.

— Le repas était bon, le vin excellent et tes caresses très intéressantes.

— Mais ?

— Tu me manques.

— Je t'ai manqué aujourd'hui ?

— Tu me manques... sexuellement parlant, je rectifie. J'en ai assez d'être privée, j'ai envie de toi.

— Très envie ?

— Tu n'imagines pas à quel point.

Alexis se penche un peu sur la table et introduit un doigt dans ma chatte. Je me cramponne à mon siège pour ne pas jouir aussitôt.

— Oh si, j'imagine très bien. Il est temps de rentrer, dit-il calmement.

— Est-ce que tu vas encore me laisser ?

— Non. Ce soir, je vais te donner ce que tu désires. Je te l'ai dit, nous passons à l'étape suivante.

Il se moque de mon impatience à rentrer. Il n'en conduit pas plus vite pour autant.

— Tu n'es pas curieuse, constate-t-il en chemin.

— À quel sujet ?

— Georges t'a dit où j'ai passé la nuit, n'est-ce pas ?

— Oui, il me l'a dit.

— Et c'est tout l'effet que ça te fait ?

— Je croyais qu'il m'était interdit de me soucier de ce que tu fais avec Julia ?

— Tu n'es donc pas jalouse ?

— Si, je confesse sans honte. Mais si ton plaisir doit en passer par là, je l'accepte.

— Même si je devais l'épouser ?

Je baisse le nez. Mes paupières picotent dangereusement et je m'abîme dans la contemplation des rues.

— Réponds-moi ! Quel effet ça te fait de savoir qu'elle risque bien de devenir ma femme ?

— Est-ce que tu l'as... entièrement déflorée ?

— Réponds-moi, refuse-t-il.

— Rien.

— Tu mens, Micky.

— Qu'est-ce que ça change ? je mords pour appeler à moi la colère salvatrice. Nous ne devions pas revenir sur cette question. Tout ce que je te demande, c'est de me baiser en y prenant le maximum de plaisir. Le reste ne me regarde pas.

Alexis se ferme. Il accélère comme un fou, stoppe la voiture devant la maison et m'en sort manu militari. Je manque de me prendre les pieds dans le bas de ma robe quand il me tire dans l'escalier. Il ne s'arrête pas au second étage, mais m'entraîne à l'étage supérieur ; il sort une clé de sa poche et ouvre une petite porte avant de me pousser à l'intérieur. Il allume une faible lumière et j'ouvre alors des yeux ronds. Le grenier ressemble à une salle de torture avec des cordes, des chaînes et des anneaux au mur, une table avec des accessoires, dont un fouet qui me fait froid dans le dos.

— Est-ce que c'est... l'endroit dont tu m'as parlé ?

Alexis acquiesce. Ses yeux noirs sont insondables. Il s'empare d'un couteau sur la table et je réprime un frisson nerveux.

— Je te sens inquiète, chuchote-t-il en passant derrière moi.

— Je le suis.

— Tu savais pourtant que nous en arriverions là.

Je ne réponds rien. Sa main sur mon cou me plaque contre son épaule. La lame de couteau descend le long de mon décolleté et s'arrête au bord du tissu.

— As-tu toujours envie ? veut-il savoir.

Je respire à petits coups, sa main se resserre sur ma gorge.

— Oui, je marmonne d'une voix enrouée.

D'un geste brusque, il coupe les bretelles de ma robe qui glisse sur le sol.

— Suce-moi ! me réclame-t-il à l'oreille.

Docilement, je m'agenouille devant lui. Dans ma main, je recueille son sexe plus dur que jamais. À ma grande surprise, il jouit en quelques minutes seulement, tout en exigeant de voir son sperme couler sur ma langue. Il ne s'en tient pas là cependant et exige aussitôt que je recommence. Je comprends, dès lors, tout l'intérêt des enseignements de Jill quand il réclame mes seins pour se satisfaire. Je sais déjà qu'il ne se contentera pas de ça. À peine a-t-il éjaculé sur ma poitrine, qu'il s'enfonce en moi d'un coup. Je jouis presque instantanément tant je suis excitée. Lui savoure mon affolement quand l'orgasme m'emporte.

— J'en veux encore, Micky, mais je vais avoir un peu de mal, confie-t-il d'une voix chargée de sous-entendus.

— Que puis-je faire ?

— Ça ! répond-il en désignant, sur la table, une fine cordelette.

Consentante, je m'incline devant lui, les mains jointes dans mon dos. Alexis s'empresse d'entraver mes poignets, puis il réclame que je le suce une nouvelle fois. Ma position soumise et mes mains attachées l'excitent terriblement. Quand il a retrouvé toute sa vigueur, il me retourne sans ménagement et me maintient de telle façon que lui seul décide de tout. Je l'entends soupirer de satisfaction en prenant appui sur ma croupe offerte. Ma privation de liberté me plaît sans doute un peu trop, à moi aussi. Dans mon imagination en feu et malgré mes orgasmes précédents, cette mise en scène me rend un désir puissant. Alexis écarte mes fesses pour mieux se voir pénétrer cet endroit de mon corps qu'il apprécie tant désormais. Plus que jamais, je suis devenue son jouet et il devine très vite l'effet hallucinant que cela provoque en moi. Il accélère à peine qu'un filet chaud coule le long de mes cuisses. C'est la première fois qu'il me fait jouir sans l'intervention de mes propres doigts lorsqu'il me sodomise. Le plaisir d'Alexis est plus long à venir. J'ai peur qu'il ne parvienne pas au bout de son projet tandis que je ressens les premiers engourdissements de ma position.

— Si je crie, quelle sera ma punition ? je propose tout à coup.

— Tu la connais, me répond sa voix sourde.

Je pousse une plainte et je reçois aussitôt une fessée sonore et cuisante. Alexis ne peut s'empêcher de caresser ma peau rougie. Je fais exprès de me rebeller contre sa brutalité ce qui me vaut une autre frappe cinglante. Ce petit jeu a un effet immédiat, ses coups de reins se font plus nerveux. Il se cramponne à mes hanches et laisse échapper un cri rauque mêlant la jouissance, le soulagement et la fatigue. Il éjacule en profitant du spectacle de son sperme coulant de mon orifice, puis s'abat sur moi, me faisant m'écrouler sous son poids. Mes genoux endoloris par la position très inconfortable en sont aussitôt soulagés. Alexis est encore secoué de spasmes nerveux et peine à reprendre son souffle. Il m'enlace et m'attire contre lui.

— Je sais que je t'ai promis, mais dis-moi juste… que tu vas bien, réclame-t-il tout bas.

— Je vais très bien, je réponds d'une voix légère. Je suis heureuse que tu sois allé jusqu'au bout de ce que tu désirais.

— Ça ne me suffit pas, mes rêves ne sont pas tous réalisés, rétorque-t-il.

— Les vacances ne sont pas terminées.

Il se redresse d'un coup et avise ma situation. Mes mains attachées ne me permettent pas de me relever.

— Ce n'est pas juste, se plaint-il. Tu pourrais jouir tant d'autres fois alors que moi, malgré l'envie que j'éprouve encore pour toi, je suis incapable de continuer.

J'apprécie d'entendre ce qui ressemble à une déclaration de faiblesse et de désir.

— Tu es à plaindre, Alex, j'ironise.

— Tu es tellement tentante. Je veux que ta bouche me donne le plaisir ultime.

— Je n'y arriverai pas sans le secours de mes mains.

Aussitôt, il me rend la liberté tout en comptant bien que j'en use à son seul profit. Durant quelques minutes, il se laisse faire sans bouger, profitant pleinement de la détente absolue que lui procurent mes lents va-et-vient sur son sexe un peu mou. Il finit par bander de nouveau sous ma langue et sous ma main plus vigoureuse. Alors il attire ma chatte à sa bouche. Il y enfouit son nez et respire profondément. Sa verge en connaît un regain de forme évident.

Sa langue, douce et chaude, pénètre mon vagin et mon anus, j'adore ça. Je me soustrais parfois à ses succions trop fortes pour mieux y revenir. Notre corps à corps dure longtemps. Je crains de ne pas pouvoir le faire accéder à la jouissance qu'il attend. C'est donc avec soulagement que je reconnais le goût annonciateur de son sperme et que je sens son corps se raidir sous le mien. Je dois peser de tout mon poids pour le maintenir au sol quand il se vide dans ma gorge en jets plus amers. Il étouffe ses hurlements entre mes cuisses, puis il retombe d'un coup, inerte.

Je veux me détacher de lui, mais Alexis a constaté que je n'ai pas joui. Occupée à le satisfaire, j'en ai oublié mon propre plaisir. Il me relève alors sur son visage pour mieux s'emparer de mon clitoris. Sa langue fouille mon sexe avec plus d'ardeur. L'orgasme ne vient pas brutalement comme les autres, il m'envahit lentement. Je dois prendre appui sur sa poitrine pour ne pas tomber quand le plaisir inonde sa bouche. Il me lèche encore, réclamant que j'étanche sa soif de moi. J'en ai presque mal de bonheur. Il me repousse gentiment en me retenant dans ses bras. Il est trempé, mais il semble aimer ça, ses yeux brillent de mille feux.

— Je ne connais rien de meilleur que ton goût, et celui-là avait une saveur très particulière. Je t'assure que s'il faut te faire jouir vingt fois pour obtenir ça, je n'hésiterai pas.

— Vingt fois ? je sourcille, sceptique.

— Tu en serais bien capable.

— Je me demande si tu n'en serais pas capable aussi, je grommelle en massant mon poignet.

— Va savoir ! Tu m'excites tellement, comment veux-tu que je me lasse ?

— Je ne vais pas te suffire.

— Il est temps de passer à la douche, se rembrunit-il en bondissant sur ses pieds et en me tendant la main.

— Tu me laves ?

— Évidemment.

*

* *

Je me réveille dans mon lit, titillée par une odeur de café frais. J'ouvre péniblement les yeux, Alexis est assis près de moi, nos deux tasses en main.

— Ça fait longtemps que tu es là ? je m'étonne.

— Un moment ! Te regarder dormir est un spectacle que j'apprécie presque autant que de te voir jouir. Comment te sens-tu ?

— Un peu rouillée, je crois que je manque d'exercice.

— Que dirais-tu d'une balade au grand air ?

— Quelle heure est-il ?

— Un peu moins de 13 heures.

Ma mine ahurie l'amuse. Il me recommande ma tenue et me prie de le rejoindre en bas. Notre promenade me rend des forces et soulage mes muscles un peu raidis des positions contraintes que j'ai subies. Lui ne semble pas affecté physiquement et dément toute fatigue quand je le taquine. Nous regagnons la maison en fin d'après-midi. J'émets le souhait de visiter un peu mieux le grenier et il m'emmène sans hésiter au troisième.

— Comment se fait-il que tu en aies la clé ? je l'interroge.

— Mon père m'a dit où la trouver quand je le lui ai demandé.

— Il n'a pas posé de question ?

— Non, je lui ai dit ce que je comptais faire.

— Pardon ? je m'en étrangle.

— Mes parents sont parfaitement au courant de ce qui se passe entre nous et ce n'est pas eux qui te blâmeront d'apprécier certains plaisirs, sourit-il en me poussant à l'intérieur.

Sous la lumière plus vive, je peux mieux apprécier l'ambiance très particulière de l'endroit. Un matelas est posé à même le sol, dans un coin, non loin d'un petit cabinet de toilette. De l'autre côté se trouvent des chaises et une table sur laquelle je remarque le fouet. Alexis enlace ma taille. Son souffle caresse ma nuque.

— Est-ce que ça fait partie des fantasmes qui te hantent encore ? je demande en faisant jouer les lanières de cuir.

— Entre autres, oui.

— Quoi d'autre ?

Il se tait, je me retourne face à lui. Ses prunelles étincellent.

— Micky, je...

Il s'interrompt en secouant la tête.

— Tu dois accomplir tous tes fantasmes, Alex, sinon ils te hanteront toujours.

— Tu ne sais pas à quoi ils t'exposent !

— Sais-tu seulement à quoi je désire m'exposer ? je réplique en lui collant le fouet dans les mains.

Il me regarde d'un air d'abord surpris, puis un éclair sauvage allume son regard.

— Ce n'est pas encore la nuit !

— Est-ce bien important ?

— Tu en as tellement envie ?

— Autant que toi.

— Dans ce cas, aide-moi, oblige-moi à te punir. Mais je t'en prie...

Il me poignarde d'un regard noir bouleversant. Je pose mes doigts sur ses lèvres.

— Je sais.

— Déshabille-toi et agenouille-toi devant moi, exige-t-il enfin d'une voix rauque après avoir pris une grande inspiration.

— Non !

Ses traits se tendent et ses doigts se crispent sur le fouet. Il me déshabille alors lui-même sans ménagement. Je me laisse manipuler comme une poupée de chiffon, sans protester. Il m'entraîne ensuite par le bras vers le mur. Je veux me débattre, mais il menotte mes poignets derrière moi avant de me doter d'un collier relié à une courte chaîne. Je me retrouve à genoux, les mains dans le dos et incapable de redresser le buste de plus de quelques centimètres.

— Apprécies-tu d'être traitée ainsi ? marmonne-t-il derrière moi.

Je lui adresse une œillade meurtrière qui le pousse dans ses retranchements. Il détache lentement la ceinture de son pantalon. La morsure du cuir sur mes fesses nues me surprend et m'arrache un gémissement.

— Tais-toi, Micky, tu as mérité ce qui t'arrive, non ? demande-t-il comme pour en recevoir une confirmation de ma part.

Je me pince les lèvres et la ceinture me mord une nouvelle fois.

— OUI ! je concède en criant.

— Tu es décidément trop bruyante.

Il m'ordonne d'ouvrir la bouche et y glisse un bâillon qu'il noue derrière ma tête. Les fines lanières du fouet se font plus cruelles avec ma peau. Mes fesses brûlent tandis qu'entre mes cuisses coule un liquide chaud.

— Tu mouilles terriblement, constate Alexis en se penchant à mon oreille avant de me pénétrer brutalement.

Doté d'une vigueur exceptionnelle, il écarte mes fesses cuisantes et me pilonne de grands coups de reins. En quelques mouvements rapides et impétueux, il me fait jouir si fort que je ne peux réprimer mes cris, ce qui me vaut une fessée qui me fait me plaindre. Il se retire alors tout aussi brusquement qu'il m'a prise et je devine déjà la suite. Privée de toute liberté de mouvement, je ne peux me soustraire à son sexe puissant qui pénètre mon anus avec trop d'empressement. Cette fois, je crie de douleur. Alexis reconnaît la différence et marque un temps d'hésitation. Pour le rassurer, je donne une faible impulsion et il s'enfonce plus lentement. Je gémis d'aise pour l'encourager. Aussi reprend-il très vite une cadence plus soutenue jusqu'à ce que je cède encore à un plaisir très humide. Il s'écarte ensuite pour venir m'enlever le bâillon et son sperme jaillit sur ma langue, déborde sur mon menton. Il se baisse et caresse mes lèvres du bout de ses doigts avant de les porter aux siennes.

— Je n'ai jamais eu un goût aussi épicé, déclare-t-il, satisfait, puis il me détache avec précaution. Je sais que je t'ai fait mal. Je vais prendre soin de toi.

Il me couvre les épaules de sa chemise et m'entraîne jusqu'à ma chambre. Comme à son habitude, il lave chaque parcelle de mon corps sous la douche. Il me fait allonger ensuite sur le lit, à plat ventre, et déverse, sur le bas de mon dos, une bonne dose d'un liquide froid et parfumé. Ses mains se font velours sur mes reins tendus et mes fesses sensibles. Elles glissent dans leur fente et cajolent mon anus un peu douloureux de la pénétration sauvage qu'il m'a infligée. Il est d'une tendresse et d'une patience absolues, à me faire ronronner de plaisir.

— On dirait que tu apprécies autant la douceur que la violence, commente-t-il. Que préfères-tu ?

— L'une et l'autre ont leurs avantages. La violence m'excite, mais la douceur…

Mes sentiments pour lui se réveillent immanquablement lorsqu'il se montre aussi tendre envers moi et il m'est difficile de le lui cacher.

— C'est bien aussi, je conclus trop rapidement.

— Tu as peur de quoi, de m'aimer ? interroge-t-il, trop perspicace.

— NON ! je lui rappelle sévèrement en repoussant sa main. Tu m'as fait promettre de ne jamais t'aimer.

— Je t'ai fait promettre de ne pas me le dire tant que je n'étais pas certain de parvenir à l'étape que nous venons de franchir, Micky, rectifie-t-il en me regardant d'un air circonspect.

— Ça ne change rien et je préfère cent fois être ton jouet. Garde tes sentiments pour Julia, elle le mérite plus que moi !

— Tu es la personne la plus entêtée que je connaisse, affirme-t-il comme s'il avait lu en moi comme dans un livre ouvert.

Il se lève et gagne la salle de bains où il se lave les mains avant de revenir vers moi.

— Georges va préparer ton dîner. Tu trouveras tout ce qu'il te faut à la cuisine.

— Tu t'en vas ?

— Tu m'y contrains. Tu me refuses la seule chose que Julia me donne bien volontiers.

Mon sang se fige dans mes veines, je blêmis sous l'attaque.

— Je suis à toi comme tu le voulais, je proteste.

— Ton corps parce qu'il jouit, ton esprit parce qu'il se plaît à se soumettre, mais c'est tout. Tu ne te livres jamais complètement. Tu ne m'appartiens pas comme je le souhaite.

— C'est faux !

— Alors pourquoi refuses-tu de me dire ce que tu ressens ?

— Je te l'ai dit.

— Comment peux-tu mentir à ce point ?

— Toi, tu ne mens pas, peut-être ? je m'emporte. Tu prends plaisir à réaliser tes fantasmes avec moi durant quelques heures, mais tu files la rejoindre à la première occasion. Je ne suis pas dupe, Alex, je sais que d'ici la fin de l'année scolaire, tu auras comblé tous tes désirs. Je l'ai accepté de mon plein gré et je ne te blâme pas, tout comme je ne te retiendrai pas quand tu partiras.

— Sais-tu ce que je ressens quand je baise Julia ? siffle-t-il entre ses dents.

Je reçois cette question comme un camouflet et je ne réponds pas.

— Je crois que tu as besoin d'une bonne leçon, Micky, grogne-t-il, furieux, avant de partir en claquant la porte.

J'ai beau retourner la question dans tous les sens, je n'en vois pas l'issue. Julia l'aime éperdument au point de s'être déclarée prête à tout pour lui. Elle me remplacera définitivement lorsqu'il l'aura convaincue de se donner de toutes les façons possibles. Et à voir l'empressement qu'il met à aller la retrouver, je suppose qu'il s'y emploie avec ardeur. Il ne dispose plus de beaucoup de temps pour opérer la substitution qui fera d'elle l'épouse parfaite qu'il envisage. Je lui sers seulement d'exutoire. Mon cœur saigne à l'idée de le perdre, mais je dois, dès à présent, me préparer à cette perspective. Je me couche dans mon lit froid, seule et déprimée, après avoir renoncé à manger. Il me semble, dans la nuit, entendre un bruit feutré de porte qui se ferme, un souffle près de moi, mais je n'ai pas le cœur à me réveiller tout à fait.

*

* *

Alexis ne vient pas le lendemain, Georges m'en avertit dès le petit-déjeuner qu'il m'apporte. Il m'annonce aussi que je suis libre de faire ce que bon me semble. J'en profite pour rentrer chez moi relever mon courrier et répondre aux mails du dernier éditeur de mon mari. Jean-Charles tente d'obtenir de moi le manuscrit d'un ouvrage qu'Henri lui aurait confié avoir écrit peu de temps avant sa mort. Je lui réponds qu'il s'agit probablement d'un projet qu'il n'a pas dû concrétiser, et qu'en tout état de cause, je ne possède pas ce qu'il réclame. Je reste entre mes murs rassurants durant toute la journée. La soirée est à peine entamée quand mon téléphone sonne.

— Où es-tu ? s'écrie la voix tempétueuse d'Alexis.

— Chez moi. Tu as dit que j'étais libre, je lui fais remarquer.

— Je veux que tu reviennes, maintenant. Tu as quinze minutes pour te pointer ici, annonce-t-il avant de raccrocher.

J'embarque mon sac à main, les clés et je ferme la maison. Alexis m'attend déjà à l'entrée de son garage. Il me sort de ma voiture et me traîne de force dans le grenier. Il m'ordonne sèchement de me déshabiller et me contemple sans mot dire pendant que je m'exécute, il semble réfléchir.

— Je t'ai attendue, dit-il enfin d'une voix sourde.

— Au moins, tu sais ce que ça fait. Tu veux des excuses ?

Mon audace le laisse de marbre, seules ses mâchoires se contractent sous l'attaque.

— Plus tard, quand je serai sûr que tu auras bien retenu la leçon.

Il m'entraîne vers le mur où il me menotte à une chaîne. Il m'oblige à me pencher, écarte mes jambes et me glisse dans la chatte un gode dont il actionne les vibrations. J'en ai un vertige délicieux. Je le suis du regard quand il va prendre sur la table le fouet qui le tente tellement. Ma peau se couvre d'une chair de poule incontrôlable quand il me caresse les fesses d'un geste menaçant.

— Ne me refais jamais un coup comme celui-là, Micky !

Le fouet claque et mes jambes tremblent sous le plaisir conjugué du vibromasseur et de la punition. Il me cingle jusqu'à ce que je mouille suffisamment à son goût, puis je devine qu'il se déboutonne dans mon dos. Il pénètre mon anus en poussant un râle furieux. Je serre les dents et je n'émets pas un son. Je suis prête plus que Julia à tout accepter de sa part, et je veux qu'il s'en rende bien compte.

Il s'enfonce aussi loin qu'il peut et je retiens mon cri quand l'orgasme me saisit. J'ai l'impression de jouir de toutes parts sans moyen d'endiguer les flots qui coulent le long de mes jambes, ni les soubresauts qui agitent mon sexe et mon anus qui se contracte autour du membre raide qui le fouille. Alexis profite autant que moi de mon plaisir, il se cambre d'un coup pour jouir à son tour. Il reste cependant calé au fond de moi, savourant les vibrations du gode au travers de mon ventre. Il se rend ainsi une nouvelle vigueur. Il ôte alors le jouet et le remplace. Il me prend durant un long moment, alternant les coups puissants et les ondulations plus lentes jusqu'à ce qu'il devine l'imminence d'un nouvel orgasme. Il m'écrase contre le mur et profite de ma faiblesse pour exiger mes excuses tandis que j'atteins le paroxysme du plaisir. Je suffoque en lui demandant pardon. Il me serre fort contre lui et jouit intensément au plus profond de mes entrailles.

— Tu as failli me rendre dingue, murmure-t-il dans mon cou après quelques secondes.

— Georges m'a dit que tu ne devais pas rentrer de la journée, j'objecte, à bout de souffle.

— C'est en effet ce que j'avais prévu, mais il m'a prévenu en ne te voyant pas revenir pour le dîner. Tu m'as obligé à interrompre une séance particulièrement intéressante et je vais devoir recommencer par ta faute.

— Je suis désolée, mais tu n'aurais pas dû te soucier de moi. Ça ne valait pas la peine que tu te prives de Julia.

— Il est temps que tout ça se termine, marmonne-t-il avec un ricanement agacé.

Mon cœur a un raté, nous sommes donc bien à la fin de l'histoire.

— Est-ce que je peux rentrer chez moi maintenant ? je demande aussi calmement que possible.

— Je n'en ai pas encore fini avec toi.

Il va chercher sur la table mon collier de cuir et revient me le passer autour du cou.

— Qu'est-ce que tu fais ? je m'alarme.

Il ne libère pas mes poignets, mais les fixe dans mon dos avec plus de fermeté. Il ne consent à me répondre que lorsqu'il a terminé de m'enchaîner.

— Je ne veux plus avoir à m'inquiéter pour toi. Je tiens à avoir l'esprit libre encore un moment alors je m'assure que tu ne t'envoleras pas de nouveau. Tu vas rester ici jusqu'à ce que je revienne te chercher.

— Alex... je sursaute, ahurie.

— Ne songe pas à amadouer Georges, je lui ai donné congé, personne ne viendra t'aider. Bonne nuit, Micky ! lance-t-il en s'éloignant sans se retourner.

Sitôt qu'il est parti, je cherche un moyen de me dégager, mais je suis bien forcée d'admettre que je n'en ai pas la possibilité. Je peux seulement me mettre debout et gagner le cabinet de toilette de justesse. De toute évidence, tout a été étudié pour obtenir un tel résultat. Les Duivel sont des experts dans l'art de la domination et je ne serais pas étonnée de savoir que Mme Duivel est l'artisane d'une telle mise en scène. Sous des dehors élégants, raffinés et dans l'ombre de son mari, elle le domine par sa soumission, elle dirige leurs jeux pervers jusqu'à l'extrême et il se plaît à incarner le maître en étant conscient qu'il ne fait qu'obéir. Alexis a grandi avec cette image. Ses propres fantasmes le portent à reproduire les scènes choquantes dont il s'est gavé durant ses longues et répétées séances d'espionnage. Il ne conçoit plus le sexe que dans un rapport de violence et de soumission tout en le craignant. Moi, je peux lui offrir ce qu'il attend, je peux tout lui offrir.

*Alors que va-t-il chercher chez Julia ?*

*

* *

Le temps s'étire, infiniment long. Le silence n'est troublé que de mes propres bruits et du craquement de la charpente. Je n'ai aucune idée de l'heure qu'il est. Je me suis recroquevillée dans un coin, la tête sur les genoux. Je n'arrive même pas à en vouloir à Alexis. C'est comme si la situation me paraissait normale. Je finis par m'assoupir jusqu'à ce que je sois réveillée par le bruit des pas dans l'escalier. Mon sang accélère quand il ouvre la porte. Il s'est changé et sent bon le frais, je suppose que c'est le matin. Je suis courbaturée et mes mains fourmillent douloureusement. Il ne m'aide pas, il ne dit rien, ne sourit pas, il approche de moi, déboutonne son jean et me tend son sexe dur et gonflé.

— C'est l'heure de ton petit-déjeuner. Suce-le bien, tu n'auras rien d'autre.

J'ouvre des yeux consternés, je n'ai rien mangé depuis la veille et mon estomac fait des réclamations bruyantes. Je m'abstiens de protester et j'engloutis son membre qu'il enfonce avec autorité jusqu'à ma gorge. Je manque d'en avoir un haut-le-cœur et je recule. Il empoigne mes cheveux et guide alors la fellation au rythme qu'il souhaite. Il m'observe fixement durant tout ce temps et plisse à peine les yeux quand son sperme jaillit sur ma langue et que j'avale le tout avec docilité. Il se retire puis il m'ordonne de lui tendre mes fesses. Je me retourne, vaguement inquiète, il me plaque les épaules au sol et je sens couler sur moi un filet d'eau tiède. Je me tais obstinément, il apprécie.

— Il est temps que tu fasses une petite toilette intime, tu dois être parfaite.

Ses paroles éveillent une alarme en moi, mais je n'ai pas le temps de me poser de question qu'il enfonce dans mon anus un mince tuyau relié au robinet du lavabo. Il ouvre le jet un peu plus fort et l'eau me remplit le ventre. Il m'ordonne de maintenir ma position tandis qu'il profite du spectacle.

— Si tu savais ce que je crève d'envie de te prendre dans cet état, me dit-il au bout d'un moment.

— Pourquoi ne le fais-tu pas ? je bredouille en serrant les dents.

Il secoue la tête d'un air énigmatique et va fermer le robinet. L'eau coule le long de mes cuisses. Il me relève et me traîne jusqu'aux toilettes où il me fait asseoir. Je ferme les yeux pour ne pas subir les siens quand j'expulse le liquide. J'en suis secouée de frissons irrépressibles. Alexis attend que je sois entièrement vidée pour me détacher. Il me garde menottée en me faisant descendre à ma chambre. Il me colle sous la douche et me lave avec soin. Mon estomac gronde furieusement. Il sourit d'un air narquois, mais ne dit rien. Il sélectionne mes vêtements et m'habille comme si nous allions sortir.

— Nous pouvons descendre à présent, il est l'heure.

Je le regarde, perplexe. Il évite mon regard et me prend la main fermement. Au rez-de-chaussée, il me fait entrer dans le petit salon rouge où une bonne odeur de café frais me taquine les narines. Une petite table est dressée à l'écart des canapés qui meublent la pièce à l'ambiance intimiste. Nous sommes à peine arrivés qu'un coup de sonnette retentit. Alexis m'ordonne de m'asseoir et d'attendre avant de sortir très vite. Je suis affamée et j'ai mal un peu partout, je ne rêve que d'une tasse du café qui titille mon nez. Alexis revient en compagnie d'un jeune homme d'une vingtaine d'années, un copain sans doute. Le garçon est rondouillard et son visage inexpressif. Il ne cadre pas avec Alexis, tellement plus beau et plus racé, je me demande furtivement d'où il le côtoie. Je me lève néanmoins pour saluer notre visiteur. Le jeune homme me tend une main tremblante.

— Lucas vient d'intégrer la Société, explique Alexis en éclairant ainsi ma lanterne. Malheureusement pour lui, sa fiancée n'a pas apprécié cela.

Je le regarde sans comprendre vraiment l'intérêt de cette révélation.

— Figure-toi qu'elle n'a pas accepté que Lucas la sodomise alors que c'était le souhait le plus cher de notre ami. Qu'est-ce que tu en penses ? roucoule-t-il d'un air innocent tandis que Lucas se frotte les mains nerveusement.

— Que... c'est bien dommage ! je réponds un peu sèchement.

— Je savais que tu serais d'accord avec moi.

Je déglutis quand il caresse mon cou. Je sens planer une menace et ma peau frissonne malgré moi.

— En tant que membre de la Société, il a fait valoir ses souhaits et je me suis dit que nous pourrions faire quelque chose pour l'aider.

Je comprends brutalement. Mon sang se fige et mon cœur cesse de battre. Je suis raide contre Alexis, plaqué dans mon dos, prêt à me retenir de fuir.

— Ne me fais pas ça ! je souffle.

— C'est facile, Micky, c'est toi-même qui le prétends chaque fois que je te confie mes difficultés à baiser Julia. Prends donc exemple sur moi, murmure-t-il sourdement à mon oreille.

Une vague de colère m'envahit et je me retourne face à lui.

— Tu m'as demandé de te prévenir quand tu irais trop loin, là je te préviens.

— Fais-le pour moi, j'en ai besoin. Je resterai là, je te regarderai.

— Ne me fais pas ça ! Je t'en prie, je gémis tandis qu'il détache les premiers boutons de ma robe.

— Il le faut, c'est la dernière étape. Il est tellement excité que ça ne durera pas longtemps avant qu'il jouisse dans sa capote, chuchote-t-il.

Je ferme les yeux et serre les dents, folle de rage. Il me fait pivoter nue devant Lucas dont le teint a viré au cramoisi. Alexis me pousse devant lui et appuie sur mes épaules.

— Suce-le ! exige-t-il en amenant ma tête devant sa braguette tendue.

Sans accorder un regard au garçon, je défais la fermeture et malmène son slip pour en extraire son sexe sans ménagement. Il ulule déjà. Il bande dur, mais sa verge n'est pas aussi belle que celle d'Alexis. Ce dernier a pris place dans un fauteuil et sirote un café en profitant du spectacle. Je m'exécute comme un automate, submergée par une colère qui seule m'empêche de pleurer. Lucas a peur de jouir trop vite, il arrête la fellation et me repousse vers le canapé. Je tourne résolument la tête du côté opposé pour ne pas voir Alexis dans son fauteuil.

Je subis sans trop de mal la pénétration de Lucas. Il fait ça comme un lapin, bêtement, à un rythme effréné qui ne lui permettra certainement pas d'aller loin ni de profiter des sensations. Moi, je ne ressens plus rien qu'un immense vide, une infinie tristesse. Alexis me livre à un étranger comme une chose dont on ne veut plus et qu'on cède sans regret avant de la remplacer par une autre, plus amusante. S'il veut ainsi me signifier la fin de la partie, c'est cruel. Les larmes que je retiens trop bien d'ordinaire m'échappent, brûlantes comme l'acide. J'ai malgré moi un hoquet quand le chagrin déborde de ma gorge serrée.

— Regarde-moi, Micky ! résonne tout à coup la voix sourde d'Alexis au milieu des gémissements de Lucas.

Je garde la tête obstinément tournée et je tâche en vain de contenir les traîtresses qui coulent sur mes joues. J'entends le bruit de ses pas. Il avance vers moi et découvre ce que je veux tant lui cacher. Ses traits reflètent une vive émotion et il serre les mâchoires. Il sort mon trousseau de clés de sa poche et le pose sur la console, bien en évidence, puis il quitte la pièce à grandes enjambées.

Lucas pousse des gémissements plaintifs et se cabre dans des secousses bizarres avant de beugler un cri de victoire. Je manque d'avoir un haut-le-cœur et je m'écarte vivement de lui. Lucas penaud, la queue pendante dans son préservatif souillé, veut me remercier en esquissant un geste de la main, mais je m'enfuis à l'autre bout de la pièce.

— Partez ! je m'écrie, mauvaise.

Il rougit quand il comprend que je lui ai servi malgré moi à se vider. Il se rhabille prestement et tente une nouvelle fois de venir s'excuser.

— Allez-vous-en ! je hurle en éclatant en sanglots.

Il n'insiste pas et sort très vite. Je m'effondre sur le sol en pleurant douloureusement. Même la mort d'Henri ne m'a pas blessée autant. Je m'y étais préparée, elle était inévitable. Ma tête bourdonne, le chagrin me ronge. Je sais maintenant qu'Alexis ne m'appartiendra jamais, notre aventure ne constituait qu'une parenthèse extraordinaire dans ma vie. J'ai commis l'erreur de me laisser aller à l'aimer.

Je devrais partir maintenant, mais j'en suis incapable. Je couve l'espoir trop fou qu'il me gardera une place près de lui, je ne souhaite même pas celle de Julia dans son cœur, juste être encore à lui de temps en temps, être encore son jouet. Il peut bien faire de moi ce qu'il veut, m'offrir en cadeau à un autre, j'accepte. Et s'il veut me voir partir, il ne suffit pas de me rendre les clés de ma voiture, il devra me chasser à coups de pied. Je compte le forcer à aller jusqu'au bout de sa violence pour en finir tout à fait avec moi.

Je me relève, ignorant le café qui torture mes narines et mes clés offertes sur un plateau, je remonte au grenier. J'attache le mousqueton à mon collier et je le remets en place autour de mon cou. Il m'est compliqué de me lier les mains, aussi les menottes me sont plus utiles et je peux ainsi regagner ma place contre le mur. Je m'y sens presque bien et je pleure moins. Ma détermination prend le pas sur tout le reste. Je sombre peu à peu dans une torpeur douloureuse qui m'arrache de temps à autre un sanglot involontaire.

Je ne sais pas combien d'heures passent ainsi, peut-être une journée entière, peut-être deux. La faim cesse de me tenailler l'estomac et je n'ai presque plus mal aux bras qui ne fourmillent plus au bout d'un moment. Le froid a engourdi mon corps. Je suis anesthésiée, je flotte dans une sorte d'inconscience qui m'ôte toute envie hormis celle de dormir. Je ne comprends pas ce qui se passe quand des bruits résonnent à mes oreilles. Je me sens ballottée et le froid glacial qui a envahi mes membres me fait mal quand la chaleur m'entoure. Je reconnais son parfum. Je reconnais ses mains sur moi, je reconnais sa voix.

— Micky, réponds-moi ! Réponds-moi, mon amour, je t'en prie ! crie-t-il.

La voix d'Alexis est angoissée. « *Mon amour* », je dois rêver. Il ne se serait jamais permis ça.

— GEORGES ! Appelle le médecin ! hurle-t-il et je réalise qu'il est vraiment là.

Je réagis faiblement... pas le médecin.

— Qu'est-ce qui t'a pris de faire ça, petite sotte ! murmure-t-il, soulagé de m'entendre en me serrant dans ses bras.

— Est-ce... qu'elle a dit... oui ? je bredouille, incapable d'ouvrir les yeux.

J'entends le rire d'Alexis, sa main brûlante caresse ma joue et efface la trace d'une larme qui m'a échappée.

— Tu pleures, constate-t-il.

— Non, je mens encore au-delà du raisonnable.

— Jusqu'où faudra-t-il donc que j'aille pour que tu cesses de te cacher ?

Je secoue la tête faiblement.

— Pourquoi n'es-tu pas rentrée chez toi ? demande-t-il.

— Je veux... que tu me chasses, que tu me dises que tu n'as plus besoin de moi.

— Ce n'est pas possible, Micky, j'ai besoin de toi.

— Ju... Julia.

Mes forces m'abandonnent, il resserre son étreinte autour de moi.

— Tu es la seule personne au monde dont j'ai besoin. Quand est-ce que tu voudras bien comprendre, espèce de tête de mule ? Appartiens-moi pour de bon Micky, dis-moi que tu m'aimes !

Mon cœur bondit dans ma poitrine et un sanglot m'étouffe. J'ouvre les yeux sur les siens, inquiets, au-dessus de moi.

— Tu m'as fait... promettre.

— Parce qu'il n'était pas temps. J'ai tout obtenu de toi sauf ça.

Ses traits magnifiques sont marqués de souffrance.

— Fais-moi jouir, Alex, je réclame dans un souffle.

— Tu n'es pas en état.

— Je t'en prie, je pleure.

Il soupire et me cale dans le creux de ses bras. Sa main descend à mon entrejambe et son doigt effleure mon clitoris tendu avec beaucoup de douceur. Il me berce en me cajolant tendrement. Il me fait basculer dans une ivresse absolue, il me ramène à la vie. Il arrête son geste juste avant que je jouisse pour de bon.

— Dis-moi que tu m'aimes, exige-t-il.

Je pousse une plainte en me cachant le visage dans sa poitrine où son cœur bat comme un fou. Son doigt se pose sur mon clitoris en feu et le plaisir monte si lentement que je ressens chaque seconde de sa progression plus intensément. Je panique complètement tant il est puissant.

— JE T'AIME, je crie au moment où je jouis.

Et puis plus rien.

*
* *

Mes oreilles perçoivent le pépiement d'oiseaux. J'ai conscience de me réveiller d'un sommeil lourd et je guette le moindre signal de mon corps, je fais bouger mes mains, mes jambes, je n'ai plus mal nulle part. Je n'ai plus froid non plus. Il flotte dans l'atmosphère comme une douceur de printemps. Le parfum de ma chambre est différent, il sent Alexis à plein nez. Il ne doit pas être bien loin. Sous mes paupières closes, je revis par bribes les événements précédents.

*Mon amour !*

Il a dit ces mots, il les a criés même sous le coup de l'émotion quand il m'a découverte dans le grenier.

*Où voulait-il donc que je sois sinon enchaînée à lui ?*

Maintenant, il sait. Je me prépare intérieurement avant de me réveiller tout à fait. J'ai beau appeler la colère... « *mon amour* » me donne trop d'espoir, elle ne vient pas à mon secours. Le cœur battant, je cligne des paupières, éblouie par la clarté. Je ne reconnais rien. J'entends un craquement sur le parquet et il se penche sur moi, un sourire aux lèvres. Son visage sublime est inhabituellement marqué par la fatigue.

— Où est-ce que nous sommes ? je bredouille, la bouche pâteuse.

Alexis s'installe à mes côtés et m'attire contre lui.

— Dans ma chambre, dit-il d'une voix un peu enrouée.

Mon sang circule plus vite dans mes veines et je tente de me redresser.

— Quelle heure est-il ?

— Aux environs de 10 heures.

— De quel jour ?

— Samedi.

— Qu'est-ce que je fais là ?

— Jusqu'à preuve du contraire, tu dormais. Tu ne t'es même pas aperçue de la visite du médecin.

— Un médecin ? je grimace, sceptique.

— Tu es tombée dans les pommes. Georges a dû m'aider à te transporter ici et il a appelé le médecin. Je ne me suis jamais autant inquiété de ma vie.

— Verdict ?

— Hypoglycémie, tu étais épuisée et affamée. Il t'a fait une piqûre et je me suis engagé à ce que tu suives strictement ses ordres, alors je te préviens que je serai intraitable.

— Qui sont ?

— J'ai demandé à Georges de te préparer un café bien sucré quand j'ai vu que tu te réveillais. Pour le reste, le plus grand repos encore quelques jours.

— Les cours reprennent lundi.

— Tu n'y seras pas. J'ai expédié ton arrêt au lycée.

— En quel honneur ? je demande en retrouvant du mordant.

— Dois-je te rappeler que tu m'appartiens ?

Sa remarque me rappelle Lucas. Les larmes me montent aux yeux. Il glisse ses doigts sous mon menton et réclame mon regard. Le sien brille de manière extraordinaire.

— Je sais que je suis allé trop loin. Je le savais avant même de te préparer et j'ai dû faire un effort insoutenable pour seulement me contraindre à t'emmener dans cette pièce. Mais j'assume entièrement ce choix.

— Pourquoi m'as-tu fait ça ?

Il caresse ma joue pour effacer mes larmes.

— Est-ce que tu as été à un moment excitée ? murmure-t-il difficilement.

— Non, je renifle.

— As-tu pris le moindre plaisir avec Lucas ?

— Non, je ressentais plutôt... du dégoût.

— Alors tu sais désormais ce que je ressens dans les bras de Julia depuis des mois. Tu as pu constater toi-même que ça n'a rien de très agréable.

— Quel intérêt dans ce cas ? je glapis, interdite.

— Julia n'a toujours eu pour moi qu'un intérêt pédagogique. Elle n'a servi que d'aiguillon à ta jalousie. Elle te faisait réagir, te mettait en danger, elle dynamisait ton audace et te poussait dans tes retranchements.

— Tu veux dire que tu t'es servi d'elle contre moi ?

— J'avais besoin que tu ne sois jamais sûre, j'avais besoin que tu luttes contre quelqu'un d'autre que moi. Si je t'avais laissée croire une seule fois que je t'aimais de manière exclusive, tu ne te serais pas soumise de cette manière, tu es trop fière et trop rebelle pour ça. Julia était le contrepoids idéal, tant par l'âge, la situation, que par ce que je prétendais obtenir d'elle. En danger, tu perdais un peu de ta lucidité et je pouvais te manipuler plus facilement.

— Pourquoi elle ? Tu aurais pu avoir les filles les plus belles du lycée.

— Je te l'ai dit, je ne convoitais que sa virginité et je me l'attachais ainsi durablement. Toute autre qu'elle m'aurait envoyé paître rapidement. Julia n'est pas complètement sotte, elle savait qu'elle ne rencontrerait pas deux fois l'opportunité qu'un mec comme moi s'intéresse à elle. Elle a tout fait pour me garder, elle a subi sans broncher mes sautes d'humeur, mes absences, elle a cru mes mensonges et n'a pas cherché à savoir ce qui me retenait si souvent près de toi. Elle s'est contentée des miettes que je lui accordais quand je ne pouvais faire autrement après t'avoir donné le meilleur de moi-même. Je l'ai manipulée sans aucune difficulté jusqu'à lui faire croire au grand amour et au mariage. Elle était parfaite pour ce rôle, explique-t-il sans le moindre remords.

— As-tu pensé à elle ?

— Ne la plains pas, je lui ai rendu service. Elle peut pavoiser d'avoir couché avec le type le plus convoité du lycée. Je lui ai donné confiance en elle. Elle devrait presque m'en remercier.

— Elle t'aime, Alex !

— Crois-tu vraiment ? se défend-il. Julia se satisfait des apparences, elle est superficielle et égoïste. Elle n'a cédé sa vertu qu'au regard de ce que ça lui procurait comme gloire. Elle vit dans un monde d'illusions. Je n'ai pas eu grand mal à l'écarter définitivement de moi.

— Comment ?

— J'étais sur le point de le faire une première fois lorsque Georges m'a prévenu que tu avais filé mardi soir. Je suis revenu en catastrophe et j'ai décidé qu'il était temps d'en finir avant qu'il ne soit trop tard. J'ai prévenu ce pauvre Lucas que je gardais en réserve.

— Pauvre Lucas ? je proteste.

— Tu le plaindrais tout autant si tu l'avais eu comme moi au téléphone le lendemain. Ta réaction l'a paniqué.

— Dis-moi ! je réclame.

— Suite à ta petite escapade, j'ai tout réorganisé. J'ai convoqué Lucas le mercredi matin. Lorsque je suis parti, j'étais à deux doigts de l'étrangler, mais au moins, mon état de colère m'a permis d'être aussi odieux que ce que je voulais. J'ai rejoint Julia. Elle n'y a vu que de la nervosité en pensant que j'allais enfin la demander en mariage. Je ne l'ai pas détrompée. J'ai prétendu que je souhaitais lui donner un aperçu de ce que serait notre vie de couple. Je l'ai priée de se déshabiller, rien que ça, ça l'a intriguée.

— Pourquoi ?

— Julia ne se montre jamais nue, elle complexe horriblement sur son physique.

— Tu ne lui as pas fait passer ses complexes ?

— Je te dis que les apparences sont plus fortes que tout chez elle.

J'ai une moue dubitative et il poursuit en souriant.

— Elle a commencé à avoir peur dès que j'ai réclamé en termes crus qu'elle me suce. Elle a refusé et je l'ai forcée à le faire. Elle a hurlé que je lui faisais mal. Je lui ai dit que j'avais été patient avec elle puisqu'elle ne faisait que débuter sa vie de femme, mais que j'avais d'autres désirs. J'ai eu la délicatesse de la prévenir que si, cette fois encore, je lui épargnais la sodomie, il serait hors de question qu'elle se soustraie à mes exigences de mari. Julia s'est sauvée en me traitant de tous les noms d'oiseaux et m'a prié de ne plus jamais l'approcher.

— Et ensuite ?

— Il était déjà tard, j'ai pensé que tu étais rentrée chez toi comme je te l'avais clairement suggéré. Je t'ai appelée, mais ton téléphone était sur messagerie. J'ai dû régler un truc urgent avec mes parents qui m'a pris beaucoup plus de temps que ce que je prévoyais. Il n'était pas loin de 2 heures du matin quand je suis allé jusque chez toi, mais la maison était vide. Je t'ai attendue un peu et, comme un imbécile, je me suis endormi dans ton lit. C'est Lucas qui m'a réveillé en m'appelant vers 8 heures, je n'avais aucune nouvelle de toi. J'ai appelé Georges en catastrophe, mais il n'était pas encore rentré chez nous. J'ai foncé ici et j'ai vu ta voiture dans le garage. Quand je t'ai trouvée au grenier, j'ai cru devenir fou. Je n'ai pas songé que tu aurais ce genre de réaction, je m'attendais à ce que tu te rebelles encore, à ce que tu partes avec perte et fracas, à ce que tu me déclares la guerre que j'aurais gagnée de toute façon, j'avais toutes les munitions de mon côté. Explique-moi ce qui t'a pris, Micky !

— Tu m'as reproché de ne pas t'appartenir entièrement, tu t'es trompé, Alex. Je suis remontée là où je me sentais le plus à ma place et j'ai attendu que tu viennes me chasser toi-même.

— Bon sang, j'étais aveuglément convaincu que tu jouais encore avec mes nerfs ! Ça fait si longtemps que tu me files entre les pattes. Je n'ai rien vu venir.

— Je croyais que l'évidence suffisait.

— Elle aurait dû suffire, j'ai échoué sur ce point. Tu m'as donné ton corps, ton âme, tu es allée au-delà de mes espoirs et même au-delà de tes limites. Tu m'as tout donné sauf ton cœur et je n'ai pas trouvé la solution pour te faire flancher.

— C'est toi qui as souhaité ça.

— Comment voulais-tu que je te fasse mal en roucoulant des mots d'amour ? Je ne concevais pas notre relation de cette manière. Elle ne s'accordait pas avec la tendresse. Je voulais vivre pleinement mes fantasmes et je voulais oublier mes sentiments pour te soumettre à ma volonté. Je n'aurais pas été capable de faire ce que tu attendais de moi autrement. Tu m'as entièrement révélé à moi-même. Tu m'as rendu plus sûr de moi et plus fort. Mes fantasmes ne me hantent plus, je les ai tous vécus plus intensément que dans mes rêves. Je sais à présent ce que je veux, ce dont j'ai envie plus que tout autre chose. De tous mes fantasmes, il en est un tout neuf que tu m'as inspiré, toi seule.

— Qu'est-ce que tu attends de moi ?

— Je veux te faire l'amour, Micky.

Mon cœur palpite dans ma poitrine et mes larmes débordent.

— Je ne laisserai plus rien ni personne te faire de mal. Tu n'appartiendras plus qu'à moi, je te le jure, souffle Alexis en me prenant contre lui.

Ses lèvres se posent enfin sur les miennes. Il ne force pas ma bouche, sa langue me caresse doucement jusqu'à ce que je m'offre à elle. La sensation de ce baiser est inédite, d'une sensualité renversante. Il me repousse contre les oreillers et sa main droite vagabonde sur mes seins. En d'autres temps, il aurait titillé mes tétons jusqu'à les faire souffrir, il les embrasse. Le désir que j'ai de lui n'est pas violent, mais tout aussi puissant. Lorsque son corps doux et superbe se coule sur le mien, je suis prise d'un frisson merveilleux. Je savoure son sexe en moi comme si j'en avais été privée des siècles. Alexis me fait l'amour pour la première fois. Je m'abandonne à cette magnifique découverte. Alexis m'a tout appris du désir et du plaisir, je connais tout de lui, je sais ses doutes, ses envies, ses perversions, sa violence. Mais ce que je découvre encore entre ses bras me bouleverse plus que tout.

— Je t'aime, murmure-t-il à mon oreille.

Mon ventre se tord d'émotion, je lutte en silence pour ne pas jouir trop vite.

— Mon fantasme ne serait tout à fait réalisé si je n'obtenais pas tout de toi, ajoute-t-il en retenant les ondulations de son bassin. Je veux entendre ta voix, tes gémissements de plaisir. Je veux t'entendre soupirer mon prénom, t'entendre me dire que tu m'aimes. Je veux que tu m'appartiennes de toutes les manières possibles.

La vague de plaisir qui commence à m'envahir reflue en me laissant haletante.

— Qu'est-ce que tu veux dire ? j'interroge, hagarde.

— Épouse-moi !

Si je veux protester, je n'en ai pas les moyens, Alexis me soude à lui et son sexe déclenche en moi l'avalanche des sensations les plus bouleversantes que j'aie jamais connues. Je suis secouée de violents frissons.

— Épouse-moi, Micky ! insiste-t-il.

Je me cambre sous le poids de son corps, il me capture les mains et ondule plus vite. Ses yeux noirs sondent mon âme. Il sourit en devinant mes pensées.

— Tu ne pourras pas faire autrement, je ne te relâcherai pas, menace-t-il.

Sous ses va-et-vient plus rapides, son sexe se raidit et ses traits se tendent.

— Que dira-t-on de nous ? j'objecte.

— Depuis quand te soucies-tu de ça, madame Valmur ? me rappelle-t-il à bon escient.

— Et tes parents ?

— Ils prennent l'avion et ils seront là demain. Ils sont parfaitement au courant de la situation et approuvent entièrement mon choix.

— Et le lycée ?

— Tu sais très bien que je n'ai pas besoin d'un bac que j'ai déjà. Je n'avais pas l'intention de reprendre les cours. Personne n'aura besoin de savoir. Morel tiendra sa langue.

— J'ai huit ans de plus que toi, Alex !

— C'est ce que j'aime en toi, tout comme tu apprécies ma jeunesse, ricane-t-il en se vengeant d'un coup de reins.

— Tu as tout prévu comme ça ?

— Je n'attends plus que ton oui.

Sa queue se fait sa meilleure avocate. C'est en jouissant que je hurle un oui qui le transporte aussitôt au septième ciel. Il s'abat sur moi et m'embrasse avidement. Sa langue retrouve l'audace que j'aime et caresse la mienne à m'en faire perdre le souffle.

*
* *

Je suis sur un nuage, aimée d'un ange qui cache parfois sous sa divine apparence un véritable démon. Je ne sais pas lequel des deux je préfère. J'ai du mal à réaliser qu'il m'a arraché mon consentement à un mariage qui n'a jamais effleuré mon esprit tant il était inconcevable. Il faut qu'Alexis me le rappelle vingt fois avant que j'en prenne tout à fait conscience. Il réfute toutes les objections que je ne manque pas d'émettre quand je suis remise de mes émotions et, se lassant de mes récriminations, il finit par m'ordonner de l'épouser en réclamant ma sage obéissance. Vaincue, je cède au bonheur que j'ai tellement repoussé par crainte de souffrir.

Trop inquiet pour me laisser seule, Alexis ne va pas chercher ses parents à l'aéroport, Georges s'en acquitte le lendemain. Je me sens fébrile de les accueillir dans leur propre maison en sachant tout de ce qu'est leur intimité et en exposant la mienne. Dans mon esprit, ils sont encore les parents de mon élève. Je triture nerveusement mes doigts qu'Alexis capture en riant. Il me tient solidement enlacée contre lui en descendant l'escalier pour les rejoindre au salon. Mme Duivel vient aussitôt à ma rencontre en me tendant les mains. Elle est encore plus belle que dans mon souvenir.

— Mickaella, comment allez-vous ? s'inquiète-t-elle. Vous nous avez fait peur.

Je jette un regard anxieux vers Alexis. Il m'encourage de son sourire.

— Je vais bien, merci. Alex ne me laisse pas faire un pas toute seule.

Éléonore Duivel couve son fils d'un regard amusé et tendre. Jacques Duivel pose sa main sur l'épaule d'Alexis.

— As-tu eu le temps ? demande-t-il d'un air soucieux

— Non. Micky ne s'est réveillée qu'hier.

— Nous devons être à New York mercredi matin, Alex.

— Je sais. Laisse-moi encore jusqu'à demain, négocie son fils.

Je ne comprends rien à leur dialogue auquel Éléonore Duivel souscrit entièrement, elle. M. Duivel vient à moi. Il est toujours aussi impressionnant. Pour me mettre à l'aise, il me fait asseoir près de lui dans le canapé.

— Mickaella, je ne désespérais pas de vous revoir ici plutôt que dans le bureau de votre directeur. Je sais qu'Alexis vous a expliqué mes fonctions au sein de la Société, je suis ravi que vous ayez accepté d'en faire partie.

— Je ne suis pas convaincue d'avoir eu le choix. C'est d'ailleurs une curieuse impression qui me poursuit depuis que je vous ai rencontré chez M. Morel.

Il a un petit sourire de connivence vers son fils avant de me poignarder de son regard puissant.

— Vous êtes perspicace.

— J'ai besoin d'une explication, je réclame.

— Je préférerais que tu sois un peu plus reposée, chérie, intervient Alexis.

— Non, je ne supporterai pas d'attendre. J'ai raison, n'est-ce pas ? L'inscription d'Alex au lycée n'était qu'une couverture !

— En effet, admet enfin Jacques Duivel.

— Pour quelle raison ?

— À cause d'une promesse que j'ai faite il y a quelques années et que j'ai été prié de tenir.

— Une promesse ? À qui ?

— Votre mari, Mickaella.

J'ouvre la bouche, mais aucun son n'en sort. Jacques Duivel va jusqu'à un bureau dont il sort une enveloppe et revient s'asseoir près de moi.

— Lors de notre visite à votre directeur, je vous ai dit que j'avais rencontré Henri Valmur, vous souvenez-vous ?

— Je m'en souviens. Vous sembliez déjà en savoir un peu plus long que moi.

Un éclair de malice allume son regard.

— Vous avez été mariée neuf ans, n'est-ce pas ?

— Oui.

— À aucun moment, vous n'avez cherché à connaître le passé d'Henri Valmur ?

— Au début, si, mais Henri était un personnage public. Il me disait toujours que sa biographie s'étalait en quatrième de couverture sur chacun de ses ouvrages et que le reste n'avait pas grande importance. Il m'a demandé de regarder vers l'avenir, de profiter du temps qui nous restait ensemble plutôt que de revenir sur un passé qui ne me concernait pas.

— Sage précaution, commente Jacques Duivel. Tout à fait le style d'Henri.

Je hausse un sourcil intrigué.

— Votre mari savait parfaitement s'entourer de mystère et préserver une discrétion sans faille. J'ose espérer que je suis à la hauteur de ses enseignements.

— Que voulez-vous dire ?

— Alexis a dû vous raconter comment la Société a été constituée en secret par les fondateurs du premier club privé.

Je hoche la tête pour lui confirmer.

— Henri Valmur était l'un d'entre eux. La Société était son idée, il en est devenu naturellement le président à sa création.

Je tressaille dans les bras d'Alexis. Son père enchaîne aussitôt.

— J'ai rencontré votre mari quand j'en suis devenu membre à mon tour. Henri se délectait de cette vie parallèle, du petit monde souterrain qu'il avait réussi à créer au nez et à la barbe de tous et qu'il dirigeait de main de maître. Il avait brûlé ses fantasmes fougueux lors de sa première expérience, il jouissait plus sereinement et se souciait davantage à cette époque du confort et de l'anonymat des membres de son organisation. Il avait l'intelligence de se servir de toutes les compétences susceptibles d'améliorer le réseau et c'est ainsi qu'il m'a confié l'ouverture de l'institut. Notre amitié est née de ce moment-là. Il prétendait déjà faire de moi son successeur à la tête de la Société et m'associait à chacune de ses décisions. Il m'a imposé aux membres qui n'ont fait aucune objection.

— Henri n'a jamais évoqué votre nom. Pourquoi n'ai-je jamais eu l'occasion de vous rencontrer avant septembre dernier ?

— Votre mari excellait dans l'art du secret. Henri est allé faire cette conférence à Lille, il y a de ça 10 ans. Le soir même, il me téléphonait pour me dire qu'il ne rentrait pas immédiatement et que je devais prendre le relais en cas de besoin. Il m'a parlé de votre rencontre extraordinaire. Henri était un homme rompu aux plaisirs, rien ne parvenait plus à le captiver depuis des années. J'ai été à la fois surpris et intrigué par sa réaction. Je me suis dit que vous deviez être tout à fait exceptionnelle pour qu'il s'enthousiasme à nouveau. Il m'a rappelé deux jours plus tard et a insisté pour convoquer une assemblée extraordinaire des membres. Quand il est revenu, il m'a confié à quel point il avait été bouleversé de découvrir en vous celle qu'il avait toujours espérée. Il était conscient que votre différence d'âge constituait un problème, mais il ne voulait pas passer à côté de cette unique chance. Il était plus déterminé que jamais, il a décidé de se consacrer exclusivement à vous. Il a annoncé sa démission de la présidence et son départ définitif de la Société. Il n'a pas souhaité garder le moindre contact avec les membres, y compris avec moi. Notre dernière entrevue a eu lieu sitôt que j'ai été désigné à la présidence. Il m'a raconté votre rencontre, son désir ardent de faire de vous sa digne héritière à tous points de vue et ses craintes de manquer de temps ou d'énergie. Il m'a fait promettre mon aide quand le besoin s'en ferait sentir. J'ai promis sans réserve. J'ai appris votre mariage par la presse et le temps a passé. Henri m'a téléphoné un jour, il y a six ans. Il sortait de chez le médecin. Il a demandé à me voir et je l'ai reçu ici même. Lui que j'avais connu fier, fort et digne était amaigri et vieilli. Il s'est mis à pleurer dans mes bras.

L'émotion de Jacques Duivel n'est pas feinte et ses paroles ravivent la mienne. Les larmes envahissent mes yeux. Comme toujours en ce qui concerne Henri, je m'acharne à ne pas les laisser couler.

— Il m'a dit qu'il ne savait pas combien de temps il lui restait et s'inquiétait pour vous. Je l'ai assuré de mon soutien et je lui ai proposé mon aide. Il est reparti en me rappelant ma promesse. Je n'ai pas eu d'autre visite, ni d'appel. J'ai appris son décès en juin dernier comme tout le monde.

— Et... votre promesse ? je bredouille en luttant contre mon chagrin.

— Quelques jours avant sa mort, j'ai reçu un colis de sa part. Il contenait ceci, me dit-il en me tendant l'enveloppe. Je crois que le mieux est que vous lisiez vous-même.

Sur le papier ivoire à en-tête d'Henri, je reconnais son écriture illisible pour quelqu'un qui n'est pas habitué à la déchiffrer. Henri écrivait toujours vite et nerveusement, cette lettre-là avait dû lui coûter, c'est encore pire que d'habitude. Je prends une grande inspiration avant de commencer.

« *Jacques, mon ami,*

*Ma fin est proche. Plus qu'une promesse que je te demande d'honorer, ce sont les dernières volontés d'un homme désespéré de n'avoir pas réussi à accomplir ce qu'il désirait plus que tout. Tu connais mes opinions sur la mort et je sais que tu auras à cœur de me soulager des remords qui hanteront mon repos éternel. J'ai dû profiter trop largement des plaisirs de la vie pour qu'elle fasse à ce point preuve d'ironie et me fasse rencontrer un tel joyau si tard dans mon existence. Micky n'était qu'une enfant quand j'aurais pu être son père. Je n'ai jamais douté de ses sentiments, mais elle était si jeune et si fraîche que je n'ai pas eu le cœur immédiatement de lui faire découvrir toute l'étendue de sa sensualité. Je l'ai laissée s'épanouir à son rythme comme une fleur sauvage au parfum plus envoûtant que ses congénères élevées en serre.*

*Mes espoirs étaient si grands, Jacques ! Je pensais avoir le temps quand elle serait prête à apprendre, mais ce maudit crabe a tout changé. Je ne me suis pas résolu à ce qu'elle vive une telle expérience dans mes bras trop vieux et trop faibles pour la faire crier comme je l'aurais voulu. Alors j'ai mis toute mon énergie à la façonner autrement, à lui donner les armes dont elle pourrait avoir besoin pour poursuivre sans moi.*

*Micky est la plus attentive et la plus douée des élèves que j'ai pu avoir. Sa docilité est un régal pour mon imaginaire qui m'offre, seul, quelques revanches sur l'oubli de mon corps. Je la sais sage et tranquille, car elle ignore les trésors de volupté qui sommeillent en elle. Je savais qu'elle refuserait de prendre un amant. Micky est exclusive, elle se donne et prend entièrement.* »

Je pousse un soupir en lisant cela et je reçois un baiser sur ma nuque. Alexis me sourit tendrement. Je continue ma lecture.

« *Je vais devoir l'abandonner sur cette terre. Je pense qu'elle est prête à continuer son chemin sans trop de peine. Il m'est cependant insupportable de savoir qu'elle ne connaîtra jamais ses capacités. Plus que tout, j'ai peur que son corps s'endorme sous la caresse tiède d'un amant banal. Je veux pour elle le feu, la passion, je veux qu'elle découvre qui elle est vraiment. Ce que je ne peux lui donner moi-même physiquement, je veux que mon œuvre la plus chère le fasse pour moi. Je m'adresse à toi, non seulement en tant qu'ami, mais aussi en tant que président de la Société. Tu trouveras dans cet envoi un chèque d'un montant d'un million d'euros. Outre les frais d'adhésion de Micky, je veux qu'elle soit accueillie dans le réseau avec tous les égards dus à sa qualité.*

*Là où l'exercice se corse pour toi mon ami, et ce qui me fait sourire encore un peu, c'est le challenge que je te soumets.*

*Micky ne sait rien de toi, rien de mon passé. Elle ne soupçonne pas l'existence de notre organisation. Elle est une toile vierge que je te confie pour en faire mon chef-d'œuvre posthume. Je sais que tu trouveras dans tes relations particulières celui qui parviendra à concrétiser ce rêve ultime de mon existence. Lorsque tu apprendras ma mort, agis vite, ne laisse pas filer le temps.*

*Je ne doute pas de ta réussite, aussi je te charge de lui faire découvrir cette lettre quand tu jugeras le moment venu. Tu lui remettras aussi le manuscrit que j'ai rédigé en secret et que je te transmets en toute confiance. Elle y apprendra tout ce que je lui ai caché, tous mes espoirs et mes illusions perdues. Elle en fera ce que bon lui semblera.*

*Je te confie donc ce que j'ai de plus cher en ce bas monde, sauvegarde-moi du néant et accomplis ta promesse.*

*Je pars en paix.*

*Adieu Jacques.* »

Je reste stupide sur les dernières lignes de la lettre. Alexis caresse ma joue pour me faire réagir. Je me retourne vers lui.

— Tu étais au courant ? je lui demande, sonnée.

Alexis secoue légèrement la tête.

— Je ne l'ai su que mercredi en appelant mon père, répond-il doucement.

— Alexis dit vrai, il n'était pas au courant de la demande de votre mari, intercède Jacques Duivel.

— J'ai du mal à comprendre.

— J'ai eu moi-même du mal à m'y faire, j'ai réclamé des explications qui m'ont perturbé quelques heures, ajoute Alexis en se tournant vers son père. Papa, si tu veux bien...

— Quand j'ai appris la mort d'Henri, j'ai commencé ma petite enquête sur vous, Mickaella, reprend celui-ci. Je vous ai fait suivre discrètement pour connaître vos goûts, vos habitudes. Henri avait raison, c'était un vrai challenge de trouver un partenaire pour quelqu'un d'aussi particulier que vous. Vous n'entriez dans aucun des modèles, Henri avait fait de vous une femme hors-norme, habituée au luxe, mais sans ostentation, à l'intelligence, à la finesse, à la discrétion aussi. Je dois dire que vous me posiez un problème de taille. C'est Éléonore qui a entrevu la première un début de solution, dit-il en souriant à son épouse dans le fauteuil.

— Jacques commençait à en perdre le sommeil. Je lui ai dit qu'à en juger par le dossier qu'il avait établi sur vous, le seul qui serait capable de vous séduire, c'était lui, explique-t-elle d'une voix amusée.

— Ce n'était pas du tout ce qu'envisageait Henri, me rassure Jacques en me voyant écarquiller les yeux. Par ailleurs, il connaissait parfaitement le fidèle engagement qui nous lie, Éléonore et moi. Par contre, sa remarque m'a donné une idée à laquelle je n'avais pas songé. J'ai volontairement laissé traîner votre photo sur mon bureau et j'ai convoqué Alexis pour une autre affaire tout à fait anodine.

Je jette un œil sur l'intéressé qui hausse les épaules, faussement vexé.

— Je connais les goûts de mon fils et j'ai la joie qu'il se confie librement à moi. Je savais qu'il ne manquerait pas de vous remarquer. Alexis correspondait formidablement bien au portrait de celui que je cherchais. L'argent et le luxe lui sont familiers, son intelligence n'est plus à démontrer, tant s'en faut, il évolue parfaitement dans le secret depuis des années. Et surtout, je connaissais ses rêves les plus intimes sans jamais avoir pu lui permettre de les réaliser.

Jacques Duivel observe son fils avec tendresse. Alexis lui sourit d'un air complice.

— Henri Valmur me donnait l'occasion inespérée de régler deux problèmes à la fois. Éléonore a approuvé mon choix. Il était temps que notre fils se libère entièrement de ses vieux démons et vous étiez la partenaire idéale.

— Dites carrément que vous aviez hâte que je quitte la maison, taquine Alexis.

— Te dire le contraire serait te mentir, Alex, s'esclaffe son père. Mais c'était pour ton bien. Tu t'enfermais dans une routine absolument déprimante, même le travail ne t'amusait déjà plus. J'ai demandé le décompte de tes utilisations du badge, tu ne t'en es pas servi plus de deux fois en dix mois. À ton âge, je baisais dans tous les coins.

Alexis ne peut s'empêcher de rire alors que j'ouvre des yeux ronds devant le vocabulaire inattendu de mon hôte. Mme Duivel ne semble pas choquée ni surprise.

— Ton père et moi nous inquiétions vraiment. Tu ne nous as jamais fait part d'une seule relation en dehors de celles que te fournissait la Société.

— Comment l'avez-vous décidé ? je demande en venant au secours de mon compagnon.

— Fin août, Alexis s'est donc pointé dans mon bureau et a aussitôt remarqué votre photo. Je lui ai dit qu'il s'agissait d'un dossier qui me posait un problème, que je voulais acquérir vos compétences de manière discrète. Je lui ai révélé que vous ne saviez rien de la Société, mais que j'étais convaincu que nous aurions tous à gagner de votre présence. Je ne lui ai pas caché que le challenge était de taille et que je ne trouvais personne capable de relever un tel défi. Alexis a pris connaissance du dossier qui résumait l'essentiel sur vous. Puis il m'a demandé si j'avais une idée sur la manière de s'y prendre. J'ai avoué mon impuissance. Il m'a dit qu'il avait bien une solution, à condition que je lui accorde que ce soit lui qui s'en charge.

— Quand je pense que tu as fait la fine bouche, le gronde gentiment son fils.

— Je pouvais difficilement faire autrement.

— Pourquoi ? je réclame.

— Alexis est quelqu'un de terriblement indépendant, répond Éléonore. Il n'a jamais supporté l'école, dès qu'on envisageait la moindre contrainte sur lui, il se mettait dans une rage épouvantable. La seule solution consistait à ce qu'il ait l'impression que l'idée vienne de lui et alors tout allait parfaitement. Jacques n'a fait qu'utiliser le stratagème qui nous a maintes fois servis avec lui.

— J'ai juste réclamé le droit de faire comme bon me semblait, bougonne Alexis.

— Qui a eu l'idée du lycée ?

— Moi, répond Jacques. Alexis pouvait encore à peu près passer pour un lycéen.

— Il n'est pas passé inaperçu, j'objecte.

— C'était un risque à prendre. Il a accepté à condition de pouvoir d'abord tester. Je dois dire que je me suis inquiété quand le directeur nous a appelés à New York pour nous prévenir que cet oiseau ne s'était pas encore présenté en cours. Il m'a affirmé qu'il savait ce qu'il faisait et que son arrivée devait marquer les esprits.

— Bien joué, j'en conviens.

Alexis penche la tête d'un air moqueur vers son père.

— Il nous a joints le soir de son premier jour de classe. Nous n'avons pas été étonnés qu'il nous dise qu'il était prêt à relever le défi. Je lui ai donné carte blanche en lui demandant de me tenir informé de l'évolution des choses.

— Et ensuite ?

— Nous avons su qu'il était sur la bonne voie quand vous avez accepté son cadeau de Noël, répond Éléonore en souriant. Alexis nous a dit qu'elles vous avaient beaucoup plu.

— En effet, je vous en remercie, je glousse. J'aimerais assez découvrir votre collection.

— Demain matin, je m'en ferai un plaisir, propose-t-elle aimablement.

— Alexis nous a avertis juste avant les vacances qu'il comptait vous ramener ici, ajoute Jacques. Il a réclamé la clé du grenier. Nous lui avons demandé d'être prudent, mais il nous a assurés qu'il savait parfaitement ce qu'il faisait et que vous étiez prête à ça. Il nous a dit aussi qu'il ne comptait pas reprendre le lycée à la rentrée.

— Tu le savais déjà ? je me tourne vers lui.

— Bien sûr ! Comment voulais-tu que je me passe de toi durant ces deux semaines ? se défend-il d'un air craquant.

— Qu'est-ce que tu comptais faire au juste ?

— Je voulais d'abord te faire avouer d'une manière ou d'une autre que tu m'aimais, et je dois dire que tu as été plus que coriace, me gronde-t-il en bécotant mon cou. Puis je devais régler le compte de Julia et prévenir mes parents que je voulais t'épouser.

— Tu étais aussi sûr de mon accord ?

— Tu m'appartiens, Micky, susurre-t-il, ses yeux brillants plantés dans les miens.

Je m'éclaircis la gorge et je me tourne vers Jacques.

— Je n'en savais absolument rien, je plaide.

— Alexis nous a téléphoné mercredi soir pour nous avertir de ce qui s'était passé. Nous avons désapprouvé sa méthode, mais il prétendait assumer. Il nous a aussi annoncé qu'il allait vous demander en mariage. J'ai estimé qu'il était plus que temps de lui révéler la vérité. Il a été bouleversé au-delà de ce que nous pensions. Nous avons discuté calmement pour le rassurer et envisager ensemble la meilleure manière de vous prévenir. Je lui ai dit où trouver la lettre d'Henri et le manuscrit.

— Mon père a été suffisamment diplomate pour avouer sa manœuvre, ajoute rapidement Alexis. J'aurais pu en être vexé, mais je ne pouvais pas lui en vouloir de m'avoir fait rencontrer la femme de mes rêves. Tu m'as atrocement manqué à ce moment-là et je me suis rendu compte à quel point je souffrais de t'avoir livrée à un autre. J'en ai chialé au téléphone.

— Tu as pleuré ? je balbutie, abasourdie.

— Qu'est-ce que tu crois ? Que j'aurais pu rester insensible à un tel spectacle ? Que j'y prenais vraiment plaisir ? Tu ne voulais rien entendre à mes paroles, c'était la seule solution que tu me laissais pour te faire comprendre ce que je ressentais pour Julia. Je me suis infligé une blessure dont je ne suis pas sûr de guérir un jour. Me pardonneras-tu, Micky ?

— Il n'y a rien que je ne puisse te pardonner.

— Ne m'oblige plus jamais à te faire du mal, exige-t-il en poignardant mon regard de ses prunelles sombres.

— Serais-tu venu à bout de tes fantasmes ?

— Tout dépend desquels. Je ne sais pas pourquoi, mais il me semble que les tiens ne sont pas encore entièrement assouvis, devine-t-il sur un ton espiègle.

— J'aimerais que tu viennes encore en cours de temps en temps, je plaide sérieusement.

— Pour quoi faire ?

— Je n'ai pas fini la lecture du *Prince* de Machiavel.

Alexis me remet un peu plus tard le manuscrit d'Henri. Mon mari y révèle tout de son passé, de ses aventures sans lendemain, de ses fantasmes qui le mettaient parfois en délicate position eu égard à sa notoriété et qui l'ont convaincu d'œuvrer dans la clandestinité. Il y raconte la création du premier club, sa grande déception. Enfin vient l'expérience réussie de la Société. Tout y est dans le détail jusqu'à notre rencontre. Les deux dernières pages, Henri les a écrites à la main sous la forme d'une lettre à mon intention. Il y dit combien il m'aimait et que c'est en vertu de cet immense amour qu'il a agi ainsi. Il me supplie de ne jamais me laisser aller à la facilité, d'exiger le meilleur et le plus absolu. Il explique qu'il savait pouvoir compter sur Jacques, me conseille de me reposer sur lui et me souhaite tout le bonheur du monde. Il réclame enfin que je vienne sur sa tombe, une seule et dernière fois, pour y jouir dessus en remerciement de cet ultime cadeau qu'il voulait me faire.

— Est-ce que tu t'en sens capable ? demande doucement Alexis.

— Avec toi, je crois que je suis capable de tout.

— Et pour ce manuscrit ?

— Il ne quittera pas le coffre. Je ne suis pas certaine que la confession d'Henri ait été destinée à quelqu'un d'autre que moi. La Société n'a pas besoin de publicité.

*

* *

Jacques et Éléonore Duivel reprennent l'avion le mercredi. Le jeudi matin, le réveil me tire du sommeil à 7 heures. J'ai la curieuse impression de sortir d'un rêve et il m'est pénible de me lever. Alexis doit user de tous les arguments possibles pour que j'accepte de mettre un pied en dehors du lit. Il finit par me porter sous la douche. Contrairement à ce qu'il avait annoncé, il décide de m'accompagner au lycée. Notre arrivée en Porsche est remarquée, d'autant qu'il a exigé de conduire. Il me vole un baiser avant de filer droit vers le bureau du directeur où je le vois disparaître avec appréhension. Je n'ai pas de nouvelles de lui durant une bonne partie de la journée et j'attends fébrilement l'heure de mon cours avec les terminale L. J'ai l'occasion de croiser Julia. La jeune fille est d'humeur morose et vient me trouver à la fin de son cours peu avant midi.

— Est-ce qu'Alexis vous a parlé de quelque chose ? ose-t-elle demander après quelques circonvolutions.

— À quel sujet, Julia ?

— De nous ?

— Non, par contre, je crois savoir que ses parents sont revenus quelques jours, tu vas pouvoir lancer ton invitation.

— Ça n'est plus à l'ordre du jour, geint-elle en ravalant ses larmes. Alexis et moi avons rompu. Je me suis lourdement trompée sur Alexis. Je pensais qu'il était un garçon tendre et gentil, mais il a changé. Il me faisait... souvent très peur.

— Tu as probablement eu raison de le quitter dans ce cas.

Elle en convient et s'en va, rassérénée. Alexis m'embrasse en riant quand je lui raconte cet entretien après qu'il a fermé la porte sur mes élèves.

— Tu es encore plus sadique que moi, affirme-t-il en me repoussant sur mon bureau.

— Sadique ? Moi ? Tu me mets dans la mauvaise catégorie, je réfute. Qui de nous deux se plaît à dominer l'autre ?

— Toi, sans conteste ! répond-il en écartant mes cuisses.

— Qu'es-tu allé faire chez le directeur ?

— Acheter son silence et sa prof de philo.

Je me raidis et il en profite pour me pénétrer doucement. Sa voix se fait velours.

— Je lui ai annoncé que tu allais bientôt devenir ma femme, mais que pour des raisons de confidentialité, il convenait que personne ne l'apprenne d'autre que lui. Il a été très compréhensif.

— À quel prix ?

— Celui du chèque qu'il m'a fait, assure Alexis en me picorant de petits baisers.

— Quoi ?

— Micky, ne sois pas si naïve ! Tu imaginais vraiment que Michel Morel ne se doutait de rien depuis le temps qu'il connaissait ton mari ? Comment crois-tu qu'il s'est laissé aussi facilement corrompre ?

— Tu veux dire... la Société ?

— Il rêve depuis des années d'y entrer. Mon père lui a fait miroiter que ce serait possible s'il favorisait mes études très particulières.

— Il est donc au courant pour nous ?

— Je le crains, ta réputation en a pris un coup, plaisante-t-il. N'as-tu pas remarqué comme tu bénéficies toujours de toute son amitié et sa compréhension ?

Il ondule divinement entre mes reins. Je mouille de plus en plus.

— Et maintenant ? je soupire, convaincue.

— Je lui ai mis le marché en main. Il se tait, il nous laisse libres, toi et moi, de faire ce que bon nous semble et, moyennant un droit d'adhésion... disons, adapté, il pourra enfin s'offrir son rêve le plus cher.

— Il a payé ?

— Plusieurs dizaines de milliers d'euros, tu veux voir le chèque ?

Rien ne peut me satisfaire davantage que de savoir que, pour une fois, Michel Morel crache son fric plutôt que de profiter de celui que je lui ai rapporté sans le savoir. Alexis a inversé la donne même s'il lui fait un beau cadeau en échange. Je me redresse brusquement pour l'embrasser. Il rugit quand ma langue cherche la sienne. Il sollicite alors mon autorisation en caressant mon anus et je m'empale moi-même avec délectation. Alexis se cramponne à mes hanches pour me prendre avec toute la violence que je lui réclame. Je gémis, je ris tout à la fois. La voix d'Alexis se fait suave à mon oreille.

— Je ne te laisserai jamais sombrer dans l'ennui et la routine. Je t'enlèverai à tes élèves pour te posséder où tu voudras. Je redeviendrai lycéen juste pour le plaisir de sentir ton odeur quand tu écarteras les jambes sous ton bureau. Je rirai de deviner celui que tu auras fait jouir dans son jean. Je te torturerai encore en jouant avec la télécommande. Et quand j'en aurai assez de te partager avec tout ce monde, je te garderai prisonnière de mes désirs les plus fous.

— Je t'aime Alex, je lance, enivrée par ces paroles.

Il exige que je le répète jusqu'à ce que le plaisir me transperce comme une lame et coule le long de mes jambes. Il se raidit contre mes fesses et jouit en me serrant fort.

— Je t'aime, mon amour, murmure-t-il tendrement.

La rupture entre Alexis et Julia a fait les gorges chaudes durant un moment et ouvert la chasse. Si curieux que cela puisse paraître, Julia a acquis une réputation de baiseuse qui l'offre aux convoitises de certains de ses camarades désireux de découvrir ses talents cachés. Elle s'en sent éminemment flattée. Ses résultats scolaires sont en chute libre au prorata de ce que raccourcit sa jupe. Alexis et elle se croisent parfois dans une indifférence totale. Il ne vient plus en cours que pour moi. J'ai beau le sermonner, il prend de moins en moins de précautions en venant m'embrasser et me caresser de manière très intime. Je ne doute pas que des rumeurs nous concernant circulent déjà. Il s'en moque comme d'une guigne. Michel Morel prend son rôle suffisamment à cœur pour les étouffer dans l'œuf. Il est d'ailleurs convenu avec le directeur que je conserverai à titre d'usage le nom de Valmur. C'est le moins que je puisse faire en hommage à celui qui a été mon maître spirituel.

Notre mariage est prévu pour le mois de juillet. Alexis y accorde une importance qui me laisse parfois perplexe. La date approche et je n'ai toujours pas tenu ma promesse envers Henri. Alexis évite de m'en faire la remarque, mais je le vois songeur quand il me regarde relire certains passages du manuscrit. Il s'en inquiète ouvertement à la veille du week-end précédant l'événement. J'admets ma fébrilité et mon manque de courage. Alexis m'enlace tendrement.

— Dans ce cas, laisse-moi t'aider. Je dois bien ça à Henri Valmur, propose-t-il.

— Qu'est-ce que je dois faire ?

— Comme toujours, Micky, m'obéir.

Contrairement à nos nouvelles habitudes, Alexis ne dort pas chez moi cette nuit-là. Mon lit est grand et froid sans lui à mes côtés. Ses mains me manquent, son sexe me manque et mon corps quémande son plaisir. Je me retourne sans cesse, sans espoir de soulagement. Alexis m'a strictement interdit de me masturber en me menaçant de me remettre la culotte de chasteté. J'ai promis, mais je ne sais pas dormir avant une heure très avancée du matin. Mon portable me réveille sur le coup de 9 heures. Alexis se moque de ma voix endormie. Il m'annonce le programme de ma journée. En l'occurrence, je dois rendre visite à Bertrand qui prend soin de mes cheveux avec beaucoup de patience. Je passe chez lui le plus clair de mon après-midi. Jill a droit aussi à ma visite. Elle s'amuse de mes protestations quand son massage trop sage ne m'apporte pas la détente ordinaire. Alexis, encore lui, a donné des ordres. Je rumine ma déception en poussant la porte de Mme Jeanne. Là non plus, je n'ai pas à choisir, la commande est prête. Elle fixe sur moi un nouveau harnais de cuir d'un rouge profond. Mes seins volumineux sont sanglés de telle sorte qu'ils paraissent énormes.

— M. Duivel souhaite également que vous portiez ceci, ajoute Mme Jeanne. Préférerez-vous les mettre vous-même ou souhaitez-vous que je vous aide ?

Elle me tend un gode ainsi qu'un plug anal en métal. Je me réjouis déjà de ce qu'il mijote. Je réclame son aide, mais je pousse un soupir de soulagement quand elle a fini tant j'ai craint de jouir.

— Vous êtes sans doute la cliente la plus surprenante que j'aie jamais eue, me dit-elle tout à fait sérieusement.

— En quoi suis-je si différente ?

— Vous ne vous embarrassez pas de préjugés, ni de conventions, ni de scrupules, vous prenez le plaisir à l'état brut. Il n'y a qu'une seule cliente qui ait accepté que je lui mette un plug jusqu'à aujourd'hui, m'explique-t-elle.

— Éléonore Duivel, je devine sans mal.

Mme Jeanne sourit en hochant la tête. Elle réajuste ma robe qui ne cache pas grand-chose de mes formes sculptées par le harnais et je regagne ma voiture quand je reçois un message sur mon portable. Alexis m'invite à dîner. Je n'ai que le temps de rejoindre l'adresse qu'il m'indique. Je reconnais le serveur de la dernière fois. Je crois qu'il va faire une syncope en lorgnant mes seins fièrement dressés sous ma robe. Je lui adresse mon sourire le plus ravageur et il m'escorte jusqu'à la table où m'attend mon futur mari. Alexis a la mine gourmande que je lui connais bien.

— Tu es magnifique, murmure-t-il à mon oreille en repoussant ma chaise.

Sa main descend sur ma poitrine et me caresse très ostensiblement sous l'œil hagard du serveur. Je retiens mon fiancé et me redresse dignement pour accepter la carte que le jeune homme me tend d'une main tremblante. Son pantalon pointe très visiblement au niveau de l'entrejambe.

— Tu n'es pas charitable, je gronde quand il est parti. Il risque l'explosion.

— Je n'y suis pour rien, c'est toi qui l'excites.

— Est-ce que je te fais le même effet ? je demande, joueuse.

— Pire encore ! Donne-moi la télécommande !

Je lui remets le boîtier et il actionne le gode dont les vibrations m'arrachent un petit soupir. La banquette sur laquelle je suis assise est rapidement humide. Alexis ralentit le rythme par crainte que je jouisse tout à fait avant la fin du repas. Il laisse un pourboire généreux au serveur avant de m'escorter jusqu'à la voiture. Il conduit lentement et fait un tour dans les rues de Paris. Je devine qu'il cherche à gagner du temps. Mes soupçons sont confirmés quand, à 23 h 30, je reconnais les abords du cimetière. Je déglutis douloureusement. Je n'ai pas remis les pieds à cet endroit depuis l'enterrement d'Henri, un an plus tôt. Alexis m'ouvre la portière. J'hésite à descendre du véhicule, alors il me tend la main.

— S'il te plaît, Micky, insiste-t-il.

— Le cimetière doit être fermé à cette heure, je lui fais remarquer.

— Il l'est, bien sûr.

— Comment comptes-tu y entrer ?

— Le gardien nous attend.

— Encore un généreux pourboire ?

— La fin exige les moyens.

Un homme d'une cinquantaine d'années nous fait entrer par une petite grille discrète sur le côté de sa loge. Il serre la main d'Alexis et lui confirme qu'il n'aura qu'à déposer la clé en partant. Il m'adresse seulement un signe de tête courtois. Je suis très surprise quand Alexis se dirige sans se tromper vers l'allée où se trouve la tombe de mon mari. De toute évidence, il est venu en repérage. Ma main tremble dans la sienne, il me serre plus fort contre lui et enlace ma taille.

— Tout ira bien, fais-moi confiance, chuchote-t-il en guidant mes pas dans la nuit éclairée d'une lune qui suffit à ce que nous y voyions.

Le silence imposant n'est troublé que par le bruit de nos pas sur le chemin et par les battements sourds de mon cœur. J'en oublie les vibrations dans mon ventre. Je suis tendue à l'extrême. Alexis ralentit en approchant de la sépulture de marbre clair. Il ne subsiste rien sur la dalle des fleurs par dizaines qui la recouvrait le jour des obsèques. Mes paupières picotent dangereusement.

— Ne pleure pas, Micky, conseille doucement Alexis en me prenant dans ses bras. Tu sais que ce n'est pas ce qu'il attend de toi.

— Je sais. Je suis prête.

Alexis fait glisser les bretelles de ma robe qui tombe au sol. Il me contemple d'un air admiratif et tendre.

— Henri m'a donné la créature la plus extraordinaire qui soit. Je tiens à ce que toi et moi le remercions dignement. Nous allons jouir pour lui. Agenouille-toi !

J'obéis tandis qu'il déboutonne son pantalon. Il présente son sexe raide à ma bouche et je mets la plus grande maîtrise dans la fellation que je veux digne des enseignements de mon mari. Alexis renverse la tête.

— Je veux me voir jouir, souffle-t-il très vite.

J'ouvre la bouche et son sperme épais se répand sur ma langue. Mes lèvres reprennent aussitôt leur caresse sur son sexe qui n'a presque pas débandé. Alexis me fait asseoir sur le bord de la tombe. Le froid du marbre m'arrache un frisson. Alexis m'empoigne les seins et baise ma poitrine sanglée de rouge jusqu'à ce qu'il expulse un nouveau jet qui inonde ma gorge offerte. Il n'a pas besoin de réclamer, je suce aussitôt sa verge encore raide et il émet un rugissement, surpris par ma vivacité. Il me fait ensuite me pencher sur la tombe et retire le gode avant de me prendre devant la stèle où le nom de mon mari est écrit en lettres dorées. Chaque coup de reins d'Alexis est un hommage, je ne pleure pas, je gémis de plaisir, ainsi qu'Henri le voulait.

— Tu es tellement mouillée, j'adore ça, murmure Alexis derrière moi.

— Ta queue m'a manqué, je suffoque.

— Je ne comptais pas t'en priver, mon amour. Combien de fois la veux-tu par jour ?

— Autant de fois que tu le voudras, je t'appartiens.

— Répète-le bien fort qu'il l'entende.

— Je t'appartiens, Alex. Je ne suis qu'à toi.

— Tu jouis, Micky, annonce-t-il avant que je réalise moi-même.

Je suis alors transpercée d'une sensation fulgurante qui m'arrache un cri qu'Alexis étouffe dans sa main. Je me contorsionne sous les assauts lancinants de l'orgasme que rien ne semble vouloir apaiser. Alexis écarte mes fesses et en retire le plug. Mon orgasme ne se tarit pas. Je le supplie de me prendre tant j'en éprouve l'envie, pire, le besoin. Alexis plonge dans mon anus sans avoir à en forcer l'entrée, je lui suis offerte. Il pousse un râle de plaisir.

— Tu es douce et chaude, ton corps est un paradis.

— Montre-lui à quel point je suis sage et obéissante, je réclame.

Il n'hésite pas et me donne une fessée dont le bruit résonne bizarrement dans le silence.

— Encore, je supplie.

Je reçois d'autres frappes sur les fesses qui dynamisent Alexis. Ses ondulations se font brutales. Je brûle, mon corps entier est en flammes et je ne veux, pour l'apaiser, que le flot conjoint de nos jouissances. Alexis joue avec mes nerfs en retenant son plaisir à loisir et repartant de plus belle au fond de mon ventre alors que je pense être moi-même sur le point de défaillir. Il guide notre étreinte de douces paroles jusqu'à ce qu'il soit sur le point de perdre le contrôle. Alors il me soude à lui et attend, immobile, la montée de son orgasme.

— Maintenant, rugit-il en me donnant un ultime coup de reins qui m'emporte avec lui.

— Pour toi, Henri, je dis, à bout de souffle et les larmes au bord des yeux.

— Je suis sûr qu'il serait fier de toi, affirme Alexis en me relevant contre lui.

Il me caresse la joue et m'embrasse. Puis il récupère ma robe et la fait passer par-dessus ma tête.

— Henri Valmur a achevé son œuvre. Tu es telle qu'il le voulait, fait-il tout bas.

— Je peux lui dire enfin adieu.

— Nous devons partir maintenant.

Je hoche la tête d'un air résolu après avoir jeté un dernier regard sur la tombe. Une nouvelle vie va commencer pour moi. La sage Mickaella Valmur perpétuera les enseignements philosophiques de celui qui a su éveiller son esprit. Micky Duivel, elle, jouira pleinement des plaisirs de la vie dans les bras de son magnifique mari. Alexis m'entraîne vers la sortie et je quitte le cimetière sans me retourner.

10463

*Composition*
NORD COMPO

*Achevé d'imprimer en Espagne*
*par* BLACKPRINT CPI IBERICA
*18 août 2013.*

Dépôt légal août 2013.
EAN 9782290075999
OTP L21EPLN001488N001

ÉDITIONS J'AI LU
87, quai Panhard-et-Levassor, 75013 Paris

*Diffusion France et étranger : Flammarion*